古典文學研究輯刊

七　編

曾永義 主編

第11冊

明代陳繼儒戲曲評點本研究
：以《六合同春》爲討論中心

徐嫚鴻 著

國家圖書館出版品預行編目資料

明代陳繼儒戲曲評點本研究：以《六合同春》為討論中心／徐嫚鴻 著 — 初版 — 新北市：花木蘭文化出版社，2013〔民102〕

目 6+184 面；19×26 公分

（古典文學研究輯刊 七編；第 11 冊）

ISBN：978-986-322-100-5（精裝）

1.（明）陳繼儒 2. 明代戲曲 3. 戲曲評論

820.8 102001633

ISBN-978-986-322-100-5

古典文學研究輯刊

七 編 第十一冊 ISBN：978-986-322-100-5

明代陳繼儒戲曲評點本研究：以《六合同春》爲討論中心

作　　者　徐嫚鴻

主　　編　曾永義

總 編 輯　杜潔祥

出　　版　花木蘭文化出版社

發 行 所　花木蘭文化出版社

發 行 人　高小娟

聯絡地址　新北市永和區中正路五九五號七樓

電話：02-2923-1455／傳眞：02-2923-1452

網　　址　http://www.huamulan.tw 信箱 sut81518@gmail.com

印　　刷　普羅文化出版廣告事業

初　　版　2013 年 3 月

定　　價　七編 16 冊（精裝）新台幣 26,000 元

明代陳繼儒戲曲評點本研究
：以《六合同春》爲討論中心

徐嫚鴻　著

作者簡介

徐嫚鴻，1983 年出生於台北市，中央大學中國文學研究所碩士，研究領域為古代中國戲曲文學與文化。目前任職於中央研究院歷史語言研究所傅斯年圖書館。

提 要

明代文學家陳繼儒（1558 ～ 1631）曾評點過《西廂記》、《琵琶記》、《幽閨記》、《繡襦記》、《紅拂記》、《玉簪記》等劇作。在這些署名為「陳眉公」的戲曲評點本中，上述六部劇作原為明代書林師儉堂書坊所刻，清代時被修文堂購買，重新印行，彙集這六部劇作，此次合刊稱為《六合同春》。

本文研究範圍以陳眉公評點的《六合同春》為主，依序分析各劇評點內涵及其理論價值。再從陳眉公文集和明清文人筆記中，整理有關論述，理析陳眉公思想與劇中評點內涵互相參照。

藉由評點本的評價、比對，和探析評點內容，爬梳其中呈現陳眉公的戲劇學觀點，包括人物形象的塑造、曲白科諢的營造、關目情節的安排、場上觀念的有無等，並與眉公思想相互比對，藉以研判評語是否有因襲或是偽造的可能。

比對此六劇評點內涵後，可知其評點與眉公思想主張是相符的，他肯定「至情」、「真情」，以及「奇巧」的文學思想。藉評點本發抒己見，挖掘劇作家的創作手法、敘事技巧；從中整理出的眉公戲曲評本的戲劇學觀點，亦可為眉公文學理論做一補充，也可視為明代評點文學發展的部份面貌：陳眉公的戲曲評點不僅著重於曲意鑑賞，也能針對關目情節的設計經營有所發揮、批評，這也是其評點的理論價值。

致 謝 辭

學術研究像是在挖掘一處深不知幾尺的礦脈，儘管過程像深幽不明的隧道，記得要點亮著心中的燈火，照明眼前的路，一步一步挖掘出最美麗的礦石。

——嫚鴻 筆

首先，誠懇感謝辛苦的指導教授：李國俊博士，國俊老師細心的教導使學生得以一窺傳統戲曲的奧秘，課後不時的討論並且指引研究方向，對論文題日的設計、文本的研讀及問題的排除上有不少助益。此外，在論文寫作上的指導，包含架構、用字、邏輯的推演上，更是讓學生受益許多。跟隨著國俊老師，學習到的不只是論文的撰寫，還有優雅的南管唱曲、傳統戲曲的品鑑等，老師亦師亦友的引導著學生，讓我知道，人生應該是隨時都在準備上台、反覆練習。

本論文的完成亦感謝中央大學中文所教授孫玫博士在口試上的寶貴建言，使我能夠順利地完成修改。台北藝術大學傳統藝術研究所教授李殿魁博士則對整個論文架構的完整性提出實質建議。另外，還要感謝中央大學洪惟助教授、賀廣如教授、以及香港中文大學的華瑋教授不時的關心學生論文進度，感謝台北藝術大學戲劇所的陳芳英教授、清華大學中文所的王安祈教授給予學生戲曲研究多面向的觸發。

感謝洪瓊芳學姐、黃思超學長對我的研究提出不少建議，更感謝同學黃琦、李思漢、陳韻妃學妹、周玉軒學妹在口試時的協助，還有實習同事陳思穎、王英儒、林精良的鼓勵，明倫高中陳素貞主任和幹事涂崇斌先生的幫忙，你們的鼓勵和協助我將銘記在心。

三年的光陰輾轉，戲曲研究室裡共同的生活點滴：那些回憶至今仍像是昨日一般鮮明。感謝昱章學長、柏堅學長、怡如學姐、瑜玲學姐、君柔學姐、雅雲助教、淑玲助教、小蘋助教、同學胤華、哲維、巧湄、瀅灩、毓絢、欣恬、懷之學弟、玉琦學妹、幼馨、育貞學妹，還有室友穎慧、盈君、芳瑜以及大學同學謹如、宛貞、詩綾、欣儀、依文學姐、淑玲學妹的勉勵，你/妳們的陪伴和支持，讓研究生活變得五味俱全、有聲有色。

最後，謹以此文獻給我爸爸、媽媽及家人，感謝你們的支持和鼓勵，家庭真的是最溫暖的停靠港。我永遠會記得我來的方向、我現在的位置，和我將去的地方，感謝你們！

嫚鴻 己丑年初九 筆於關山渡月居

目次

符號說明
第一章　緒　論 …… 1
　第一節　研究動機與目的 …… 1
　第二節　研究範圍：以《六合同春》爲主 …… 5
　　一、陳評本範圍 …… 5
　　二、陳評本的版本分類與年代順序 …… 8
　　三、台灣可見陳評本 …… 12
　　　（一）《六合同春》 …… 13
　　　（二）《陳眉公批評琵琶記》 …… 14
　　　（三）《鼎鐫陳眉公先生批評繡襦記》 …… 14
　　　（四）《鼎鐫陳眉公先生批評西廂記》 …… 14
　　　（五）《古本戲曲叢刊》收《麒麟罽》、《李丹記》、《丹桂記》 …… 16
　第三節　前人研究成果評述 …… 17
　　一、蔣星煜 …… 17
　　二、黃仕忠 …… 19
　　三、朱萬曙 …… 21
　　四、陳旭耀 …… 22
　　五、林宗毅 …… 22
　　六、其他研究明清戲曲評點的台灣學者 …… 23

第四節　研究方法 …… 25
一、評語視角分析法 …… 26
二、文獻整理法 …… 26
第五節　研究限制：版本問題、僞評問題 …… 26
第二章　文學評點溯源與眉公戲曲評本背景探討 …… 27
第一節　文學評點溯源 …… 27
一、「刻本書有圈點」的開始 …… 30
二、更早的評點淵源：與章句之學、論文、科舉、評唱之關係 …… 32
三、評點淵源：與章句之學的關係 …… 32
四、評點淵源：與論文、科舉、評唱等關係 …… 33
第二節　眉公戲曲評本背景探討 …… 35
一、晚明時期的文人思想—以陳眉公爲討論中心 …… 36
（一）晚明隱士的代表 …… 36
（二）陳眉公的文藝思想：讚揚至情說 …… 40
（三）陳眉公的讀者觀點 …… 43
二、戲曲文化概況 …… 45
三、晚明出版文化背景 …… 48
（一）書商們的選題——以大眾市場爲取向 …… 50
（二）書商推銷書籍手法——書名冠上「某某先生批評」、附精美插圖 …… 52
（三）晚明刻書業的弊病——版本粗陋與僞盜之風 …… 55
小　結 …… 56
第三章　陳眉公戲曲評本批評形式和批評視角 …… 57
第一節　陳評系統評點的形式要素與批評功能 …… 57
一、陳眉公戲曲評點本中的評點符號 …… 57
二、陳眉公戲曲評點本的評語形式 …… 62
第二節　陳眉公戲曲評點本的批評視角 …… 65
一、敘事文學視角（人物形象、關目批評） …… 66

二、抒情文學視角（曲詞賓白營造的語境、情感抒發）……66
三、讀者立場視角……66
四、社會批評視角……66
小　結……70
第四章　《六合同春》各劇的評點探析及批評價值（上）……71
第一節　《鼎鐫西廂記》評點探析……72
一、《鼎鐫西廂記》的評價與評點本比對……72
（一）評語內涵與陳眉公思想的比對……73
（二）同劇作的其他評本比較：以李評本與陳評本爲例……75
二、《鼎鐫西廂記》的戲劇學觀點探析……79
（一）人物形象……79
（二）曲白科諢……82
（三）關目情節……83
（四）場上觀念……84
第二節　《鼎鐫琵琶記》評點探析……85
一、《鼎鐫琵琶記》的評價與評點本比對……86
（一）評語內涵與陳眉公思想的比對……86
（二）同劇作的其他評本比較：以李評本與陳評本爲例……88
二、《鼎鐫琵琶記》的戲劇學觀點探析……92
（一）人物形象……92
（二）曲白科諢……96
（三）關目情節……101
（四）場上觀念……102
第三節　《鼎鐫紅拂記》評點探析……104
一、《鼎鐫紅拂記》的評價與評點本比對……104
（一）評語內涵與陳眉公思想的比對……105
（二）同劇作的其他評本比較：以李評本與陳評本爲例……105
二、《鼎鐫紅拂記》的戲劇學觀點探析……108
（一）人物形象……108

（二）曲白科諢……110
（三）關目情節……112
（四）場上觀念……113
第五章　《六合同春》各劇的評點探析及批評價值（下）……115
第一節　《鼎鐫玉簪記》評點探析……115
一、《鼎鐫玉簪記》的評價與評點本比對……116
（一）評語內涵與陳眉公思想的比對……117
（二）同劇作的其他評本比較：以李評本與陳評本爲例……118
二、《鼎鐫玉簪記》的戲劇學觀點探析……121
（一）人物形象……121
（二）曲白科諢……123
（三）關目情節……127
（四）場上觀念……130
第二節　《鼎鐫幽閨記》評點探析……131
一、《鼎鐫幽閨記》的評價與評點本比對……131
（一）評語內涵與陳眉公思想的比對……131
（二）同劇作的其他評本比較：以李評本與陳評本爲例……132
二、《鼎鐫幽閨記》的戲劇學觀點探析……135
（一）人物形象……135
（二）曲白科諢……136
（三）關目情節……137
（四）場上觀念……138
第三節　《鼎鐫繡襦記》評點探析……139
一、《鼎鐫繡襦記》的評價與評點本比對……139
（一）評語內涵與陳眉公思想的比對……139
（二）同劇作評本比較：以二種陳評本《鼎鐫繡襦記》與《陳眉公先生批評繡襦記》爲例……140
二、《鼎鐫繡襦記》的戲劇學觀點探析……143
（一）人物形象……143
（二）曲白科諢……148

（三）關目情節 149
（四）場上觀念 151
第六章　結論：陳評系統的理論貢獻 153
一、陳眉公戲曲評點本的評語風格 156
二、陳評本內涵反應陳眉公戲劇學觀點 156
三、陳評本研究展望 157
主要參考文獻 159
書　影 169

圖目錄

圖 1　李評本《西廂記》與陳評本等評語抄襲關係圖 18
圖 2　《鼎鐫琵琶記》齣批與「李湯徐三先生合評本」、「李評本」內容相較圖 20
圖 3　《六和同春》書影 169
圖 4　《鼎鐫陳眉公先生批評西廂記》卷首書影 170
圖 5　《鼎鐫陳眉公先生批評繡襦記》卷首書影 171
圖 6　《鼎鐫陳眉公先生刪潤批評西廂記》封面書影 172
圖 7　《第七才子琵琶記》書影一 173
圖 8　《第七才子琵琶記》書影二 173
圖 9　《陳眉公先生批評西廂記》卷上頁首 174
圖 10《陳眉公先生批評西廂記》第一齣齣批 175
圖 11《陳眉公先生批評西廂記》總評一 176
圖 12《陳眉公先生批評西廂記》總評二 177
圖 13《陳眉公先生批評西廂記》第一齣插圖—刻工慶雲 178
圖 14《鼎鐫陳眉公先生批評琵琶記》卷首書影 179
圖 15《鼎鐫陳眉公先生批評玉簪記》卷首書影 180
圖 16《鼎鐫陳眉公先生批評紅拂記》卷首書影 181
圖 17《鼎鐫陳眉公先生批評幽閨記》卷首書影 182

表目錄

表 1　《陳眉公先生批評琵琶記》第三齣〈牛氏規奴〉評點視角分析表……66
表 2　「師儉堂刊陳眉公評本」與「容與堂刊李卓吾評本」《西廂記》齣批比較表……76
表 3　《鼎鐫西廂記》評語表（有提及「關目」）‥83
表 4　「師儉堂刊陳眉公評本」與「容與堂刊李卓吾評本」《琵琶記》齣批比較表……88
表 5　《鼎鐫琵琶記》評語表（有關「曲妙」）……96
表 6　《鼎鐫琵琶記》評語表（有關「賓白」）……99
表 7　《鼎鐫琵琶記》評語表（有關「場上觀念」）……102
表 8　「師儉堂刊陳眉公評本」與「容與堂刊李卓吾評本」《紅拂記》齣批比較表……106
表 9　「師儉堂刊陳眉公評本」與「容與堂刊李卓吾評本」《玉簪記》齣批比較表……118
表 10　《鼎鐫玉簪記》評語表（有關「曲妙」）‥123
表 11　《鼎鐫玉簪記》評語表（有關「曲詞刻畫氣氛」）……124
表 12　《鼎鐫玉簪記》評語表（有關「曲詞不離題」）……125
表 13　《鼎鐫玉簪記》評語表（有關「情景設計」）……125
表 14　《鼎鐫玉簪記》評語表（有關「賓白」）‥126
表 15　《鼎鐫玉簪記》評語表（有關「關目」）‥127
表 16　「師儉堂刊陳眉公評本」與「容與堂刊李卓吾評本」《幽閨記》齣批比較表……132
表 17　《鼎鐫繡襦記》齣批整理表……141

符號說明

・和。和、	圈點，評點本中常見符號。
————	刪號，多半會伴隨著評語出現，陳評本中使用的時機是在表達評者認為此段可刪的意見。
━━━━	抹號。抹號是明代戲曲評點本中的特殊符號。像是一條粗黑的直線，畫在曲詞或是道白的旁邊，具有醒目和突出的效果，提醒讀者注意。

第一章　緒　論

第一節　研究動機與目的

在中國古代戲曲論著中，許多評論偏向概括性的批評比較，只是教人欣賞某劇之妙，卻未說清楚劇作的何處值得欣賞，論者或針對特定劇本，或專論特定劇作家之風格；而這些曲品、提要、筆記式的評論往往流於精簡、脫略，無法深入戲曲曲文中進行更仔細的針砭，於是筆者開始對於依附文本的戲曲評點此種批評形式感到興趣。戲曲評點相較於其他戲曲評論方式，其特徵在於評論與被評作品結合更爲緊密；而批評者隨興式的圈點，或是在文本上直接加注、解說己意，也形成評點文學在理論上具有離散性的特徵。

透過閱讀戲曲評點本的過程，思考到明代文人進行閱讀活動時，針對戲曲曲文賓白進行圈點和批評的動機爲何？文人在評點戲曲的過程是否可以視爲一種讀者主動參與文本再創造的行爲？這裡可以進行的討論重點之一，是關於明代文人在觀賞及批評戲曲文本時的心態與動機，也就是閱讀客體與書寫行爲的關聯性。儘管我們知道評點的批評形式是分散性的，依附著文本進行，但仔細分析也能從中發現不少評點家共同關注的重點，這也是在閱讀戲曲評點時所關注另一個研究重心，像是劇本之結構佈局、創作筆法、關目情節之理論、作品之藝術境界、人物形象之塑造等。由於對戲曲評點的概況好奇，閱讀朱萬曙先生的《明代戲曲評點研究》〔註1〕一書，發現其中討論明代文人陳眉公（1558～1639）〔註2〕的曲評部分不少，被尊稱爲「徵君」、「山人」

〔註 1〕 朱萬曙：《明代戲曲評點研究》（合肥市：安徽教育出版社，2004 年 6 月）。

〔註 2〕〔明〕陳繼儒（1558～1639），字仲醇，江蘇華亭人（華亭今屬上海市松江縣）

的陳眉公在晚明的出版文化中佔有重要地位，陳眉公曾評點過《西廂記》、《琵琶記》、《幽閨記》、《繡襦記》、《紅拂記》、《玉簪記》等劇作，但是目前台灣相關研究卻鮮少討論陳眉公的曲評作品。

孫琴安《中國評點文學史》〔註3〕則是從整個評點文學史的發展來看明代陳眉公的地位，書中討論了陳眉公的在評點文學上的成就，針對陳眉公在詩歌上的評點做出的評價是：

> 陳繼儒的文學評點在當時雖不像李贄、王世貞那樣具有權威性，但與湯顯祖、袁宏道、孫鑛、鍾惺等人也幾乎旗鼓相當，皆屬名家之列，也代表了明代文學評點的一般特點和風格。〔註4〕

可惜的是陳眉公的詩歌評點原著多已散逸，僅存曾被他人轉引保留下來的評語可供參考，像是明人周珽《唐詩選脉會通評林》、楊倫（1747～1803）的《杜詩鏡詮》，這些匯評本保留了一些陳眉公的詩歌評語。研究陳評本的價值在其所呈現明代文學評點的共同特點及風格，至於是什麼樣的特點和風格，是本論文要探討的重點之一。

孫琴安論及陳眉公的戲曲眉批和總評特色認爲：

> 陳繼儒的眉批都極簡短，多寥寥數字，有少到二三字。這些眉批不和劇本的具體段落結合而單獨地看，似毫無意味，如與眉批下的具體段落和文字結合起來，便常會發現他的眼光和智慧。陳繼儒批戲，直話直說，顯得很痛快。……對於戲劇中不足之處，他也會直截了當地指出。〔註5〕

要如何從簡短評語中看出評點者的眼光和智慧，以及評點者關注的重點，評點者的批評是否具有獨到之處？還是有抄襲之虞呢？這也是歷來研究者爭論的議題之一。

關於陳眉公的總評特色，孫琴安以爲：

> 都很簡短，卻多就人物和內容而發議論。〔註6〕

生於明世宗嘉靖三十七年（1558 年），卒於明思宗崇禎 12 年（1639 年），以上參考自姜亮夫纂定，陶邱英校：《歷代人物年里碑傳綜表》（台北市：文史哲出版社，1985 年），頁 468。文集有陳夢蓮編《陳眉公全集本》，生平年譜可參考《明史》卷 298，陳夢蓮撰《眉公府君年譜》。

〔註 3〕孫琴安：《中國評點文學史》（上海市：上海社會科學院出版社，1999 年 6 月）。

〔註 4〕同上註，頁 167。

〔註 5〕同上註，頁 167。

〔註 6〕同上註，頁 167。

他注意到陳眉公在戲曲評點中表現出當時的文人思想，受到李贄（1527～1602）的思想解放精神影響，像是《紅拂記》第十齣《俠女私奔》的齣批就駁斥了紅拂夜奔李靖這樣的行爲是「淫奔」之說。

值得關注的是：孫琴安也討論陳眉公在戲曲評點本中的「比較評點」：如《紅拂記》的第二十九齣〈拜月同祈〉齣批與《西廂記》等一些名劇的「拜月祈禱」情節場面相比。在總評中也把《紅拂記》和《西廂記》、《琵琶記》進行風格比較。還有在《琵琶記》的評點本中，陳眉公將《琵琶記》和《西廂記》比喻爲兩幅畫：「白衣大士」和「豔妝美人」，「水墨梅花」和「著色牡丹」。

這樣鮮明而具有特色的的圖畫式比喻，除了可以表現不同劇作之風格，也顯示出陳眉公將繪畫藝術的鑑賞方法轉來評論戲劇作品，這也是陳評本的風格特色之一。

陳眉公的評點文字是否能見其在戲曲評點理論上的建設性，其中又反映評點者在觀賞劇作時保持什麼心態？就其中有關結構主題的評語初步整理之後，發現不少建設性的批評，像是陳眉公在評《西廂記》的第十三齣〈月下佳期〉總批說：「千里來龍，穴從此結，萬種相思，盡從此處撇，真令看《西廂》者，熱腸冷氣一時快活殺！」〔註 7〕評《琵琶記》第五齣〈南浦囑別〉總批說：「只家中離別，夫婦相對流連耳，十里長亭便不通。」〔註 8〕評《幽閨記》的劇末總評說：「妙在悲歡離合，起伏照應，線索在手，弄調如是。」〔註 9〕評《繡襦記》的第三十三齣〈剔目勸學〉總批說：「文有煞處放鬆，此是放鬆處，亦是收煞處。」〔註 10〕評《繡襦記》第四齣〈厭習風塵〉總批說：「生出這繡羅襦，意是一線牽動全傳。」〔註 11〕評《紅拂記》的第三十四齣〈華夷一室〉總批說：「好結局，各從散漫中收做一團，妙！妙！」〔註 12〕第二齣〈潘公遺試〉總批說：「開局把全意挈起，文方不散漫。」〔註 13〕以上都可看

〔註 7〕秦學人、侯作卿編著：《中國古典編劇理論資料匯輯》（北京市：中國戲劇出版社，1984 年），頁 105。

〔註 8〕同上註，頁 107。

〔註 9〕同上註，頁 106。

〔註 10〕同上註，頁 111。

〔註 11〕同上註，頁 110。

〔註 12〕秦學人、侯作卿編著：《中國古典編劇理論資料匯輯》（北京市：中國戲劇出版社，1984 年），頁 115。

〔註 13〕同上註，頁 112。

出評點者關心著戲劇結構的發展與合理性，並且在隨文評點中加上自己的見解，陳眉公注意到敘事細節要能對應到整體結構，認為戲曲開場時就應掌握好全局架構；知道起伏照應處，也注意收煞放鬆處；利用關鍵的一線情節去牽動全劇進行，也要在結尾處將敘事線索作整體收尾，才能算是完整的戲曲敘事結構，就是陳眉公所謂的「好結局」，這也是中國古典戲曲的特點之一。評點家能把這些細節處透過評語和圈點一一指出，帶領讀者發現戲曲文本的深刻價值，在細節和整體之間將「金針」度與讀者。

陳眉公是晚明的名士，「少為高才生」，與董其昌（1555～1636）、王衡（1564～1607）齊名。「年未三十取儒衣冠焚棄之，與徐生益孫，結隱於小昆山」〔註 14〕，因為陳眉公這樣特異的行徑造成其名聲大振。加上「為人，重然諾，饒智略，精心深衷，妙得老子陰符之學」〔註 15〕，在學問和藝術上的成就也受到當時的名公大臣看重：「婁東四王公雅重仲醇，兩家子弟如雲，爭與仲醇為友，惟恐不得當也。玄宰久居詞館，書畫妙天下，推仲醇不去口。海內以為董公所推也，咸歸仲醇」〔註 16〕，當時「薦舉無虛牘，天子亦聞其名，屢奉詔徵用」〔註 17〕，由此可見當時陳眉公具有滿高的知名度。雖然沒有創作戲曲作品，也沒有像李卓吾那般高度推崇戲曲小說，留下重要的評論文字。不過署名為「陳眉公批評」的戲曲評點本確實不少，但是完整的討論和研究卻尚未深入開發，因此研究其評點文獻對於瞭解晚明戲曲評點史而言是必要的一步。

在晚明戲曲評點的演變歷程中，從註釋音評的形式發展到深入的眉批、齣批，多數的評點內容未能有機會被完整的加以整理成一家之言，這也反映出評點語言的零碎性與理論系統性的缺乏。有的研究者認為陳眉公的戲曲評點本帶有「市儈味」〔註 18〕而有不佳的印象；或者和李卓吾的戲曲評點本相

〔註 14〕〔清〕錢謙益、錢陸燦輯：《列朝詩集小傳》（上海市：上海古籍出版社，1983 年），丁集下，〈陳徵士繼儒〉，頁 637～638。

〔註 15〕同上註，頁 637～638。

〔註 16〕同上註，頁 637～638。

〔註 17〕同上註，頁 637～638。

〔註 18〕蔣星煜在〈陳眉公評本西廂記的學術價值〉一文的結論說到：「我想把陳評本《西廂記》的學術價值再歸納成這樣幾句話：一、提供了以校為重點轉移到以論為重點過程中的明刊本《西廂記》的標本。二、擴大了李卓吾評本的影響，並起了某種程度的『代用品』的作用。三、眉評部分對《西廂記》的藝術處理和人物塑造，尤其對紅娘的可愛的形象有精闢的分析。我認為學術價

比，較不具深入的戲曲理論價值。若是細觀陳評本內容便可知陳評本絕非毫無意義可言，是有其時代價值與理論意義，細部探討其內容，也是希望能呈現戲曲評點史上的一番面貌。

評點透過書坊的發行，使得更多讀者可以從評論者的眼光出發，去重新審視劇作中巧妙之處。被評點的劇作多半是當時家喻戶曉的作品，如《西廂記》、《琵琶記》等等。書坊主人十分聰明，將這些經典劇作加上名家刻工的精美插圖，配上名士文人自己的手讀筆跡、圈點眉批等，重新包裝，讓這些以「某某評點」的劇作大量印刷出版，這樣的出版現象的確再度刺激了戲曲文本市場的購買欲，也讓閱讀文人評點劇作成為一種文化流行現象。

因此陳眉公戲曲評點的研究價值也在於此，不僅只是戲曲評點理論、評點語言風格的探討、戲劇敘事理論的發展。在進行分析陳眉公戲曲評點內容的同時，也針對這些劇作的評點價值、出版文化、讀者心態，還有抄襲狀況一一進行討論，期能呈現出晚明出版戲曲評點的文化流行現象和戲曲評點的發展過程，即便是散金碎玉的戲曲評點，相信透過文獻整理和分析，亦可披沙揀金，挖掘其評點理論的珍貴價值。

第二節　研究範圍：以《六合同春》為主

一、陳評本範圍

在署名為「陳眉公」的戲曲評點本中，有明代書林師儉堂刻、清代乾隆年間修文堂印行的《六合同春》，此合集彙集了陳眉公所批評的《西廂記》、《幽閨記》、《琵琶記》、《紅拂記》、《繡襦記》、《玉簪記》等六部劇作，合稱《六合同春》本〔註 19〕，是六種評本的合刻，目前可見的影印本收錄於《不登大雅文庫珍本戲曲叢刊》中，此本是依據北京大學圖書館藏的《六合同春》所複印。據陳旭耀先生研究指出：

中國國家圖書館亦藏有《六合同春》。《六合同春》曾兩次印行，北

值是相當高的。我對陳眉公（陳繼儒）向來的評價不太好，在我心目中，他沾有較多市儈習氣，並不是像李卓吾這種敢於向封建禮教公開挑戰的鬥士。」

〔註 19〕〔明〕陳繼儒撰：《六合同春》六種，十二卷（《西廂記》、《琵琶記》、《紅拂記》、《玉簪記》、《幽閨記》、《繡襦記》）（北京市：學苑出版社，2003 年，《不登大雅文庫珍本戲曲叢刊》據「北京大學圖書館藏馬氏不登大雅文庫明蕭騰鴻刻本影印」）。收錄在《不登大雅文庫珍本戲曲叢刊》第 11～13 冊。

> 大藏本應該是初印本，時間可能在明末清初，中國國家圖書館藏本是修文堂於乾隆十二年重印的本子，可能是書商得到了師儉堂的陳評本原本，作了修訂，刪除原本序文和附錄，修改正文卷端題署，挖去原書版口的「師儉堂板」四字，並根據余文熙〈六曲奇序〉內容，以「六合同春」做爲叢書總名。〔註20〕北京大學圖書館藏的《六合同春》正是本論文主要討論範圍。

此外，台灣國家圖書館藏有《鼎鐫陳眉公先生批評繡襦記》、《鼎鐫陳眉公先生批評西廂記》，都是明末書林蕭騰鴻刊本，可與《六合同春》本互相參考。

《古本戲曲叢刊》也收有部分陳眉公評點作品：

《古本戲曲叢刊初集》收有明刊本《丹桂記》二卷，題署爲「雲間眉公陳繼儒批評」、「拓浦敷莊徐肅穎刪潤」、「富沙儆韋蕭鳴盛校閱」，可惜未標明刊行處。

《古本戲曲叢刊二集》收有陳評本的《麒麟罽》，萬曆海昌陳氏刻本，師儉堂又有重印，該本卷首有署名「雲間陳繼儒」所書《麒麟罽》小引一篇，目錄首頁題有「□鐫批評麒麟墜目錄」九字，故朱萬曙先生疑此爲陳眉公評本，在上海圖書館也可見到。

《古本戲曲叢刊五集》收有明刻的《李丹記》，卷首有署名「四明大雅堂編」、「雲間陳眉公評」、「友人趙當世校」。

另外，參考朱萬曙的調查〔註21〕，在中國各地圖書館有以下署名爲陳眉公評點的曲本，調查結果顯示署名陳評本，包含《六合同春》在內，一共有十五種：《西廂記》、《幽閨記》、《琵琶記》、《紅拂記》、《繡襦記》、《玉簪記》、《玉合記》、《玉茗堂丹青記》、《異夢記》、《明珠記》、《西樓記》、《丹桂記》、《玉杵記》、《李丹記》、《麒麟罽》。

本文討論範圍所以設定在《六合同春》這六個評點本的原因，主要是因爲此套評點合刊本是陳眉公在其所有的戲曲評點本中，唯一有「系列合刊」的概念，從明末到清代一再被翻刻重印，也表現此合刊本在書籍市場上的暢銷程度，藉由研究熱門的評點合刊，較能看出眉公評點本受人歡迎的原因。

以下依照館藏地分別整理各地圖書館所藏陳評本，並加以概述，留待日

〔註20〕陳旭耀：《現存明刊《西廂記》綜錄》（上海市：上海古籍出版社，2007年），頁157。

〔註21〕朱萬曙：《明代戲曲評點研究》（合肥市：安徽教育出版社，2004年6月），頁88～89。見〈陳評曲本的數量與刊刻者〉一節。

後研究陳評本參考：

北京圖書館藏有：

《玉合記》、《異夢記》、《丹桂記》（即《古本戲曲叢刊》影印北京圖書館藏本）、《麒麟罽》（即《古本戲曲叢刊》影印北京圖書館藏本）《鼎鐫陳眉公先生批評琵琶記》、《鼎鐫陳眉公先生批評幽閨記》、《鼎鐫琵琶記》、《鼎鐫幽閨記》、《鼎鐫紅拂記》、《鼎鐫玉簪記》，都是明代書林師儉堂刻本，還有明刻本《玉茗堂丹青記》。《六合同春》十二卷也藏於此館。（按《六合同春》十二卷有中國國家圖書館收藏版本，兩本刊印的時間先後不同。）《玉合記》，下卷題「雲間眉公陳繼儒批評，古閩徐肅穎敷莊刪潤，潭陽蕭儆韋鳴盛校閱」。《異夢記》，卷首有野休子弘所撰〈異夢記引〉，題署同《玉合記》。《丹桂記》，卷首有署名「太原王穉登」之〈敘丹桂記〉，題署爲「雲間眉公陳繼儒批評，拓浦敷莊徐肅穎刪潤，富沙儆韋蕭鳴盛校閱」。《玉茗堂丹青記》，就是湯顯祖的《牡丹亭》，卷首有清遠道人〈丹青記題詞〉，也就是其他各本《牡丹亭》之〈還魂記題詞〉；題署爲「臨川湯顯祖若士編著，古閩徐肅穎敷莊刪潤，雲間陳繼儒眉公批評，潭陽蕭儆韋鳴盛校閱」。

大連圖書館藏有：

《鼎鐫陳眉公先生批評玉簪記》，是明代書林師儉堂刻本。

南京圖書館藏有：

《明珠記》，是明代書林師儉堂刻本，此書在中國社科院文學所亦有收藏。四十三齣之後殘缺抄補，題署同《玉合記》；另有楊齡生刊本，其版式與批語和南京圖書館藏《明珠記》全同，只有卷首題署不同：「雲間陳繼儒眉公批評，陸天池著，蕭慶雲梓」。

上海圖書館藏有：

《鼎鐫陳眉公先生批評西廂記》，是明代書林師儉堂刻本。《李丹記》（即《古本戲曲叢刊》影印上海圖書館藏本）。

中國藝術研究院戲曲研究所藏有：

《西樓記》，是明代書林師儉堂刻本，題署同《玉合記》。

另外，在美國的國會圖書館藏有：

《玉杵記》，是明代書林師儉堂刻本，其上卷題署同《丹桂記》。在《中國曲學大辭典》中可見鄒長風提供此書單頁書影。

以上是國內外陳眉公戲曲評點本收藏狀況。本文研究範圍以《不登大雅文庫珍本戲曲叢刊》所收的《六合同春》爲主，加上台灣國家圖書館藏的《鼎鐫陳眉公先生批評繡襦記》、《鼎鐫陳眉公先生批評西廂記》，搭配前人整理的《中國古典編劇理論資料彙集》、《中國歷代劇論選注》、《中國古典戲曲序跋彙編》、《明代戲曲評點研究》補充陳眉公的戲曲評點內容。

二、陳評本的版本分類與年代順序

根據朱萬曙的調查結果可知，署名爲陳繼儒批評的戲曲評點本有十五種。按照現存的陳評曲本題署分類，可分爲以下幾種：

A 類：有標明「鼎鐫」字樣的版本。

B 類：沒有標明「鼎鐫」字樣，只有題「雲間眉公陳繼儒批評，古閩肅穎敷莊刪潤，潭陽蕭儆韋鳴盛校閱」或「雲間眉公陳繼儒批評，拓浦敷莊徐肅穎刪潤，富沙儆韋蕭鳴盛校閱」的版本。也就是都有「陳眉公」的評、「徐肅穎」的刪潤、「蕭鳴盛」的校閱。

C 類：沒有標明「鼎鐫」字樣，題署和 A、B 兩類不同，如楊齡生刊本的《明珠記》，只有題「雲間陳繼儒眉公批評、陸天池著、蕭慶雲梓」。《李丹記》題署爲「四明大雅堂編、雲間陳眉公評、友人趙當世校」。《麒麟罽》題爲「□鐫批評麒麟墜」，有「雲間陳繼儒」撰之《麒麟罽小引》。

據其研究指出：A 和 B 兩類的版式相同，共同特徵有：「一、插圖散見書中各處。二、均有齣批，以手書體刊刻。三、版刻字體清晰，設眉欄，眉批鐫眉欄之內，每行四字」〔註 22〕，因此推測這兩類的陳評本都是「出自同一書坊」，也就是「蕭騰鴻的師儉堂」〔註 23〕。

另外，從刻書角度來看陳眉公曲評本的刻書業者，可參考謝水順、李珽的研究結果：「慶雲」即「蕭騰鴻」，他所刊刻的《鼎鐫西廂記》和《鼎鐫陳眉公先生批評繡襦記》的卷端均題有「書林慶雲蕭騰鴻梓」一行。而蕭騰鴻其兄蕭少衢也曾爲陳繼儒評選的文史書籍刻書，像是《鼎鐫陳眉公先生評選莊子南華經雋四卷》、《鼎鐫陳眉公先生評選秦漢文雋四卷》。而蕭騰鴻的師儉堂一向以刊刻戲曲書聞名，現存刻本除了醫書一種以外，其他均爲戲曲類的書籍。

〔註 22〕同上註，頁 89。

〔註 23〕關於蕭騰鴻與師儉堂的介紹，可參考謝水順、李珽著：《福建古代刻書》（福建省：福建人民出版社，1997 年 6 月），頁 320～325。建陽蕭氏刻書是明嘉靖以後的事情，知名的刻書家僅蕭鳴盛（1575～1644）、蕭少衢（1570～1621）、蕭騰鴻（1586-?）三人，其中蕭少衢、蕭騰鴻的師儉堂是明代著名的書肆之一，在刊刻戲曲書方面特別突出。

師儉堂所刊刻的《鼎鐫西廂記》、《鼎鐫幽閨記》等六種書版，到清代被修文堂所購買，並且於乾隆十二年（1747 年）重新印行，合稱《六合同春》。

其推論以爲蕭騰鴻是建陽書坊人，故書肆也應該設在金陵。理由有三：「一，爲蕭騰鴻雕刻戲曲插圖的劉素明是金陵戲曲版畫名匠。蕭騰鴻師儉堂刊刻的《陳眉公先生批評玉簪記》、《陳眉公先生批評幽閨記》、《陳眉公先生批評紅拂記》等書的插圖均爲劉素明鐫版……；其二，爲蕭騰鴻戲曲書（如《幽閨記》、《紅拂記》）等繪圖的蔡冲寰也是活躍在金陵、蘇杭書坊的一名畫工；其三，蕭騰鴻的刻書風格與建刻書籍完全不同，尤其是所刻插圖均精緻秀麗，完全是受徽派影響的金陵版畫風格，與古樸簡潔的建刻版畫迴異。」〔註 24〕推論出蕭騰鴻的書肆設在金陵，或者師儉堂當初設於建陽，後來又遷移到金陵，總之蕭騰鴻大部分書籍都在金陵刊刻。而蕭鳴盛是蕭少衢、蕭騰鴻的族叔，也曾經爲師儉堂校書。像是陳眉公的《異夢記》評點本就是蕭鳴盛所校〔註 25〕。

以上這些資料可以幫助我們理解陳眉公評點過戲曲、經史等作品不少，而且多是由金陵的師儉堂蕭騰鴻所刊刻，這和陳眉公有地緣上的關係，而建陽書坊也對陳眉公曲評本的廣泛流傳有所影響。

本文研究範圍以《六合同春》曲評本爲中心討論，在此需要釐清的是在陳眉公曲評本十五本中的出版時間先後，與他們是否爲同一系列出版品：其中師儉堂刊刻陳評本的有十三本，在《六合同春》中所收的曲評本和其他曲評本有何差別呢？

朱萬曙的看法以爲「其他評本和這六種評本顯然不是同一個系列」，他的理由有三，主要是從書名和題署、書中是否有序文和釋義來判斷的。因爲其他七種並未標出「鼎鐫」字樣，而是直接用原來的劇名。

從書名的角度看來：未標明「鼎鐫」或是「鼎鐫陳眉公先生批評」以外的評本，只有標上劇本原名。

再從題署的角度看來：比對之後發現《六合同春》的《鼎鐫繡襦記》〔註 26〕

〔註 24〕謝水順、李珽著：《福建古代刻書》（福建省：福建人民出版社，1997 年 6 月），頁 322。

〔註 25〕同上註，頁 325。蕭鳴盛校書、刻書應是晚年致仕回里後所爲，他的刻本流傳很少，目前所知僅有兩種：僅有陳繼儒評注《五子雋》七卷，江蘇省清江市懷陰中學藏；陳繼儒輯《老莊合雋》六卷，北京大學、陝西師大、武漢市圖書館各藏一部。

〔註 26〕〔明〕陳繼儒撰：《鼎鐫繡襦記》收於北京大學圖書館編《不登大雅文庫珍本戲曲叢刊》（北京市：學苑出版社，2003 年），第 13 冊，頁 233～391。版式爲題署作「雲間眉公陳繼儒評、一齋敬止余文熙閱、書林慶雲蕭騰鴻梓」，而國家圖書館藏的《陳眉公先生批評繡襦記》〔註 27〕的題署則是「潭陽儆韋蕭鳴盛校、一齋敬止余文熙閱、書林慶雲蕭騰鴻梓」，《陳眉公先生批評繡襦記》題署中比《六合同春》本《繡襦記》多了一個「蕭鳴盛校」，在正文前也多了一篇余文熙所寫的〈繡襦記序〉和白行簡所撰的〈汧國傳〉，〈汧國傳〉有評點於其上。而其他非「鼎鐫」或是非「鼎鐫陳眉公先生批評」的陳評本的題署均爲「雲間眉公陳繼儒批評、古閩徐肅穎敷莊刪潤、潭陽蕭儆韋鳴盛校閱」。因此朱萬曙先生從這些題署的相似性，進而推測出結論：「這些本子的刻印時間是相接近的」。

從卷首的序言和卷末的總評看來：《六合同春》系列的評點本在卷首都沒有留下序言，卷末部分有保留陳眉公總評的文字。其他非「鼎鐫」或是非「鼎鐫陳眉公先生批評」的陳評本在卷首沒有序言或總評，卷末沒有「總評」類的文字。

另外，根據朱先生的說法〔註 28〕，《六合同春》所收的六種曲本有三種名稱，分別是三次不同時間刊印的版本：

第一種是標名爲「鼎鐫」，這是第一次刊印的版本，卷首沒有序言，現有存本。

第二種是標名爲「鼎鐫陳眉公先生批評」，這是第二次刊印的，現有存本爲中國國家圖書館的《西廂記》、《琵琶記》、北京圖書館的《幽閨記》、大連圖書館的《玉簪記》四種，卷首有序言，手書體，各齣有「釋義」，其中《西廂記》有余文熙所撰之序文〔註 29〕，提到將六部劇作集中成帙，名之爲「六

半頁 10 行，一行 26 字，賓白小字雙行，眉欄批語一行可容 4 小字，四周單邊，版心著書名、卷次，頁數。刻有 11 幅雙面連式插圖，插圖散見劇中，其中有刻工或畫工署名：劉素明鐫、蔡汝佐筆、次泉刻像、素明、劉素明刻、次泉圖畫、次泉筆、陳鳳洲筆。劉素明是杭州刻工名家，可見曾被延攬至金陵書坊刻圖。

〔註 27〕〔明〕薛近袞撰、陳繼儒評：《陳眉公先生批評繡襦記》（〔明〕書林蕭騰鴻刊本，約西元 17 世紀）。正文卷端題「鼎鐫陳眉公先生批評繡襦記卷之上、雲間眉公陳繼儒評、潭陽儆韋蕭鳴盛校、一齋敬止余文熙閱、書林慶雲蕭騰鴻梓」。序:「余文熙」。10 行，行 26 字。小字雙行，字數同。單欄。版心白口，上方記「陳眉公批評繡襦記」。藏印：「國立中央圖／書館收藏」朱文長方印、「王氏二十八宿研／齋祕笈之印」朱文長方印、「恭／綽」朱文方印、「遐庵／經眼」白文方印、「玉父」白文長方印。框 22.3x14.5 公分，上欄高 2.3 公分。目前收藏於國圖善本書室中。

〔註 28〕朱萬曙：《明代戲曲評點研究》，頁 90～93。見〈陳評曲本的數量與刊刻者〉一節。

〔註 29〕此處參考朱萬曙所見中國國家圖書館藏的《鼎鐫陳眉公先生批評西廂記》之

合同春」，序文末署「戊午孟冬余文熙書於一齋」，戊午爲萬曆四十六年，也就是在萬曆四十六年之前，這六本曲評本已經發行過，當時以「鼎鐫陳眉公先生批評」之名刊印的曲評本已被合稱爲「六合同春」，且這六個評點本有良好市場反應，這些刊本應是標名爲「鼎鐫」的版本。〔註 30〕

第三種書名是現存可見的《六合同春》本，這六種書版在清代時已經被修文堂所收購，〔註 31〕乾隆十二年時印行，去掉原刊本的序文和釋義，裝訂爲一函。

總而言之，共有四種版本的師儉堂刻印陳評本：一是六種曲本以外的其他曲評本；二是有標名「鼎鐫」的六種曲評本；三是標名「鼎鐫陳眉公批評」的六種曲評本；四是清代重印的《六合同春》本。以上可以確定時間的只有第三種本子，在萬曆四十六年刊行，其他版本資料不足以辨識，若是從校閱者蕭鳴盛的生平去判斷，在他中舉之後（萬曆三十一年），又在各地任職，卒年根據《蕭氏家譜》記載是崇禎十七年，〔註 32〕這至少可確定是第一種本子刊印的下限時間，推測爲萬曆末年至崇禎十五年間刊印。

但是，以上關於第一種本子和和第二種種本子出版先後，朱萬曙的推論是有爭議的，在陳旭耀的研究中，他認爲標名「鼎鐫陳眉公先生批評」的六種曲評本應該比有標名「鼎鐫」的六種曲評本還更早發行：朱氏的看法有不當之處。因爲師儉堂刊行的六種傳奇，其規模是較大的，爲獲得較好的銷路，肯定會多方謀劃。所以，定名爲「鼎鐫陳眉公先生批評」，並於卷首各弁一篇

資料：「《鼎鐫陳眉公先生批評西廂記》卷首沒有如前體式和陳氏署名的序文，卻有余文熙的一篇很長的序文，其大半已殘闕不全，後面的一頁尚全，其中已提及將六部劇本集中成帙，名之爲《六合同春》。序文末署『戊午孟冬余文熙書於一齊』」。

〔註 30〕此處朱萬曙之看法有爭議，詳見下文補充。

〔註 31〕陳旭耀：《現存明刊《西廂記》綜錄》，頁 157。此書提到：中國國圖和北大各藏有一套《六合同春》，國圖藏本書名頁框上方有「□隆丁卯年重□」，第三欄還增加「修文堂梓」五字，北大藏本則無，這是學界一般將《六合同春》本定爲清乾隆十二年（丁卯年，1747）修文堂重印的依據。

〔註 32〕謝水順、李珽著：《福建古代刻書》，頁 325。蕭鳴盛曾經爲師儉堂校書，《異夢記》卷端就題有「雲間眉公陳繼儒批評，古閩徐肅穎敷莊刪潤，潭陽蕭儆韋鳴盛校閱」三行。譜載：「鳴盛公，字戒甫，號儆韋，行四，生於萬曆三年（1575）丙子二月初三日巳時，卒於崇禎十七年甲申（1644 年）二月初五日寅時，葬三貴里蓮台庵後官路上……。」道光《建陽縣志》卷十二《宦績》也有其小傳：「蕭鳴盛，字儆韋，雒田里人，萬曆三十一年（1603 年）舉人。初令靈山，補授仙居，所至有善政。後任三元。」蕭鳴盛校書、刻書應是晚年致仕回里後所爲。

陳眉公所題序文，其眞實性無疑倍增；並且萬曆年間刊行的戲曲書籍，多有以附錄、插圖爭勝，師儉堂肯定不會放棄這方面的競爭。因而師儉堂首先刊行的無疑就是冠以「鼎鐫陳眉公先生批評」的六種。弁於《西廂記》卷首的余文熙《六曲奇序》應是這六種傳奇的總序，序中雖提到「六合同春」之名，但並不意味著當時刊行時即以之作六種傳奇的總名。而標明為「鼎鐫」之陳評本則後出，他們刪除了原版中的序文、附錄等，修改了正文卷端題署，甚至挖去了原書版口的「師儉堂」四字。所以，這一系列修訂或許並非師儉堂所為，書商不會在刻書時刪除自己的堂號，也許是某一書商得到了師儉堂的原版，做了上述的修訂，並根據余文熙《六曲奇序》，以「六合同春」為叢書總名。《六合同春》曾兩次印行，北大藏本應該是初印本，時間可能在明末清初；中國國圖藏本是修文堂於乾隆十二年重印的本子。朱先生未看到北大的藏本，以中國國圖藏本為乾隆十二年重印，故提出以上論點。〔註 33〕

三、台灣可見陳評本

以下介紹目前台灣可見的陳眉公戲曲評點本：《六合同春》本〔註 34〕、《陳眉公批評琵琶記》〔註 35〕、《鼎鐫陳眉公先生批評繡襦記》〔註 36〕、《鼎鐫陳眉公先生批評西廂記》〔註 37〕、古本戲曲叢刊收《麒麟罽》、《李丹記》、

〔註 33〕陳旭耀：《現存明刊《西廂記》綜錄》，頁 157。

〔註 34〕〔明〕陳繼儒撰：《六合同春》六種，十二卷（《西廂記》、《琵琶記》、《紅拂記》、《玉簪記》、《幽閨記》、《繡襦記》） 收於北京大學圖書館編《不登大雅文庫珍本戲曲叢刊》（北京市：學苑出版社，2003 年），第 11～13 冊。

〔註 35〕〔明〕陳繼儒撰：《第七才子琵琶記》（即《陳眉公批評琵琶記》）（上海市：掃葉山房，1929 年「石印本」），本書原題「夢鳳樓暖紅室」刊校，則其底本當「彙刻傳奇本」，即《暖紅室彙刻傳奇琵琶記》影印〔明〕容與堂刊本，惟又似有相異之處。目前藏於國圖。

〔註 36〕〔明〕薛近袞撰、陳繼儒評：《陳眉公先生批評繡襦記》（〔明〕書林蕭騰鴻刊本，約西元 17 世紀）。

〔註 37〕〔明〕王實甫、陳繼儒評：《鼎鐫陳眉公先生批評西廂記》二卷，附釋義二卷，蒲東詩一卷，錢塘夢一卷 （〔明〕書林蕭騰鴻刊本，約西元 17 世紀），朱墨筆圈點。正文卷端題「鼎鐫陳眉公先生批評西廂記卷之上、潭陽儆韋蕭鳴盛校、雲間眉公陳繼儒評、一齋敬止余文熙閱、書林慶雲蕭騰鴻梓」。10 行，行 26 字，小字雙行，字數同。雙欄。上方記「陳眉公批評西廂記」。藏印：「國立中央／圖書館／藏書」朱文方印、「□圃／收藏」朱文長方印、「烏程張／氏適園／藏書印」朱文方印、「無雙」朱文長方印、「抱□／夢梨／拙石／堂」白文方印、「東海／黃公」白文方印、「摩／西」朱文方印、「前生明月／今生才子」白文長方印、「黃人過目」朱文橢圓印。匡 22.2x14.4 公分，上欄高 1.8 公分。目前收藏於國圖善本書室中。

《丹桂記》。

（一）清刊本：《六合同春》〔註 38〕修文堂本

此版本在前文中歸類爲第四類：清代重印的《六合同春》，卷首題爲「陳眉公先生批評六合同春」，旁題小字雙行爲「西廂記、琵琶記、紅拂記、玉簪記、幽閨記、繡襦記」。《六合同春》內各劇題名冠有「鼎鐫」二字，有目錄，沒有序文。每半葉 10 行，科白小字雙行，每行大小皆 26 字。單欄白口，欄內刻有眉批，眉批是用明體字，小字雙行，版心上端刻書名「陳眉公批評某某某」，中刻卷次葉數。書前有目錄，目錄分上下卷。各齣齣末有齣批，手書體；劇末有總評性質的文字，手書體。題署爲「雲間眉公陳繼儒評、一齋敬止余文熙閱、書林慶雲蕭騰鴻梓」。插圖散在各齣之間，刻工和繪圖者紀錄如下：

《六合同春‧陳眉公先生批評西廂記》，上卷止於第十齣，下卷終於第二十齣。圖十幅，每圖雙面，上刊刻工名和繪圖者，如：慶雲（蕭騰鴻）、熊蓮泉、趙松雪等人。

《六合同春‧陳眉公先生批評琵琶記》，上卷止於第二十一齣，下卷終於第四十二齣。圖十五幅，每圖雙面，上刊刻工名和繪圖者，如：儆韋（蕭鳴盛）、蔡冲寰、蕭振靈、騰鴻、丁雪鵬、杜右任、劉伯淳、趙松雪等人。

《六合同春‧陳眉公先生批評紅拂記》，上卷止於十七齣，下卷終於三十四齣。圖十幅，每圖雙面，上刊刻工名和繪圖者，如：蔡元勳、沖寰、蕭騰鴻、無瑕、碧峰、蕭如石、劉伯淳等人。

《六合同春‧陳眉公先生批評玉簪記》，上卷止於第十八齣，下卷終於第三十六齣。圖十一幅，每圖雙面，上刊刻工名和繪圖者陳道海、蕭慶雲、米元章、劉素明、趙松雪、如石、蔡元勳等人。

《六合同春‧陳眉公先生批評幽閨記》，上卷止於第二十一齣，下卷終於第四十齣。圖十一幅，每圖雙面，上刊刻工名和繪圖者，如：孫雪居、蔡汝佐、振玉、李□道、無瑕、如石、蔡冲寰、劉松年等人。

《六合同春‧陳眉公先生批評繡襦記》，上卷止於第二十齣，下卷終於第四十一齣。圖十一幅，每圖雙面，上刊刻工名和繪圖者，如：劉素明、蔡汝佐、陳鳳洲等人。

〔註 38〕現存可見《六合同春》本，這六種書版是到清代被修文堂所購買，於乾隆十二年（1747）重新印行的，他們去掉了萬曆四十六刊本的序文和釋義，並集爲一函裝訂。參考朱萬曙：《明代戲曲評點研究》，頁 92。

（二）民國初年石印本：《陳眉公批評琵琶記》掃葉山房本

此版本在前文中歸類爲第三類：標名「鼎鐫陳眉公批評」的六種曲評本之一。別名爲《第七才子琵琶記》，此本是上海掃葉山房於 1929 年的石印本，根據題署爲「夢鳳樓暖紅室」刊校，推測其底本爲《暖紅室彙刻傳奇琵琶記》，又「暖紅室彙刻」本是印自明代的容與堂刊本。每半葉 13 行，科白小字雙行，每行大小皆 26 字。單欄白口，欄內刻有眉批，版心中刻卷次、葉數。書前有目錄，目錄分上下，上卷止於第二十一齣，下卷終於第四十二齣。卷首沒有序言，在眉批部分是用楷書體，小字，每行四字。齣末有齣批，手書體。每齣之後有「釋義」、「音字」。題署爲「雲間陳眉公評、夢鳳樓暖紅室刊校」。圖十四幅，每圖單面，上刊刻工名，如：黴章、蔡冲寰、騰鴻（蕭騰鴻）、劉伯淳、趙松雪等人。插圖集中在目錄和卷首之間，卷末也有散見插圖。

（三）明刊本：《鼎鐫陳眉公先生批評繡襦記》師儉堂本

此版本在前文中歸類爲第三類：標名「鼎鐫陳眉公批評」的六種曲評本之一。明薛近兗撰，明末書林蕭騰鴻刊本。國家圖書館善本書室收藏。框高 22.5 公分，寬 14.5 公分。每半葉 10 行，科白小字雙行，每行大小皆 26 字。單欄白口，欄內刻有眉批，版心上端刻書目，中刻卷次葉數，其下刻「師儉堂板」四字。書前有序及目錄，目錄分上下，上卷止於第二十齣，下卷終於第四十一齣。圖十一幅，每圖雙面，上刊劉素明、蔡汝佐寫。是書插畫繪刻俱精，堪與《琵琶記》、《牡丹亭》相媲美。〔註 39〕題署爲「雲間眉公陳繼儒評、潭陽黴章蕭鳴盛校、一齋敬止余文熙閱、書林慶雲蕭騰鴻梓」。卷首有余文熙所撰的〈繡襦記序〉，首卷目錄之後是唐代白行簡撰、陳眉公評點過的〈附汧國傳〉，記李娃與鄭生相戀始末。眉批爲明體字，小字，一行四字。齣末有手書體齣批，在卷末有總評式的文字，爲手書體。插圖散見於各齣之間。

（四）明刊本：《鼎鐫陳眉公先生批評西廂記》師儉堂本

此版本在前文中歸類爲第三類：標名「鼎鐫陳眉公批評」的六種曲評本之一。元王實甫撰，明陳繼儒評，明末書林蕭騰鴻刊本。國家圖書館善本書室收藏。框高 22.7 公分，寬 14.8 公分。每半葉 10 行，每行 26 字，科

〔註 39〕關於《鼎鐫陳眉公先生批評繡襦記》的版本內容介紹參考自張棣華：《善本劇曲經眼錄》（台北市：文史哲出版社，1976 年 6 月），頁 45～46。

白小字雙行，每行亦 26 字。單欄，欄內刻眉批。白口。版心上刻書名，中刻卷次，下刻葉數，並「師儉堂版」四字。此書扉葉題「陳眉公先生刪潤批評西廂記傳奇」、「內仿古今名人圖畫翻刻必究」，印以藍色。其上鈐有朱文正楷大方印，印文曰：「此曲坊刻不啻牛毛，獨本堂是集齣評句釋，字仿古宋，隨景圖畫，俱出名公的筆，眞所謂三絕也。是用繡梓，買者幸具隻眼。謹白。」其次卷上目錄一葉（缺卷下目錄），錄一至十齣齣目，此葉後半面空白處有手書題記七行〔註 40〕，下鈐「黃人過目」朱文橢圓小印。次「陳眉公評會眞記　一卷」，次「錢塘夢　一卷」。每卷卷首大題「鼎鐫陳眉公先生批評西廂記卷幾」，次行三行四行分別題爲「雲間眉公陳繼儒評」、「潭陽儆韋蕭鳴勝校」、「一齋敬止余文熙閱」、「書林慶雲蕭騰鴻梓」。

第一齣至第十六齣佳句旁有墨筆圈點，間用朱筆點斷，句旁有校訂字，欄外有墨筆手批。第十六齣末有手書「西廂記已畢」五字，其意蓋謂西廂本止於驚夢而已，團圓結局乃後來續成。書中墨跡不知出於誰手？審其字體，批校者與題記者不同一人。釋義分作二卷，分刊在兩卷之後，解釋每齣中難解字詞，以及字音反切。書後《蒲東詩　一卷》，共七律一百首，起「夫人自敘」，止「生鶯赴任」，全以詩句敘出西廂故事。

圖十幅，分刻在上下兩卷中。每圖佔雙面，圖上記刻工名，曰「聘州」、「次泉」、「鳳州」等，繪圖者則米元章、趙松雪等大家，繪刻並精美。書中藏印甚多，有：「烏程張氏適園藏書印」朱文方印、「芹圃收藏」朱文方長印、「無雙」朱文小印、「黃人過目」朱文小橢圓印、「東海黃公」白文長方印、「摩西」朱文方印、「前生明月今生半子」白文長方印等，另一白文方印印文不易辨識，待考。〔註 41〕

〔註 40〕題曰：「金元樂府運用成語多食古不化，反爲本色語累，獨實父顓歙，收北宋南唐詩餘之精華，如逢釀春髓，鮫杼霞絲，渾成無迹。人巧極而天工錯，王若好勝，欲以奇巧過之，終入晦澀，明璫翠羽不及一倩盼，此事自關天才，非可腹笥競也，貫華武斷，喧賓奪主，折衡敗律，土奢掃無餘，花間美人，橫受昭平之刑，爲之眦裂，今得此本，如漢殿傳呼，忽睹王嬙眞面，快甚，而不知何傖父以貫華惡札添註其旁，天下殺風景事往往有不可理喻者。」

〔註 41〕關於《鼎鐫陳眉公先生批評西廂記》的版本內容介紹參考自張棣華：《善本劇曲經眼錄》，頁 15～17。張棣華指出「芹圃」爲張乃熊之字，其父鈞衡，號「適園」，父子皆藏書家，此書曾爲張氏收藏。至於「東海黃公」、「摩西」等藏印，不知誰主。

（五）《古本戲曲叢刊》收明刊本《麒麟罽》、《李丹記》、《丹桂記》

此版本在前文歸類爲第一類，是六種戲曲評本以外的其他戲曲評本。以下爲版本概況之介紹：

1. 明刊本：《李丹記》四明大雅堂本

二卷。明刊本，收在《古本戲曲叢刊》五集，據上海圖書館藏明刊本影印，所缺頁據中國藝術研究院戲曲研究所藏本配補。原書版框高 213 毫米，寬 147 毫米。每半葉 10 行，科白字體細嫩，同行低一格，每行 20 字。四周單邊，有界，白口，無魚尾，有眉欄，鐫批語，眉批用明體字。版心上端刻書目「李丹記」和卷次，下刻葉數。二卷，上、下卷各十八齣，每齣有兩字標目。插圖十幅，雙面連式，集中置於上卷卷首。正文卷端首行題「李丹記卷上／下」，上卷次行鐫單行小字上爲「四明大雅堂」，次行、三行下爲雙行小字「雲間陳眉公評」、「友人趙當世校」。上卷首有「李丹記題詞」，次行下端署「雲間陳繼儒撰」，後有「李丹記凡例」六條。凡例後有「李丹記目錄」。齣末無齣批；劇末無總評性質文字。插圖上刊刻工名：時汝讓。

2. 明刊本：《麒麟罽》師儉堂本

二卷。明刊本，收在《古本戲曲叢刊》二集，據北京圖書館藏明刊本影印萬曆海昌陳氏刻本。師儉堂又有重印，此本亦可見於上海圖書館。

原書版框高 23 公分，寬 14 公分。每半葉 10 行，科白字體細嫩，同行低一格，每行大小 22 字。四周單邊，有界，白口，無魚尾，有眉欄，鐫批語，眉批用明體字，小字多行。目錄首頁題有「□鐫批評麒麟墜目錄」九字，版心上端刻書目「麒麟記」，中刻卷次，下刻葉數。二卷，上卷二十齣，下卷十六齣，每齣爲四字標目。插圖十五幅，集中置於上卷卷首。正文卷端首行題「麒麟罽卷上／下」，上卷次行鐫單行小字爲「浙汜 陳廣野重編」。上卷首有〈麒麟罽小引〉一篇，文末署「雲間陳繼儒撰」，後有「麒麟罽目錄」。齣末無齣批；劇末無總評性質文字。

3. 明刊本：《丹桂記》

《丹桂記》乃徐肅穎據《紅梅記》（周朝俊撰）刪潤而成。徐肅穎，明刊本《丹桂記》前作「柘浦敷庄徐肅穎」，餘無考。此本共 34 齣，除第 5 齣將《紅梅記》之齣目〈折梅〉改作〈拍桂〉而外，其餘齣目與《紅梅記》全同。第 5 齣情節亦由「折梅遇合」而改作「折桂遇合」，故易名爲《丹桂記》。內中第 17 齣〈鬼辯〉有較大改動，其餘改動不大。此劇有明萬曆間刊本，《古本戲曲叢刊》初集據以影印：劇前有太原王穉登序，此序原爲《紅梅記》而作，題作〈敘紅梅記〉，載〔明〕玉茗堂刊本《紅梅記》前，此本將其改作〈敘丹桂記〉，敘文中「紅梅」字樣亦改爲「丹桂」，餘全同。〔註 42〕總共二卷，明刊本收在《古本戲曲叢刊》初集，據北京圖書館藏明刊本影印。

原書版框高 213 毫米，寬 147 毫米。每半葉 9 行，科白字體細嫩，雙行小字低一格，每行大小 24 字。四周單邊，有界，白口，無魚尾，有眉欄，鐫批語，眉批用明體字。版心上端刻書目「丹桂記」，中刻卷次，下刻葉數。二卷，上、下卷各 17 齣，每齣有兩字標目。插圖十幅，雙面連式，分散置於上、下卷中。正文卷端首行題「丹桂記卷上／下」，次行鐫單行小字上爲「雲間眉公陳繼儒批評」，次行、三行下爲雙行小字「柘浦敷庄徐肅穎刪潤」、「富沙儆韋蕭鳴盛校閱」。上卷首有「敘丹桂記」，文末下端署「太原王穉登撰」，後有「丹桂記目錄」。齣末有齣批；劇末無總評性質文字。插圖上刊刻畫工名：冲寰、鳳洲、素明、聘洲。

第三節 前人研究成果評述

有關學界對於陳眉公戲曲評點本的研究，目前可見的文章屬零星式的論述，重點主要在探討《琵琶記》、《西廂記》評點本，述及陳眉公評點的眞僞、內容與價値等。

一、蔣星煜

蔣星煜在《西廂記考證》中〈陳眉公評本《西廂記》的學術價値〉〔註 43〕，將陳評本《西廂記》分作「釋義和字音」、「總評」、「眉批」三個部分討論，在結論部分把陳評本的學術價値歸納爲三點：「一、提供了以校爲重點轉移到以論爲重點過程中的明刊本《西廂記》的標本。二、擴大了李卓吾評本的影響，並起了某種程度的『代用品』的作用。三、眉評部分對於《西廂記》的藝術處理和人物塑造，尤其對紅娘的可愛的形象有精闢的分析。」〔註 44〕蔣先生以陳評本的《西廂記》學術價値相當高，雖然陳眉公沾有較多的市儈習氣，不像李卓吾那樣敢直接挑戰世俗禮教。此文最後提到「這

〔註 42〕《古本戲曲劇目提要》，頁 305。
〔註 43〕蔣星煜：《西廂記考證》（上海市：上海古籍出版，1988 年），頁 56～75。
〔註 44〕同上註，頁 75。

一部《鼎鐫陳眉公先生批評西廂記》是否確實是陳眉公手筆，我也未遑作深入的考察」，可見得這個部分的討論主要是針對題名爲「陳眉公」評點的《西廂記》，至於是否眞出自陳眉公手筆就無法得知了。

在另一篇文章〈李卓吾批本《西廂記》的特徵、眞僞與影響〉〔註45〕中，深入討論「容與堂本的影響」，提出容與堂李評本《西廂記》影響了明末師儉堂本《湯海若先生批評西廂記》，其批語的論點和文字與容與堂本相同，又孫鑛評、諸臣校的天啓、崇禎間朱墨套印本的《硃訂西廂記》相似，其中有部分評語是照抄容與堂本，另外有幾條是搬自「蕭騰鴻刊陳眉公本」，而「陳評本」的評語也受到「容與堂本」的影響。此外，明末魏浣初的《新刻魏仲雪先生批點西廂記》也有部分評語搬自容與堂李評本和陳評本的痕跡，只是陳評本的批語又是將李評本改頭換面而已。又舉出明代徐奮鵬的《新刻徐筆峒先生批點西廂記》也分別在齣批和眉批部分移植了容與堂李評本的評語，還有部分是照搬陳評本的評語。

將以上各版本間的抄襲現象簡單圖示如下：

圖1　李評本《西廂記》與陳評本等評語抄襲關係圖

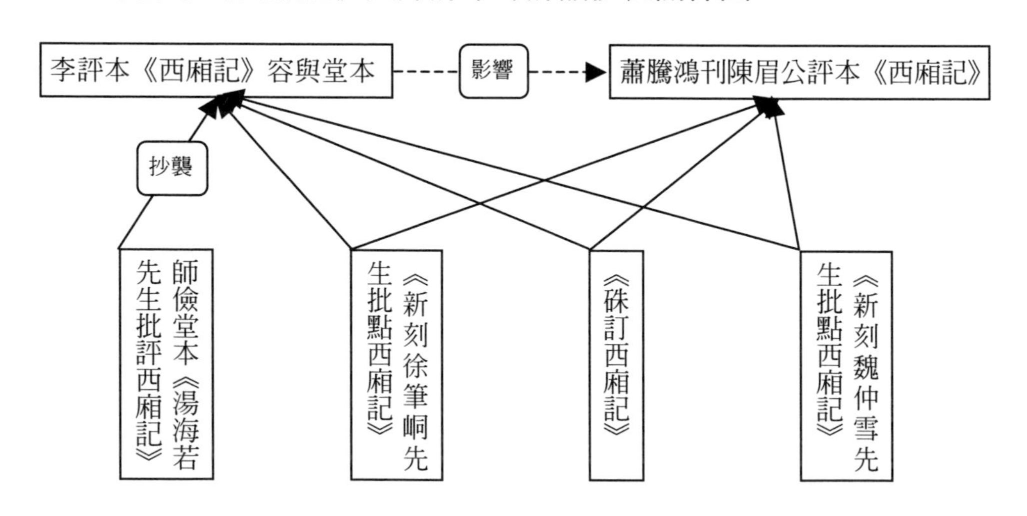

資料來源：蔣星煜：《明刊本西廂記研究》

對於以上這些現象的解釋，所做的結論是：「孫鑛是名聲韻學家孫如法一家人，魏浣初、徐奮鵬也是知名的文人，不是一般的刻書牟利的書商，他們

〔註45〕蔣星煜：《明刊本西廂記研究》（北京市：中國戲劇出版社，1982年），頁88～112。

這樣做大概是對李卓吾的論點很傾倒吧！雖然陳眉公本的批語基本上是把容與堂本的批語改寫而成，但流行也是較廣的，而孫鑛、魏浣初、徐奮鵬卻加以引用，這一點是不容忽視的」，可看出對於眾多評點本引用或抄襲陳評的現象是值得關注的主題。

在文章中也比對了陳評本和李評本《西廂記》各齣的齣批，他認爲陳評本的齣批評語和容與堂本有相似的跡象：「在全劇總批中，陳眉公評本對李卓吾可謂推崇備至，引述了李卓吾的所謂『化工筆』的理論，以『卓老果然會讀書』作結。可見陳眉公批語的作者不但鑽研了容與堂本的每齣總批，而且也鑽研了李卓吾的《焚書》。看來他對容與堂的批語出於李卓吾之手未有懷疑」，不過蔣先生此處表達了他對於陳眉公評本《西廂記》是否是出自陳眉公所批，持保留態度。這點也是研究陳評本《西廂記》所要釐清的重要問題之一。

二、黃仕忠

黃仕忠則從版本角度出發，比對了不同版本的《琵琶記》。在〈陳眉公批評本《琵琶記》是贋本〉〔註 46〕一文中針對陳評本與李評本《琵琶記》中批語重合的現象進行討論。他認爲「此本（《李卓吾先生批評琵琶記》）不僅爲書坊僞托眉公之名而且其批語亦是抄撮而成，較一般書坊自撰批語復假託於名人，手法更爲拙劣。」根據其文章敘述得知《鼎鐫琵琶記》有以下幾種版本：明末的師儉堂原刊本〔註 47〕，近代有暖紅室匯刻傳奇翻印本，在五十年代又有古籍刊行社的鉛印本，這也是許多人稱引的版本。後來的《古本戲曲叢刊初集》影印《李卓吾先生批評琵琶記》後，看出李評本和陳評本有批語重合的現象，本文討論重心是在於陳評本的評語和李評本的評語重合現象，除了評語抄襲之外，還有改刪、襲用等痕跡明顯。除了將「陳評本」與「李

〔註46〕黃仕忠：《琵琶記研究》（廣東：廣東高等教育出版社，1996 年），頁 259～267。

〔註47〕師儉堂所用的底本是《王鳳洲、李卓吾合評元本出像南琵琶記》，這些明刻本在清代毛聲山評本流行之後，就幾乎湮沒無聞了，晚明較多翻刻的是《元本出像南琵琶記》，但是沒有署名作者和評點者姓名，評語有「王曰」、「李曰」兩種形式，還有不知何人所評的評語，此本在北京圖書館藏有兩種，上海圖書館、中國社科院圖書館各藏一種。將此本中的「王曰」、「李曰」大段評語全部照錄，但標稱「陳眉公」所評，又任意刪節評語，未加以說明，此原因黃仕忠先生認爲是當時各家評本之底本都出自汪光華萬曆二十五年玩虎軒刻本，王、李評本的評語也是襲自玩虎軒本，而師儉堂刻本以爲眾人都抄襲此本，故也未加以說明自己抄襲自王、李評本的評語了。

評本」做比較之外，又比較了「湯顯祖評本」和「徐文長評本」，其中將《鼎鐫琵琶記》和《李卓吾、湯顯祖、徐文長三先生合評本琵琶記》的總評和批語做出比對，考證出師儉堂所刻的「陳評本」，在四十二齣中有十三齣無總批，剩下有十二齣的總批是抄改自「李湯徐三家本」，二齣的總批是襲用「李評本」，只有十五齣的總批未知是否是抄襲或是另外所撰，但多是簡短一語。

我們將各評本齣批比較結果以圓餅圖顯示，請參考圖 2：

圖 2　《鼎鐫琵琶記》齣批與「李湯徐三先生合評本」、「李評本」內容相較比例圖

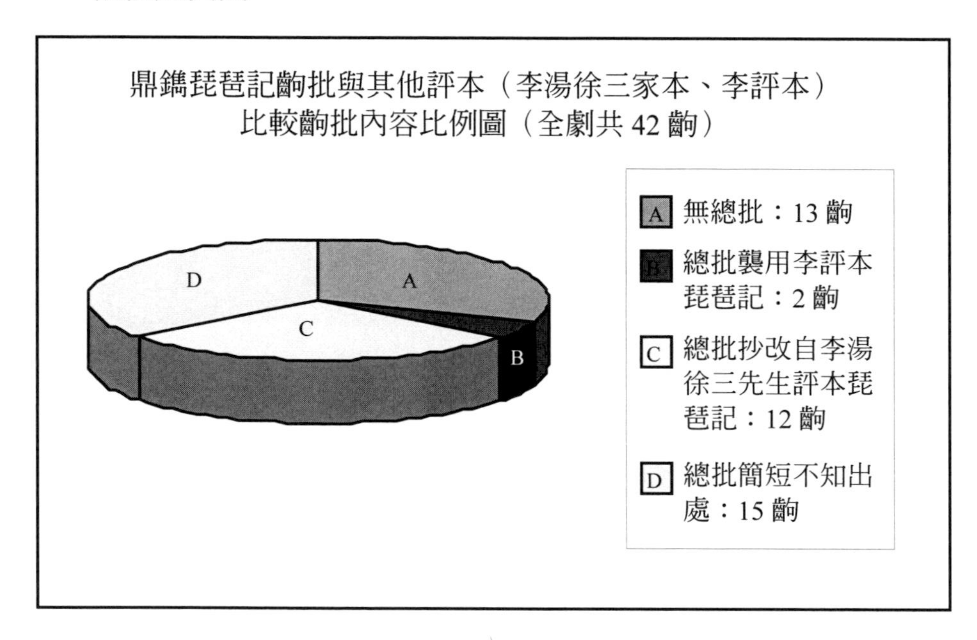

資料來源：黃仕忠：《琵琶記研究》

從上圖可以看出：「陳評本的問題，不僅是評語無所發明的問題，而且更是評語抄撮拼湊的問題」。

在文章的最後提出：「爲何清代的毛聲山在《琵琶記》評本的卷首引錄『前賢評語』時，在『陳繼儒』名下未引用此種『陳眉公評本』的批語，是因爲『當時各家批評本尚易見到，毛氏尚不至被蒙騙』，而近代以來，明人刻本不易得見，所以後來流傳刻印的評本難以辨別眞僞，像是在《琵琶記研究資料匯編》中便全部收錄了『陳評』，未能加以考證分辨。」

此篇文章的貢獻在於指出陳評本《琵琶記》的評語有抄襲現象，並且分辨不同版本之別，可惜未能進一步找出藏於各大圖書館善本書庫中的李評本和陳評本做一比對，檢查其版本先後順序。對「湯海若先生批評」本、「徐文長先生批評」本、「李卓吾先生批評」本、「王李二先生批評本」是否出自本人手筆提出質疑。對於「陳眉公批評」本《琵琶記》則下了「贗本之贗本」這樣的評語，也對這樣的「贗本」卻能夠在出版市場中暢行有所感慨，關於此點也是值得進一步探討的問題。

三、朱萬曙

完整而深入的陳評本分析著作可參考朱萬曙在《明代戲曲評點研究》一書中的第三章：〈明代戲曲評點的三大署名系統〉，其中第三節〈陳評系統〉深入探討陳眉公評點本的內涵，文章主要分爲三大主題來一一論述陳評本：「陳評曲本的數量與刊刻者」、「師儉堂刻陳評本的四種版本」、「陳評本的眞實性」。

朱萬曙此作之貢獻在於對明代戲曲評點本進行了五個層面的開創性研究〔註 48〕：第一，此書是首次將明代的戲曲評點做一完整的全面探討，又能結合明中葉後的社會文化思想及當時刻書業發達，與評點本大量出現探討其中關係，審視出明代戲曲評點之理論與價值。第二，在資料文獻方面，從北京、上海、大連各地的圖書館找出不少罕見的戲曲評點本，廣泛的掌握了明代曲評本的文獻資料，製表整理出〈明代戲曲評點本目錄〉、〈明代戲曲評點本評語選輯〉，這對後人研究明代戲曲評點本時查閱資料有很大的幫助。第三，將明代戲曲評點本分門別類進行分析，分爲三個時期的發展階段討論其中各種版本型態及批評功能，又針對三大評點系統：李卓吾、湯顯祖、陳繼儒的曲評本加以考辨眞僞，整理出此三大系統的評點本數量和彼此的影響、聯繫，指出了陳眉公評點本大多是師儉堂刊刻的，其僞作的可能性比較小。第四，此作也有從微觀角度，針對三大名劇的各家評點本：《西廂記》、《琵琶記》、《牡丹亭》加以梳理、考辨各家評本關係，批判其評語的理論價值。第五，總結出明代戲曲評點中的理論批評價值與內涵：「確立『劇』的本體觀」、「以『眞』爲核心的戲曲審美觀」、「風格論」，自三個方面說明代戲曲評點家的理論貢獻，從「創作主旨的揭示」、「藝術奧秘的發微」、「社會—文化的批評」三個視角審視明代戲曲評點家的批評價值觀。朱先生的視角獨特，研究的觀點新

〔註48〕朱萬曙：《明代戲曲評點研究》，頁2～3。

穎，對於明代曲評本的整體研究相當有貢獻，既能橫向的綜合比較評論，又有縱向的個別探討，對於研究陳評本，以及比較陳評本與其他相同劇本的評點有很大的助益。

四、陳旭耀

在《西廂記》的版本研究主題上，陳旭耀針對明刊《西廂記》版本做過全面的查訪與研究，他曾到過北京、上海、南京、濟南等地考察《西廂記》明清版本，其博士論文《西廂記研究》的附錄〈現存明刊西廂記綜錄〉，在比較陳評本《西廂記》版本時具有參考價值，此錄內容其實也是在日本東京大學傳田章先生所編的《明刊元雜劇西廂記目錄》〔註 49〕（1970 年初版，1979 年增定版）和蔣星煜先生的研究基礎上，重新做系統的梳理，除少數幾種版本之外，均以目驗爲據，所見有原刊本、抄本、微卷、數位照片、掃描光碟、複印本等類別，某些版本以藏於不同圖書館的多種殘存版本互勘、配補，呈現原刊本面目，故其研究能後來居上。

五、林宗毅

台灣近年來的戲曲批評研究中，專門針對明代戲曲評點的研究比較少，大部分是討論至戲曲版本時附加的討論和說明，像是《西廂記》、《繡襦記》〔註 50〕等名作的版本進行探討，如林宗毅在碩士論文《西廂記二論》〔註 51〕中有專論陳眉公的《西廂記》評點本的「題評部分」，題評又分爲「眉批」、「每齣總評」、「全劇總評」，以此三部分配合陳眉公的其他序跋、評論，論述其對《西廂記》的認識與評價。在經過比對之後，林宗毅先生認爲陳眉公和李卓吾的《西廂記》評點本「有某種微妙的承繼關係」，陳評本「各齣自出機杼的地方幾乎沒有，完全籠罩在李卓吾的觀點下，有新意的反而是眉批

〔註 49〕傳田章編：《明刊元雜劇西廂記目錄》（東京：東京大学東洋文化研究所附屬東洋學文献センター——刊行委員会，1970 年）。

〔註 50〕像是針對《繡襦記》版本的討論，可參見李國俊師：《繡襦記及其曲譜研究》（台北市：文化大學中文所碩士論文，1984 年 6 月），頁 52～64。論及「鼎鐫陳眉公先生批評繡襦記」，以爲「書中批語略顯迂腐，且多情緒化之言語，於後人閱讀此劇上，並無多大助益。…倒是書末之總評稍有見地。總評云：『千言萬語，卻是一部戒律。』又云：『關目極可醜，醜中討出嬌嬈，方許讀此好曲。』」

〔註 51〕林宗毅：《西廂記二論》（台北市：台灣大學中文所碩士論文，1992 年 6 月），頁 162～166。

部分」，〔註 52〕結論以為「陳繼儒的批評，除汲取李卓吾的觀點外，在眉批上也充分展示了自己的見解，在人物性格、情節結構、主題意旨等方面，批評的角度比王世貞要開闊些，但仍缺乏體系。在對主情說的繼承與發展上，他有調和的傾向，與徐、李、湯等人存在根本上的歧異，這是不能不指出的」，並且以為陳眉公之名氣帶來的影響力亦復不小，所以才有「借重其名刊刻贋本求利之事」發生。

林宗毅在其論文中，把《西廂記》評點分出三大支流：鑑賞性、學術性、演出性，此時戲曲評點的發展已經超出了原來評點的科舉制藝層面，從鑑賞性評點系統的討論之下，看出了兩方面的意蘊及特色：「一是劇本文學理論的建立與闡發。……一是在情與理的對立衝突中突出、肯定『情』的力量，對《西廂記》所體現、流露的『情』給與極高的評價。前者使《西廂記》這部作品被做為曲論建設的基礎；後者，以情反理、以眞反僞等觀念則是明代中葉進步思想的重要內容。」

此文貢獻在於深入的指出《西廂記》的各種鑑賞性評點所反應出評點者的戲曲美學思想，並且從《西廂記》評點延伸出評點的內涵與明代的思想改革與文學革新運動之關係，反應當時的整個時代思潮。呈現出《西廂記》具備的藝術典型和時代意義如何影響了晚明士人的思想與價值觀。

六、其他研究明清戲曲評點的台灣學者

除了陳眉公戲曲評點研究之外，近年台灣在戲曲評點研究重心在於以下幾個方面：

第一是從明清戲曲評點中研究其戲曲敘事理論發展，侯雲舒在其博士論文《古典劇論中敘事理論研究》〔註 53〕中也提出戲曲評點家具有「作者、讀者、評論者」三種特殊位置。另外還發表過以下幾篇有關戲曲評點研究的論文：〈戲曲評點作品中的敘事觀〉〔註 54〕和〈清代初期戲曲評點家關於敘事技法的三項討論〉〔註 55〕，前者探討明清戲曲評論家如何以評點形式對戲曲作

〔註 52〕同上註，頁 163。

〔註 53〕侯雲舒：《古典劇論中敘事理論研究 》（新竹市：清華大學中國文學所博士論文，2001 年），頁 43～50。

〔註 54〕侯雲舒：〈戲曲評點作品中的敘事觀〉，《民俗曲藝》（台北市：財團法人施合鄭民俗文化基金會第 139 期，2003 年，3 月），頁 97～145。

〔註 55〕侯雲舒：〈清代戲曲評點家關於敘事技法的三項討論〉，《第七屆清代學術研討會論文集》（高雄市：國立中山大學中國文學系）（2002 年，3 月），頁 807～823。

品中的敘事結構進行討論，並且分析這些評點家的敘事觀，討論評點家提出的敘事技法如何實際應用在作品批評之上。後者是針對清代初期的幾位評點家，如金聖嘆、毛聲山、吳儀一等，討論各家對於戲曲的敘事技法：題文的描寫方法、人物的主次以及與環境的關係和敘事節奏的調節法，看出戲曲評點家如何思考抽繹敘事作品的敘事謀略時的大致走向。另外一篇特別討論到戲曲評點中的人物論：〈清代戲曲評點家關於敘事技法的三項討論〉〔註56〕，此篇文章重點在討論明代戲曲評點中的重心之一：人物，此一質素在明清戲曲評點家筆下呈現的幾種樣貌，並將此做爲研究戲曲人物理論的基礎。

此外還有李惠綿曾寫過一篇〈戲曲「關目」之興起與發展〉〔註57〕，文章中從明清的戲曲評點本看關目、情節理論的形成，他認爲曲評家是很有意識地要從鑑賞或評點之中建立理論，舉出李卓吾、陳繼儒、賈仲明、徐復祚、馮夢龍、呂天成、祁彪佳、梁廷枏爲例。

第二是從明清戲曲評點中研究「評點和詮釋、接受」之關係，「評點內容所反應的哲學視野和批評意識、批評語境」，以王瓊玲爲代表。相關研究論文有：〈評點、詮釋與接受——論吳儀一之《長生殿》評點〉〔註58〕、〈「忖度予心，百不失一」——論《桃花扇》評本中批評語境之提示性與詮釋性〉〔註59〕、〈曲盡眞情，由乎自然——論李贄《琵琶記》評點之哲學視野與批評意識〉〔註60〕、〈「爲孝子、義父、貞婦、淑女別開生面」——論毛聲山父子《琵琶記》評點之倫理意識與批評視域〉〔註61〕。

〔註56〕侯雲舒：〈戲曲評點作品中關於人物質素的幾點討論〉，《中正大學中文學術年刊》（嘉義縣：國立中正大學中國文學系）第5期（2003年，12月），頁1～10。

〔註57〕李惠綿：〈戲曲「關目」論之興起與發展〉，《宋元文學學術研討會論文集》（台北市：東吳大學中文系出版，2002年3月），頁173～219。

〔註58〕王瓊玲：〈評點、詮釋與接受——論吳儀一之《長生殿》評點〉，《中國文哲研究集刊》（台北市：中央研究院中國文哲研究所）第23期（2003年，9月），頁71～128。

〔註59〕王瓊玲：〈「忖度予心，百不失一」——論《桃花扇》評本中批評語境之提示性與詮釋性〉，《中國文哲研究集刊》（台北市：中央研究院中國文哲研究所）第26期（2005年，3月），頁161～212。

〔註60〕王瓊玲：〈曲盡眞情，由乎自然——論李贄《琵琶記》評點之哲學視野與批評意識〉，《中國文哲研究集刊》（台北市：中央研究院中國文哲研究所）第27期（2005年，9月），頁45～89。

〔註61〕王瓊玲：〈「爲孝子、義父、貞婦、淑女別開生面」——論毛聲山父子《琵琶記》評點之倫理意識與批評視域〉，《中國文哲研究集刊》（台北市：中央研究院中國文哲研究所）第28期（2006年，3月），頁1～49。

從「性別角度」看戲曲評點的詮釋，以華瑋爲代表，相關文章有：〈《才子牡丹亭》作者考述——兼及〈笠閣批評舊戲目〉的作者問題〉〔註62〕、〈性別與戲曲批評——試論明清婦女之劇評特色〉〔註63〕，華瑋的研究塡補了明清婦女之文學表現研究的一些空白，展現出其於創作外的評論活動，並突顯中國戲曲批評與評點中男性觀點以外的另一種策略和傳統。後文主要是從批評的角度、批評的深意、批評的重心與批評的風格這四方面檢視明清婦女的劇本批評（尤其是《三婦評本》），分別舉出「女性觀（關）照」、藉題發揮以自抒胸臆、重人情甚於重辭章、重神悟甚於重評判這幾個概括性的重要特色。

綜合以上各家研究成果，可以發現陳眉公曲評本的研究，其實是需要從一完整的戲曲理論體系關照下進行宏觀的分析，再針對其評語進行微觀的深入研究，以補上陳眉公曲評本研究的空白，因此本研究也是建立在前輩研究空缺處，加以深入討論陳眉公評語的風格及特色，針對戲劇語言、人物、情節等各方面的批評、見解一一探討其內涵，以求呈現出晚明文人陳眉公在戲曲評點上的批評模式與其精神內涵。

第四節　研究方法

一、文獻整理法

從《陳眉公集》、《陳眉公四種》，及相關明清文人筆記中的文獻資料，整理出陳眉公論述中對於戲曲的看法，以及後人對於陳眉公評點本之見解。因爲陳眉公沒有戲曲創作的紀錄，也沒有明顯推崇戲曲的論述，再加上未有完整的戲曲理論著作傳世，但是他的評點本卻是晚明時期戲曲評點出版市場的暢銷書籍，數量不少，推測必有其價值之處，這裡所採取的研究方法是從以上這些文獻出發，並且針對其戲曲思想進行整理與論述。

〔註62〕華瑋：〈《才子牡丹亭》作者考述——兼及〈笠閣批評舊戲目〉的作者問題〉，《中國文哲研究集刊》（台北市：中央研究院中國文哲研究所）第13期（1998年，9月），頁1～35。

〔註63〕華瑋：〈性別與戲曲批評——試論明清婦女之劇評特色〉，《中國文哲研究集刊》（台北市：中央研究院中國文哲研究所）第9期（1996年，9月），頁193～232。

二、評語視角分析法

本研究進行的過程中，主要是針對《六合同春》中的六部劇作：《西廂記》、《琵琶記》、《繡襦記》、《紅拂記》、《幽閨記》、《玉簪記》的評點內容，分析其眉批、夾批、齣批、劇末總評，以及評點符號：圈、點、抹、刪之運用，一一進行整理，依照不同的戲曲評點視角加以分類：敘事文學視角（人物形象、關目批評）、抒情文學視角（曲詞賓白營造的語境、情感抒發）、讀者立場視角、社會批評視角，爬梳出陳眉公評點語言的特色，以及其評論背後所表現的思想精神。除了《六合同春》中的六個劇作評點之外，配合陳眉公所題的戲曲序跋、題詞，及不同版本的評點內容，相互補充比對，以期能更完整的呈現陳眉公曲評的豐富面貌。透過不同版本的比對，找出其曲評語言的共同特性、評論價值，並且與其他評論者做一比對，凸顯出陳評本之特色與優缺，彰顯其在明代戲曲評點史的地位。

第五節　研究限制：版本問題、僞評問題

由於陳眉公評點本與其他評點本（李卓吾評點本等）的部分評語有語意的雷同、部份評語重合的問題，所以在研究陳眉公戲曲評點時，要特別注意這些版本的先後、陳評眞僞〔註 64〕等問題。因爲明人刻本不易得見，所以對於版本問題更要謹愼處理。

關於此部分已經有朱萬曙先生進行比對研究，對於陳評眞僞的問題，他的看法是：「師儉堂刊刻的『陳評』曲本，其眞實性大體可信，它們之中有一部分雖受容與堂刊『李評』本與『湯評』本的影響，然而有新的批評內容，未受影響的評本，其批評內容更具獨立性。至於《麒麟罽》、《李丹記》，它們恰恰都缺少師儉堂刊本所獨有的手書體齣批，故它們是否出自陳氏之手，尙待考訂。」〔註 65〕因此，對於以陳眉公之名爲號召的評點本，要藉由陳眉公的手書體齣批做爲辨識依據，至於一些沒有手書體齣批的陳眉公戲曲評點本眞僞仍有待考察。

〔註 64〕關於陳評曲本的眞僞問題可參考朱萬曙：《明代戲曲評點研究》，頁 93～99。見〈陳評本的眞實性〉一節。

〔註 65〕同上註，頁 99。

第二章　文學評點溯源與眉公戲曲評本背景探討

本章所探討主題是戲曲評點的發展。重點在從評點歷史進行溯源，探究戲曲評點興起的背景，以及明代戲曲評點本競相刊刻的現象，梳理出戲曲評點本興盛之現象與戲曲文化之間的關係。主要分成兩節討論：文學評點溯源、以陳評為討論中心看明代評點本的競相刊刻與戲曲文化之關係，以下針對各重點一一進行論述。

第一節　文學評點溯源

評點是從宋代開始發展的，此時期正興起的是詩文評點，根據《四庫全書・總目》卷三十七的「蘇評孟子」條所言：

> 宋人讀書，於切要處率以筆抹。故《朱子語類》論讀書法云：「先以某色筆抹出，再以某色筆抹出。」呂祖謙《古文關鍵》、樓昉《迂齋評註古文》，亦皆用抹，其明例也。謝枋得《文章軌範》、方回《瀛奎律髓》、羅椅《放翁詩選》始稍稍具圈點，是盛於南宋末矣。〔註1〕

可知從南宋之後，文人將「評」與「點」結合，加上分色抹號以表示不同意義，使文學批評與文本結合，評點者可在文本中直接寫下自己的閱讀心得和意見，最明顯的例子就是呂祖謙（1137～1181）的《古文關鍵》一書。

〔註1〕《四庫全書・總目》，卷三十七，〈四庫類存目・蘇評孟子〉條（台北市：藝文印書館，1989年）。

《古文關鍵》是公認現存最早的一本散文選本，選韓愈（768～824）、柳宗元（773～819）、歐陽修（1007～1072）、曾鞏（1019～1083）、蘇洵（1009～1066）、蘇轍（1039～1112）、張耒（1054～1114）等文章六十餘篇，各舉出文中命意布局之處，以示讀者學文門徑，在書中「凡例」可見其評點規則：

> 古人讀書，凡綱目要領，多用丹黃等筆抹出，非獨文字爲然，後人亂施圈點，作者之精神不出矣。東萊先生此編，家藏兩宋刻，刻有先後，評語悉同，皆以抹筆爲主，而疏密則殊…。前本不施圈點，偶點其一二用字著力處，圈則竟無之；後本稍用圈點，或一二字，或一二段之下，間有著圈者，點則連行連句有之，要不過什之二三耳。翻嫌太略，未趕輒依，讀者既得其要領，於其開合波瀾，抑揚反覆，轉換變化，起伏繳收，種種自然領取，隨其所得，各施圈點可也。〔註2〕

從這段凡例的說明可以看出：呂東萊圈點古文的目的是爲了點出「作者之精神」，在文章的字句間夾上自己的評語，並配合「抹」筆突顯重點處，此處也建立了一些基本的評點形態，加上「圈點」符號，是爲了要提醒讀者文章中的「要領處」，也就是所謂的「開合波瀾，抑揚反覆，轉換變化，起伏繳收」等等。

《古文關鍵》卷首列有〈看古文要法〉，分作八節：「總論看文字法」、「看韓文法」、「看柳文法」、「看蘇文法」、「看諸家文字法」、「論作文法」、「論文字病」，對於各家文章進行概括的批評。此書的價值也在於藉著對古人文章的「標抹評釋」，一一指出古人作文之法的妙處，作出「夾批夾注」，點出文章之「關鍵」，確立評點的形式，具有教學與閱讀指導上的價值。

評點的發展和宋代科考重視寫作的「行文之法」有關，士子在書塾教育中學習的就是能夠掌握文法精神、行文脈絡，熟悉經典，深契聖人作意。所以評點之興起，與這種重視文章之學、文法的背景有很大關聯，也是在這樣背景之下產生了新的評論方式，透過「評點」指點出文本中的「行文之法」和「全文大意」。

在《古文關鍵》一書前的〈總論看文字法〉也提出如何學習、欣賞古人行文之妙處，這對於後來文學評點中的評語發展有所影響：

〔註 2〕〔宋〕呂祖謙：《古文關鍵》，此據金華叢書本排印（北京市：中華書局，1985年）。〈凡例〉，頁 1～2。

> 學文須熟看韓、柳、歐、蘇，先見文字體式，然後遍考古人用意下句處，蘇文當用其意，若用其文，恐易厭人，蓋近世多讀故也。第一看大概主張。第二看文勢規模。第三看綱目關鍵。如何是主意首尾相應，如何是一篇鋪敘次第，如何是抑揚開合處。第四看警策句法。如何是一篇警策，如何是下句下字有力處，如何是起頭換頭佳處，如何是繳結有力處，如何是融化屈折，剪截有力處，如何是實體貼題目處。

此處呂東萊以爲欣賞古文的標準是先從「大概主張」看起，也就是著重全篇的大意，也就是如何去抓住文章的「主題」；其次是看「文勢規模」，也就是文章的氣勢、全篇的架構，接著是看「綱目關鍵」，這裡指的應該是文章中的關鍵之語，能夠契合文章主旨精神，銜上啓下，鋪敘有次，在全篇文章中能起「抑揚」、「開合」的作用，這對於後來小說、戲曲評點中敘事文學角度之批評方式是有影響的，而評點這樣的批評方式也對敘事理論的發展產生了重要的作用。〔註 3〕第四是看「警策句法」，這裡特別強調的是文章中令人激賞的句子，下筆有力處、起換頭之佳處，屈折、簡潔、貼題之處等等，點出文中最精彩之處。

在《古文關鍵》中的「論作文法」一段，論述了好的文章應該包含哪些特色，像是「爲文之妙，在敘事狀情」，強調了文章中的敘事結構，以及情感描述的部分。以下引用其文，以見其文章審美概念：

> 文字一篇之中，須有數行整齊處，須有數行不整齊處。或緩或急，或顯或晦，緩急顯晦相間，使人不知其爲緩急顯晦。常使經緯相通，有一脈過接乎其間然後可，蓋有形者綱目，無形者血脈也。
>
> 有用文字，議論文字是也。
>
> 爲文之妙，在敘事狀情。
>
> 筆健而不麤、意深而不晦、句新而不怪、語新而不狂。

〔註 3〕譚帆、陸煒：《中國古典戲劇理論史》（上海市：華東師範大學，2005 年），頁 147～148。本書提到宋代是中國敘事理論的轉折期，並且以爲評點是中國敘事理論的主要批評體式：「中國敘事理論的主要批評體式—評點也在那時（宋代）開始出現，劉辰翁《世說新語》的評點頗爲強調敘事藝術的情節之奇和結構之『纖悉曲折』，劉氏的評點在觀念和視角上已形成了敘事理論的基本架構和理論雛形。同時，這種批評體式對敘事理論的發展有著極爲重要的作用，使評點成了中國古代敘事理論中一個經久不衰的批評體式，而劉氏的《世說新語》評點也被後人奉爲始祖。」

常中有變、題常則意新、意常則語新、詞源浩渺而不失之冗、意思新轉處多則不緩、結前生後、曲折斡旋、轉換有力、反覆操縱。上下、離合、聚散、前後、遲速、左右、遠近、彼我、一二、次第、本末、明白、整齊、緊切、的當、流轉、豐潤、精妙、端潔、清新、簡肅、輕快、雅健、立意、簡短、闊大、雄壯、清勁、華麗、縝密、典嚴。〔註4〕

「論作文法」中提出的標準，特別是形容文法的概念和詞句也是經常被文學評論家廣泛使用，像是「有綱目」、「有血脈」、「有情景」、「妙」、「筆健」、「意深」、「句新」、「語新」、「精妙」、「清新」、「雄壯」、「華麗」……等詞彙經常出現在眉批中。至於針對「論文字病」則又各舉短語標明，像是「深、晦、怪、冗、弱、澀、虛、直、疏、碎、緩、暗、塵俗、熟爛、輕易、排事、說不透、意未盡、犯而不切」，這些評語也可以在評點本上看見，特別是「俗」、「熟爛」、「直」、「不雅」等評語；在後來的戲曲評點眉批經常出現這些短評的詞彙。關於此點在後面的章節會再加強討論有關戲曲評語的風格、特色。

一、「刻本書有圈點」的開始

刻本書有圈點的記錄起自宋代中葉，葉德輝（1864～1927）的《書林清話》云：

刻本書之有圈點，始於宋中葉以後，岳珂《九經三傳沿革例》有圈點必校之語，此其明証也。孫記宋版西山先生眞文忠公《文章正宗》二十四卷，旁有句讀圈點。瞿目明刊本謝枋得《文章軌範》七卷，目錄後有門人王淵濟跋，謂此集惟〈送孟東野序〉、〈前赤壁賦〉係先生親筆批點，其他篇僅有圈點而無批注，若〈歸去來辭〉、〈出師表〉亦無之森志、丁志、楊志，宋刻呂祖謙《古文關鍵》二卷，元刻謝枋得《文章軌範》七卷，又孫記元版增刊校正《王狀元集注分類東坡先生詩》二十五卷，盧陵須溪劉辰翁批點，皆有墨圈點注，劉辰翁字會孟，一生評點之書甚多，同時方虛谷回亦好評點唐宋人說部詩集，坊估刻以射利，士林靡然向風，有元以來，遂及經史。如繆記元刻葉時《禮經會元》四卷，何焯校《通志堂經解目》、程端禮《春秋本義》三十卷，有句讀圈點，大抵此風濫觴於南宋，流極

〔註4〕〔宋〕呂祖謙：《古文關鍵》，〈看文字法〉，頁5～6。

於元明。〔註5〕

從以上文字可以得知：「刻本帶有圈點」是在「南宋」時期興起的；而且此時期比較有影響性的詩文評點選本有：眞德秀（1178～1235）的《文章正宗》、謝枋得（1226～1289）的《文章軌範》、呂祖謙的《古文關鍵》；重要的評點家還有劉辰翁（1231～1294），劉除了散文評點，也評點了《世說新語》〔註6〕和不少的唐詩。南宋時期的文學評點已經蓬勃興起，且具備了評點的形態，發展出對不同文體的評點，這點也影響到後來元明兩代的經史、小說、詩文評點之發展。而書坊也正好藉「評點刻書」而得到不少利益。

根據李伯重先生在明清時期江南地區的出版印刷業的研究可知「此時期的印刷業蓬勃發展與商業化出版品轉趨世俗」，〔註7〕出版商以名人評點作爲一種行銷手法，從經典到小說、戲曲皆成了評點對象，刺激了出版市場，形成更廣大的讀者群，評點活動也在士人階層中形成一股流行風潮。因爲書坊重視市場的需求，將大眾讀物做爲主要刊印的內容，像是戲曲評點本等這些書籍是比較容易銷售的，書坊大量印製，並且根據市場購買力的特點，盡量降低成本，讓更多人能夠購買、閱讀，這樣一來書籍的流傳自然廣泛，形成一種文化上的傳播效果，對於戲曲教育的普及也有推動作用。

〔註5〕〔清〕葉德輝：《書林清話》，卷二，頁4a，收入《叢書集成續編．六》（台北市：新文豐出版，1989年），總頁24。

〔註6〕關於評點家劉辰翁的研究可參考楊玉成：〈劉辰翁：閱讀專家〉，《國文學誌》（彰化：彰師大國文系，1999年6月），第三期，頁199～248。劉辰翁是中國第一個評點大家，也是一位書籍閱讀專家，此文主要從南宋市民文化的興起，剖析此一新類型批評家的歷史意義。作者以爲「市民文化塑造了一種獨特的閱讀視角，促使劉辰翁以一種小說的眼光閱讀，既閱讀詩歌，也閱讀敘事文類。這位閱讀專家，一面讀著書籍一面觀看世界（閱世），出入在虛構和眞實之間；評點和閱讀對象相互複製，相互稼接，除了片言隻語的斷片，也包括評論、對話、遊戲（說笑）、世情等，都是特殊文化時空中的產物。這些現象對小說評點的興起及其基本性質的理解，都極具啓發性。」作者提到此種啓發和觀點也可以拿來看待明清時期的戲曲評點的興起和內涵。

〔註7〕李伯重：〈明清江南出版印刷業〉，《明清史》（北京市：中國人民大學，2002年第1期），頁2。書中提到：「一、在明代，官營出版印刷業在江南出版印刷業中占有重要地位，而到了清代，則是私營出版印刷業占有絕對的優勢。二、明清江南出版印刷業出現了重要的技術進步，其中最值得注意的是活字印刷的推廣，其次便是彩色印刷技術的出現與改造。三、明初，政治性、教化性讀物在江南出版印刷產品中占有很高比重，明中期以後，以牟利爲目的、面向廣大中下層社會民眾的商業化出版印刷業日益發展，到了清代則成爲主流。四、明清江南印刷出版業在物料與銷售上有『外向化』（跨地域性）的趨勢。」

二、更早的評點淵源：與章句之學、論文、科舉、評唱之關係

再往前追溯評點更早的淵源，可以發現「評點之學」是受到「章句之學」的影響，「評點符號也與章句符號之間有一脈相承的關係」〔註 8〕。因此「文學評點中的總評、評注、行批、眉批、夾批等方式，是在經學的評注格式基礎上發展起來的」。〔註 9〕而文學評點也和漢晉之後的「經疏之學」有所關係，在張伯偉先生〈評點溯源〉一文提出以上的觀點。

三、評點淵源：與章句之學的關係

宋人評點喜好「區分章段」，而區分章段本是義疏的通則，如孔穎達（574～648）的《周易正義疏》乾卦「文言」就分作六節。評點在文章的末端以幾句話括其主旨，這種方法就像錢大昕（1728～1804）《十駕齋養新錄》卷三「孟子章指」條云：「趙岐注《孟子》，每章之末，括其大旨，間作韻語，謂之《章旨》」。這種「每章之末，括其大旨」的性質，發展到後來文學評點中的戲曲評點，可將之類比爲戲曲評點中全劇最後的「總評」，還有每齣之後的「齣批」。其次爲儒家講經的「開題」、「解題」的格式，「重視開題是晉宋以來經疏的通例」，〔註 10〕「後世評點在文章題下也往往著數語，類似解題」。〔註 11〕像是宋人謝枋得所編的《文章軌範》在卷一〈放膽文〉題下，即有所謂的「開題」內容：

凡學文初要膽大，終要心小，由麤入細，由俗入雅，由繁入儉，由

〔註 8〕張伯偉：〈評點溯源〉，收在《中國文學評點研究論集》（上海市：上海古籍出版社，2002 年），頁 1～54。張先生認爲章句與評點是有關係的：「點，即標點。溯其原始，起于古人章句之學。……我甚至懷疑評點一詞的最初義也就是標點。……從漢代以來，章句之學有了新的發展，不止於分章斷句，亦非符號之意所能賅。但標點符號本身卻仍有發展，在敦煌遺書中就保留了不少這樣的符號。……這些符號有些與後來的評點符號相同或相似。最早的文學評點，無論是《古文關鍵》、《文章正宗》、《文章軌範》，還是劉辰翁批點的詩集或說部，從點的角度來看，也只有簡單的圈點而已，與前代的標點符號關係密切。評點中又有以不同色彩的筆點抹以表示不同意義者，與前代標點符號關係密切。……文學評點之用不同色筆表示，可能始於謝枋得。……略作比較，就能夠看到評點符號與章句符號一脈相承的關係。」

〔註 9〕吳承學：〈評點之興——文學評點的形成和南宋的詩文評點〉，《文學評論》第 1 期（1995 年，1 月），頁 24～33。

〔註 10〕牟潤孫：〈論儒釋兩家之講經與義疏〉，《注史齋叢稿》（台北市：台灣商務出版社，1981 年），頁 260～279。

〔註 11〕張伯偉：〈評點溯源〉，收在《中國文學評點研究論集》，頁 11。

> 豪蕩入純粹。此集皆粗枝大葉之文，本于禮義，老于世事，合于人情。初學熟之，開廣其胸襟，發舒其志氣，但見文之易，不見文之難，必能放言高論，筆端不窘束矣。〔註12〕

從以上這段引文，可以看出題目取作「放膽文」的用意，在於學習文章的過程「初要膽大」，從粗枝大葉開始學習，能夠廣闊胸襟，增長志氣，文筆自然不會窘迫侷促。這類的「開題」格式在評點文學中的發展，往後也影響到戲曲評點的形式，像是金聖嘆所評點的《西廂記》在卷首就有這樣的開題：

> 西廂者，何也？書名也。書曷爲乎名曰「西廂」也？書以紀事，有其事，故有其書也。無其事，必無其書也。今其書有事，事在西廂，故名之曰「西廂」也。〔註13〕

所以此處評點者金聖嘆對於《西廂記》的「西廂」二字作了「開題」性質的解說，這樣的評語和古文評點中的「解題」性質上是相同的。藉由「開題」的解說讓讀者能夠體會此題目的深層意涵，具有引導讀者體會文章的效果。以上是評點之學與章句之學之間的關係。

四、評點淵源：與論文、科舉、評唱等關係

除了探討「章句與評點」的淵源關係之外，張伯偉先生〈評點溯源〉一文中還提到「論文與評點」、「科舉與評點」、「評唱與評點」之間的關係。

首先，關於評點與論文之關係，在章學誠（1738～1801）《文史通義》中已將論文之作與評點做了聯繫，之後曾國藩（1811～1872）在《經史百家簡編序》指出「章句者，古人治經之盛業也，今專以施之時文圈點，科場時文之陋習也」，將章句論文與圈點做了關係上的聯繫，但是曾國藩的態度是推崇章句而貶低圈點的。以下簡單敘述評點之「評」的淵源與「論文」之作之關聯：

從魏晉的《文心雕龍》和《詩品》開始，品評了文章、詩作，到了唐代，流行「詩格」，評論者也往往會舉詩句做爲格式，又有不少唐人選集中夾雜評論；至宋代興起「詩話」，這些文學批評現象都與後來的評點有密切關係，特別是「詩格」與「評點」。因爲許多評點家講的「文法」所使用的「形象語言」

〔註12〕〔宋〕謝枋得：《文章軌範》，卷一，收在《四庫全書珍本》十一集（台北市：台灣商務出版社，2001年），頁1a～1b。

〔註13〕〔清〕金聖嘆：《增像第六才子書》，卷一，〈聖嘆外書〉（台北市：新文豐出版社，1979年），頁93。

與唐、五代的詩格的「勢名」是有所沿用的。〔註 14〕詩格對於評點的影響，在於「句法」、「章法」、「文法」之上，並且使用四字一組的「形象語言」來形容這些「句法」和「文法」。

其次是「科舉」制度與文學評點之關係。最明顯的影響就是在文學批評上，有關詩格、文格、賦格等著作，促成了文學評點的形成。最早的評點書講求的文法、格式，都與科舉考試重視文章作法有密切關係，而且評點在宋代出現，和科舉考試的科目轉變是相關的，當時考試重視經義、策論，爲了要嚴密分出文章高下，考官需要對考卷進行仔細的評論，這些考官的批語和評點的評語其實是有承接關係在其中的。呂祖謙選韓、柳、歐、蘇等人的古文六十篇，題爲《古文關鍵》就是爲了要藉著對文章的評點「以教初學」，實際上就是爲了「科舉作文」的需求，此類作品中最典型的代表就是謝枋得的《文章軌範》。現今流傳的早期評點書大多是爲了科舉而寫的。而科舉文章的「程序」，像是「起承轉合」等，對於一般詩文評點的語言風格也有一定程度的作用和影響。

最後是「評唱」與文學評點之關係。自唐代禪宗興起，在文學批評上也產生了影響的痕跡，像是一些術語、形式以及思想等內容。評唱就是評贊唱誦，將禪宗的宗旨透過語言文字的使用，使學人參悟，像是引用一些古代大宗師之言行，或舉出其悟道因緣等。後來學人爲了要更容易領會，對公案加以評贊唱誦，產生了所謂的「評唱」。現存最早的評唱是北宋雪竇（980～1052）的《碧巖錄》，內容包含一百則「公案」，底下寫了一百則「頌古」以闡揚公案的涵意，這些「頌古」就是用韻文的方式對公案進行旁敲側擊的引導，後人圜悟（1063～1135）又在其基礎上加了「評唱」，反覆闡揚，完成此書。「頌古」、「拈古」就是輯錄禪師的公案，附上議論，而「評唱」就是對「頌古」、

〔註 14〕如章學誠在《文史通義．古文十弊》中提到「古人文成法立，未嘗有定格也。傳人適如其人，述事適如其事，無定之中，有一定焉。……法度難以空言，則往往取譬以示蒙學，擬於房屋，則有所謂間架結構；擬於身體，則有所謂眉目筋節；擬於繪畫則有所謂點睛添毫；擬於形家，則有所謂來龍結穴。隨時取譬，然爲初學示法，亦自不得不然。」在詩格中的一些形象語言，像是「獅子返擲勢」、「猛虎跳澗勢」等，其實就是句法的討論，後來「句法」也成爲宋代詩學的重要觀念，延伸到後來評點家討論唐詩時，所用的形象語言，像是「萬象入壺」、「重輪倒影」等就與唐代的勢名類似。從針對文章強調章法，到針對詩歌強調句法，宋代古文評點家也一樣重視「法」，如《古文關鍵》提出「看文字法」、「看韓文法」、「看柳文法」等，這在文學批評的角度看是一脈。

「拈古」的再評述，評唱的格式和後來的評點接近，對於文本的妙處加以揭示，並且寫下「垂示」，類似評點的「題下總論」，而「著語」就像是評點的「旁批」與「眉批」，「評唱」則如評點的「文末總評」。思想上，「評唱」對於文本的態度也比較平等，甚而主觀，這點與「評點」也是相似的。而且兩者的語言風格都是簡潔明快、一語中的，讓讀者能夠藉此看出文本妙處所在。「評唱」爲了接引學人悟理，而「評點」則是爲了使讀者更懂得如何欣賞文本，兩者間可說是有所不少關聯。

以上從這幾個方面替文學評點追本溯源後，引張伯偉先生之言作爲補充：「章句提供了符號和格式的借鑒，前人論文的演變決定了評點的重心，科舉激發了評點的產生，評唱樹立了寫作的樣版。評點的批評注重細微的分析剖判，從局部著眼衡量，未免『識小』之譏。但放在整個中國文學批評的體系中看，評點最看中的是文本本身的優劣，它努力挖掘的是文學的美究竟何在以及何以美，它注重對文本的結構、意象、遣詞造句等屬於文學形式方面的分析，同時也不廢義理和內容的考察，儘管這在評點是次要的。」〔註 15〕就因爲文學評點它具有「局部著眼」的特性，所以才能夠深入文本的本身，進行細部分析與欣賞；不論是對文本的文學形式析論，或是其義理思想、內涵考察，都使文學評點在中國文學批評體系中占有不可輕視的一環。從呂祖謙的《古文關鍵》開始，到明中期各家的詩文評點大量出現，評點這樣特殊的文學批評形式，已經逐漸成熟、豐富，而且廣爲文人所用。到了明代，文壇出了不少戲曲家，戲曲風行社會，成爲主要娛樂消遣，文人提倡戲曲，且不少藏書家收集曲本，有「詞山曲海」之稱，在這樣的社會風氣推動之下，各書坊廣刻戲曲文本，評點家的眼光自然注意到戲曲文本的批評。

第二節　眉公戲曲評本背景探討

戲曲評點最早出現在萬曆年間，從萬曆前期到明末之間的戲曲評點本數量，約有一百五十種左右。〔註 16〕針對如此大量戲曲評點本數量出現在晚明

〔註 15〕張伯偉：〈評點溯源〉，收在《中國文學評點研究論集》，頁 47。

〔註 16〕朱萬曙：《明代戲曲評點研究》，頁 11。根據朱先生的調查萬曆前期到明末之間的戲曲評點本約一百五十種，其中有單部劇作評點、評點選本等之分。若是以評點家區分，則可分爲一人一評，還有一人數評、一人數評改，數人一評等。根據評點作品區分，則可分元明雜劇一百餘種、傳奇劇目九十種左右，

的現象，朱萬曙先生表示：「戲曲評點在晚明的評點文學和戲曲文化中，足以構成一個值得探討的學術議題。而且評點家大多選取的是戲曲史上的一些典範性或有影響力的作品，像是《西廂記》、《琵琶記》、《牡丹亭》、《長生殿》等作品評點，對於這些作品的深入品評爲戲劇藝術提供了可資借鑒和效仿的楷模。」〔註 17〕

進一步值得討論的是晚明時期戲曲評點勃興的背後因素究竟爲何？以下圍繞文人思想、戲曲藝術發展狀況、刻書業的興盛等三方面進行論述，在論述的過程中也將以評點家陳眉公爲例證中心，呈現出評點家與晚明思想、戲曲藝術、刻書業三者間的密切關係。

一、晚明時期的文人思想－以陳眉公爲討論中心

晚明一共七十年（1573～1644），歷經四位皇帝：萬曆神宗（1572～1620）、泰昌光宗（1620～1620）、天啓熹宗（1621～1627）、崇禎思宗（1628～1644）。萬曆皇帝在位最久，一共四十八年，由於後期罔顧社稷民生，使明朝逐漸走向衰敗之路。此外，晚明文人在缺少政治信任的環境裡，將人生目標轉爲個人內省：表現在外則是文學、藝術等方面的成就。評點家陳眉公即是生活在這樣的時代氛圍下，他歷經嘉靖到崇禎六朝，一路目睹明朝的頽敗。此時文人或投身宦途，或如眉公一般選擇隱逸生活，以退爲進。

（一）晚明隱士的代表

在眉公的一生中，十六歲到六十九歲是在萬曆、泰昌、天啓三朝度過的，其中光宗改元泰昌不到一月即駕崩，因此對其影響最大的是萬曆、天啓兩朝。明神宗在位四十七年，明熹宗在位七年，這兩朝半個多世紀正是晚明風雨飄搖、動盪不已的時期。政治上最大的特點是黨爭不斷，齊、楚、浙三黨和東林黨互爲兩派，使萬曆以降的政治呈現紛繁複雜的態勢。〔註 18〕

萬曆十四年，陳眉公二十九歲（1586）因兩試不第後自裂青衫，〔註 19〕

其中有不少曲本反覆被多家批評，如《西廂記》、《琵琶記》、《牡丹亭》等作品。其他如《紅拂記》、《明珠記》、《玉簪記》也有多種評本。

〔註 17〕譚帆，陸煒：《中國古典戲劇理論史修訂版》（上海市：華東師範大學，2005年），頁 57。

〔註 18〕陳靜秋：〈論晚明大山人陳繼儒的文化性格及其形成原因〉，《中國文化月刊》第 248 期（2000 年，11 月），頁 59～60。

〔註 19〕關於陳眉公取儒衣冠焚棄的時間有三種說法：第一種是「年甫二十九」，此說者有：《南雷學案》，卷四，頁 236～237（收在《明代傳記叢刊》冊 26，頁 388

從此放棄仕進之路，眉公終身不仕背後的考慮不僅是因爲仕進的艱難和困頓，還因爲當時的環境正處政治嚴酷的萬曆時期，宦官專權，黨爭不斷，在這樣的官場上動輒得咎，難有所爲，甚而有身家性命之虞。因此陳眉公才會決定放棄仕進，隱遁而居。

在陳眉公的〈文娛序〉中表現了他對於政治現況的想法：

> 往丁卯前璫網告密，余謂董思翁云，吾與公此時不願爲文昌，但爲天聾地啞，庶幾免於今之世矣。

丁卯指的是天啓七年（1627），也就是陳眉公六十八歲那年，此年十一月，明思宗上台，宣佈魏忠賢（1568～1627）罪狀，魏忠賢自縊，政局顛覆不定，眉公所以會有願爲「天聾地啞」的想法，背景因素其實是因爲政治環境的惡劣。

在天啓五年（1625），魏忠賢大興黨禍，迫害東林黨人，齊、楚、浙三黨中不少人都投其門下爲乾兒義子，魏閹借汪文言（？～1625）獄，以賄賂罪將東林黨與熊廷弼（1569～1625）連在一起，六君子死於獄中。隨後天啓六年，大興黨獄，以致朝中「善類爲之一空」〔註 20〕，當時蘇州居民因爲反對濫捕東林黨人，發生民變，後來顏佩韋、楊念如（？～1626）等五人挺身投案被殺，葬於虎丘，稱五人墓。黨爭在當時給文人最直接的啓示是遠離政治的鬥爭。陳眉公也有同樣想法，寧爲「天聾地啞」，緘默少言，小心謹慎，就是爲了要避開當時政治鬥爭的漩渦。

在陳眉公所寫的四言古詩〈隱居〉中可見其隱居情形：

> 十畝之園，數椽之屋，旁列圖書，隨意花竹。召客有酒，耕田有犢，晚厭娥眉，餌藥獨宿。〔註 21〕

眉公選擇隱居這樣的生活形態，未放棄閱讀和交際生活，栽培花竹園藝的雅

～389）、《明史稿》列傳第 174，頁 7a、《明史・隱逸・校勘記》第 186（收在《明代傳記叢刊》冊 103，頁 7631，總頁 413～414）。第二種說法是「年未三十」，此說者有：《列朝詩集小傳・丁集》（下）（上海市：上海古籍出版社，1983 年），頁 367～368。第三種說法是「年二十八」，此說者可見《明代傳記叢刊》，冊 127《啓》十四，總頁 516～517。根據以上諸種說法，以「年甫二十九」一說爲是。

〔註 20〕《明史・列傳 128》卷 240，〈葉向高傳〉。

〔註 21〕〔明〕陳繼儒撰：《陳眉公集》（上海市：上海古籍出版社，1994 年，《續修四庫全書》影印「上海圖書館館藏明萬曆四十三年史兆斗刻本」原書），卷一，頁 4，總頁 26。

興，晚年喜好獨處修身，頗有山中修道者之味。在另一首詩〈山居〉中提到眉公平日的生活情態：

> 高梧修竹，隱者之居，風瓢不鳴，夢亦清虛。客至有酒，客去有書，且醉且歌，且樵且漁。〔註22〕

他架構了自己的山隱生活，又能與市隱結合。隱居的陳眉公當時仍名傾朝野，具有一定的聲望，其棄絕仕宦後的生活型態和名望，和另一種遺世獨立的隱逸生活相比，陳眉公的生活是比較豐富多彩的。

而眉公之「隱逸」目的是爲了在亂世能「趨易避難、明哲保身」，但另一方面卻有某種期許自己能有所作爲，具有「濟世」的心態，〔註23〕且其隱逸空間並非孤立，而是與社會有著密切關係，並且和不少文人名士在詩文、戲曲與繪畫之間有所交流。〔註24〕從《靜志居詩話》中也可看到這樣的現象：

> 仲醇以處士虛聲，傾動朝野；守令之臧否，由夫片言。詩文之佳惡，冀其一顧；示骨董者，如赴畢良史摧場；品書畫者，必求張懷歡估價。肘有兔園之冊，門闐鷺羽之車，時無英雄互相矜視，甚至吳綾越布皆被其名，竈妾餅師，爭呼其字。今其遺集具在，未免名不副其實焉。〔註25〕

眉公的名氣在當時可說是「傾動朝野」，姑且不論後人對其評價是不是「名實相符」，但是可以肯定的是文中呈現當時在骨董、詩文、書畫等方面若能得到眉公的評價可說具有「名人鑑賞品味」的效果。因爲眉公「工善詩文，短翰小詞，皆極風致」，除了詩文創作之外，又能「兼能繪事」、「博文強識」，不論是「經史諸子」或是「術伎稗官」都能有所校覈。他的名氣除了士大夫的標榜之外，也和書籍快速傳播有關。眉公棄巾之後，坐館著述，靠著館饌或是潤筆撫養親族，中年後漸有積蓄，交友廣闊的關係，朝中官員也與眉公多

〔註22〕〔明〕陳繼儒撰：《陳眉公集》，卷一，頁4，總頁26。

〔註23〕陳眉公是積極參與的地方上的公益活動，像是萬曆十五年間，蘇、松發生水災，他上書給閣臣王錫爵陳述百姓的困頓，在他的《晚香堂小品》卷十九中有〈上王相公救荒書〉、〈上徐中丞救荒書〉、〈赴陶太守救荒書〉，以見其體恤民生疾苦，並非是存著全然不關心社會的隱居心態。

〔註24〕眉公在中年之後逐漸聲名遠播，交友廣闊，曾經延召吳越之間的窮儒老宿與隱約飢寒之人，共同校勘書籍，故有不少作品掛其姓名，且又與朝中官員有所交往，根據錢謙益的《列朝詩集小傳・丁集》記載當時陳眉公的名氣可說是「傾動寰宇」，「遠而夷酋土司，咸丐其詞章，近而酒樓茶館，悉懸其畫像…」可見陳眉公並非是全然隱逸藏身的，而是與社會有密切關聯的文人雅士。

〔註25〕引自《明代傳記叢刊・10冊》，《靜志居詩話》卷二十，頁1，總頁85。

所交往，加上「性喜獎腋士類，屨常滿戶外」，眉公延召吳越間的窮儒老宿、隱約飢寒者，一同校勘編撰書籍，流傳遠邇。所以掛名爲眉公的作品甚多。因爲這樣的名氣，在有眉公評點過的詩文、戲曲小說等書籍，也具有同樣的市場魅力，此點置入後文討論。

有關眉公的隱逸事蹟還可參考《明史・隱逸傳》這段記載：

> 陳繼儒，字仲醇，松江華亭人，幼穎異，能文章，同郡徐階特器重之，長爲諸生，與董其昌齊名。太倉王錫爵召與子衡讀書支硎山。王世貞亦雅重繼儒，三吳名下士爭欲得其師友。繼儒通明高邁，年甫二十九，取儒衣冠焚棄之，隱居崑山之陽，構廟祀二陸，草堂數椽，焚香晏坐，意豁如也。時錫山顧憲成講學東林，招之謝弗往。親亡，葬神山麓，遂築室東佘山，杜門著述，有終焉之志。〔註26〕

眉公在當時的名氣以及其所交流往來多是文士和藝術家，有獨特的生命目標，以著述事業爲重，過著獨特的生命型態，以心隱而身不隱的市隱型態面對生活。眉公從二十九歲和友人於小崑山買下乞花場，置斑竹、草堂，但爲生計故仍須設館委巷、潤筆謀資，直到四十歲才與陸樹聲、包羽明、董其昌合資，在小崑山之陰構築了「婉孌草堂」，開始穩定的隱逸生活，之後陸續買地增建，在小崑、天馬、細林、冬佘鳳凰諸峰的園林開放後，更吸引大批遊客，名滿江南的眉公興起藏身避客之嘆；諸侯顯要等每求與之往來，求其翰墨，以沾染文藝氣息，而屢受朝廷徵召的眉公仍是守住堅不入仕的原則，不以此爲終南捷徑，可見其隱逸志向之堅。陳萬益曾說：「眉公是逸民：藏用，而不藏身與名。他只是不願捲入政治鬥爭。」〔註 27〕因爲在內有閹宦、外有僚事倭寇侵擾的時代下，眉公必須躲避政治上的鬥爭，又要顧其家族維生，隱頓生活的背後是有現實考量，幸而眉公身在商業發達的江南城鎮，得以布衣之身，藉著大量著述、編書、評點維生，經濟因素可視爲眉公大量評點作品的背後因素之一。

以上略述眉公生平後，將其主要思想分爲以下幾點簡述。

要從陳眉公思想中去找到與晚明思潮連結的脈絡，可以先從「情觀」著手。晚明文人相當重視「情」這個議題，以此做爲文章構成的主要因素，在

〔註26〕《明史・隱逸・校勘記》第 186（收在《明代傳記叢刊》冊 103，頁 7631，總頁 413～414）。

〔註27〕陳萬益：《晚明小品與明季文人生活》（台北市：大安出版社，1988 年），頁 89～98。

陳眉公的文章中可以找到眉公崇尚的「眞情」，此一思想也貫穿其創作。

故以下要提出的是有關陳眉公文藝思想中讚揚「至情說」的觀點。

（二）陳眉公的文藝思想：讚揚至情說

陳眉公在《吳騷集》序文寫到：

> 夫世間一切色相儔有能離情者乎？顧情一耳，正用之爲忠憤、爲激烈、爲幽宛，而抑之爲憂思、爲不平、爲枯槁憔悴，至於纚纚一腔難以自已，遂暢之爲詩歌，爲騷賦，而風雅與三閭諸篇並重於世。〔註28〕

世間萬物不能離開「情」而獨立，作者以「情」是世間一切色相的關鍵，這種對於「情」的重視是陳眉公創作和評論的特色之一。眉公思想主張抒發「眞心眞情」之作才能流傳久遠。眉公在《吳騷集》序文中引用六朝流行的「我輩鍾情，豈同槁木」等文句，〔註29〕可看出其重情的程度。

有關眉公對「率眞」、「至情」的讚揚，又可見於《牡丹亭題詞》：

> 吾朝楊用修長於論詞，而不嫻于造曲。徐文長《四聲猿》能排突元人，長于北而又不長于南。獨湯臨川最稱當行本色，以《花間》、《蘭畹》之餘彩，創爲《牡丹亭》，則翻空轉換極矣！一經王山陰批評，撥動髑髏之根塵，提出傀儡之啼笑。關漢卿、高則誠曾遇如此知音否？張新建相國嘗語湯臨川云：「以君之辯才，握麈而登皐比，何詎出濂、洛、關、閩下？而逗漏于碧簫紅牙隊間，將無爲『青青子衿』所笑！」臨川曰：「某與吾師終日共講學，而人不解也。師講性，某講情。」張公無以應。夫乾坤首載乎《易》，鄭、衛不刪于《詩》，非情也乎哉！不若臨川老人，括男女之思而托之于夢。夢覺索夢，夢不可得，則至人與愚人同矣；情覺索情，情不可得，則太上與吾輩同矣！化夢還覺，化情歸性，雖善談名理者，其孰能至于斯！〔註30〕（《批點牡丹亭題詞》）

陳眉公認爲不論至人與愚人，都會因湯顯祖（1550～1616）《牡丹亭》而受到柳、杜二人眞情感動，這是因爲《牡丹亭》具有「化夢還覺，化情歸性，翻

〔註28〕〔明〕陳繼儒：《吳騷集》序，（明武林張琦校刊本），現藏國家圖書館。

〔註29〕〔明〕陳繼儒：《吳騷集》序。

〔註30〕《批點牡丹亭題詞》，收在秦學人、侯作卿編著：《中國古典編劇理論資料匯集》（北京市：中國戲劇出版社，1984年）。頁103～104。

空轉換極矣」的特性！此處提出「情、性合一」的主張來呼應湯顯祖創作「臨川四夢」的創作主張。

湯顯祖晚年曾用一句「爲情作使，劬於劇伎」（《續棲賢蓮社求友文》）來概括他一生的戲曲創作，若將此句「爲情作使，劬於劇伎」的評價套用在形容陳眉公也是適合的，眉公一生爲眾多劇作圈點品評，動機出於「爲情作使，劬於劇伎」。湯顯祖十分重視創作中「情」所發揮的作用，他自述創作《南柯夢》和《邯鄲夢》的時候，經歷了「因情成夢，因夢成戲」的創作構思過程。湯顯祖針對的是「情理相格」的反省和體察，陳眉公在此更進一步的強調「情、性合一」，眉公認同的是「情理相合」，他認爲「情」還是歸屬於「理」之中。

陳眉公也認同文學作品必須藉著「情」與「境」的融合，才得以發揮靈感進行創作，正如〈靜嘯齋集序〉中所言：

> 詩者，性情之律呂，當其情境相觸，如風與濤并，氣與竅發，雖欲不詩而不可得者，即詩者，亦不得而知也，如謂詩而可已，則必不飲不食而後可。夫不飲不食者，蟬而曳爲鳴，不言者，蘇門之孫公和而激爲笑。蓋至人一化情爲性，而不能并化，性情中之聲氣，盡歸於烏有，故文人之歌詠，與匹夫匹婦之笑啼，其不能遏均也。〔註31〕

因爲文人在創作過程中，會感受到心情和外在世界的影響，藉由自身眞實情感產生觸發，這就是至人做到的「化情爲性」。由主觀經驗出發，感受外在物體，以情爲互相呼應的媒介，產生的情感表現就觸發爲詩歌藝術的形式，這是相生相成的。再回到前文所提的《吳騷集》序文中陳眉公所提倡的情與物的結合來映證其思想：

> 我輩鍾情，豈同槁木，故竅發於靈而響呈其籟，代不乏矣！漢以歌、唐以詩、宋以詞，迨勝國而宣於曲，迄今盛焉。總之以風雅爲宗，而憤激幽情、錦心慧口相伯仲也。南國謳吟不減江皋諷詠，三吳丰韻類延晉代風流，辭本於騷而地別於楚，故因弁其騷曰吳。嗟嗟！今樂府濫觴極矣！自有茲帙也，洛陽紙貴收盡陽春，冰玉蛟螭刻成天巧，豈非造物之情，至此而一暢耶！世不乏有情人，而知吳騷之足尚也。〔註32〕

〔註31〕〔明〕陳繼儒：《陳眉公先生全集》，卷十一，頁56，〈《靜嘯齋集》序〉。
〔註32〕〔明〕陳繼儒：〈《吳騷集》序〉，（明武林張琦校刊本），現藏國家圖書館，頁96～97。

眉公肯定「情」的存在。因爲心中有情，得以透視世間種種豐富內蘊，也因爲生活中有情，眉公才能以隱士之身，處紅塵俗世，不受凡俗所限。

由以上推論可知：眉公創作思想中，是十分讚揚「眞情」，將「抒發眞性眞情」視爲創作的重要動機，主張「情理相合」，好作品應該是「性情之作」，是要能抒發眞心情感的。眉公提出「世間一切色相不離情者」的說法，也呈現了晚明文人對於「情」的肯定和重視，他們藉著賦予「情」重要的價值，來喚醒凡夫俗子被時勢限制之心靈，能更加優游自在的去欣賞萬事萬物。

値得一提的是關於眉公思想中的「曲」之創作與「情」之關連：

> 夫曲者，謂其曲盡人情也。詩，人人可學，而詞曲，非才子決不能。子野才太俊，情太癡，膽太大，手太辣，腸太柔，心太巧，舌太纖；抓搔痛癢，描寫笑啼，太逼眞，太曲折。當其志敞意得，搖筆如風雨，強半爲旁人制去，或寫素屏紈扇，或題郵壁旗亭，或流播于紅綃麗人、黃衣豪客之手，而猶未睹子野之大全也。〔註 33〕（《秋水庵花影集》敘）

此段敘文是有關創作的「人情觀」，眉公認爲創作重點在於「人情之傳達」。要能有「才子之筆」才能創造出「寫盡人情」之曲，且「才子」並非可學而至者，散曲作家要能像施子野（1558～約 1639）〔註 34〕那般「才俊、情癡、膽大、手辣、腸柔、心巧、舌纖」，筆觸有如「抓搔痛癢」，對於「描寫笑啼」能做到「逼眞、曲折」，才可稱「曲盡人情」的「才子」。若將此「曲盡人情」的觀點檢視眉公評點劇作的標準，也可發現與眉公藝文思想讚揚「至情說」之論有所相應，如：眉公在《琵琶記》第四齣《蔡公逼試》齣批寫到：

> 一逼一動，各盡親心，初辭終去，兩盡子情。〔註 35〕

蔡公以求取功名爲由逼迫蔡伯喈動身赴京趕考，蔡婆則是盡心維護家庭的完整，不願獨子新婚不久又是在家有二老的狀態下離家赴京，蔡伯喈爲父命盡大孝之道，最終離家赴京。此處齣批顯示陳眉公也贊同這裡的關目安排能發

〔註 33〕〈《秋水庵花影集》敘〉，收在秦學人、侯作卿編著：《中國古典編劇理論資料匯集》，頁 103。

〔註 34〕施紹莘（1588～約 1630）字子野，號峰泖浪仙，華亭（今上海松江）人。少爲諸生，久試不舉，遂絕意仕進，流連山水，放浪青樓。有《秋水庵花影集》，所收以套曲爲多。

〔註 35〕〔明〕陳繼儒撰：《鼎鐫琵琶記》收於北京大學圖書館編（《不登大雅文庫珍本戲曲叢刊》北京市：學苑出版社，2003 年），第 12 冊，卷上，頁 29。

揚親情，符合眉公思想的「宣揚至情」及「曲盡人情」，且有助於推進劇情之發展。關於此觀點之例證置於後面章節討論各劇本評點時加以說明，在此僅舉一例說明，不多贅述。

以下探討眉公文藝思想中與評點息息相關的「讀者觀點」，此點在分析眉公評點劇作時也是非常重要的背景因素。

（三）陳眉公的讀者觀點

1. 提倡多讀書增加學識，做為立言基礎

在討論眉公的讀者觀點前，可先從眉公對於讀書的心態和想法進行分析。明人李紹文的《明世說新語》中記載陳眉公之言：

> 陳繼儒曰：「讀未見書，如得良友。見已讀書，如逢故人。」〔註 36〕
>
> 陳繼儒曰：「幽居之中，修竹、名香，清福已被。如無福者，定生他想。更有福者，佐以讀書。」〔註 37〕
>
> 陳眉公曰：「余每欲藏萬卷異書，襲以異錦，熏以異香，茅屋蘆簾，紙牕土壁，終身布衣，嘯咏其中。客曰，果爾，亦是天壤間一異人。」〔註 38〕

從以上三條記錄，我們可知陳眉公對於讀書之重視：

第一，眉公將所讀之書分「已見書」和「未見書」兩類，讀「未見書」和「已見書」都是相當有益的。

第二，眉公認為能夠在清雅幽居的環境中讀書，是相當難得的幸福。

第三，眉公的興趣除了讀書之外，還有藏書，眉公也相當重視布置自己的書房。

陳眉公在〈太虛初稿序〉中曾經說過：「學最富，故有倚天拔地之精神。」〔註 39〕，在此可將此倚天拔地之精神看做是從豐厚學識中培養的胸襟、理念。因此眉公重視讀書，也提倡讀書，認為讀書才是文章的根柢，眉公在〈朱宗遠詩序〉說：「宗遠詩靈秀百出，本于多讀書。」〔註 40〕以讀書的最大作用在於可以「立言」，著述立言與讀書的關係是密切的。〈秦漢文膾序〉裡又說：「立言如雲霞，而更須風輪以鼓盪之，學是也；斗杓以轉運之，試是也。學不足

〔註 36〕引自《明代傳記叢刊・22 冊》，《皇明世說新語》卷二，頁三，總頁 133。

〔註 37〕引自《明代傳記叢刊・22 冊》，《明世說新語》卷二，頁三，總頁 133。

〔註 38〕引自《明代傳記叢刊・22 冊》，《明世說新語》卷三，頁三，總頁 345。

〔註 39〕見《陳眉公先生全集》，卷六，頁 19〈太虛初稿序〉。

〔註 40〕見《陳眉公先生全集》，卷七，頁 49〈朱宗遠詩序〉。

則裙拾百出，識不足則魯莽橫生。」〔註41〕要先能夠有知識做爲立言的基礎，才不至於寫出空洞無根之言。

2. 重視「作者—文本—讀者」三者相互關係

研究文本與讀者的關係是很有意思的，如果我們能從文本和讀者以及作者之間的結構關係，找出詮釋文本之外更多的美學意義，對於文學研究而言也是很有幫助。從文本評論家來看他們在「作者—文本—讀者」的這項傳播結構中是有重要影響力的。藉由這樣的讀者審美閱讀角度來看戲曲文本，到底這些戲曲文本在讀者筆下有著怎樣的創造性閱讀？而讀者又轉換爲評點者的同時，評點是否能創造出更多有關戲曲文本的美學意義呢？從文本到作品的呈現，這中間的過程是值得去探討的。由以上思考出發，我們回到陳眉公先生的思想背景去探討有關讀者與作者之關係。

眉公自己寫過一篇〈藏說小萃序〉，其中他說道：「經史子集譬諸粱肉，讀者習以爲常，而天廚禁臠，異方雜俎，咀之使人有旁出之味，則說部是也。」〔註42〕此處所提出的「咀之使人有旁出之味」就是我們以上所謂的文本中的「意義空白」，它足以吸引讀者深加思考、詮釋之處，眉公所說的對象是「說部」，但是其實在眉公思想中「戲曲」也是具有如此「咀之使人有旁出之味」的地方！藉由不斷思考作品中的「旁出之味」，結合讀者本身的經驗、學識背景，經過思考沉澱後得到與作者的共鳴，經過這樣的過程，讀者能成爲作品的「知音」，也豐富了作品的美學意涵。因爲意義的「不確定性」，作品面對的閱讀群眾，也是「多樣化」的，因此在閱讀的過程中可以容許不同讀者的「詮釋差異」之存在。

眉公提出：「讀者使其知君梓書之義」，〔註43〕強調要能夠讓讀者體會「出版刊刻的動機」，也就是說在作者創作、書商刊刻之時就應該先考慮到出版市場、讀者心態。再回到本段主題，關於陳眉公的思想主張：作品在創作時就應該要以讀者爲念，而文學作品也必須具備供人閱覽的功用，文學作品的重要性在於能廣泛的流通，和被大眾讀者所接受。

以上這些思想可從眉公強調「著書立言以傳世」這點進行延伸思考。在〈陳銅梁眞稿敘〉一文中，他提到：

〔註41〕〔明〕陳繼儒：《秦漢文膾序》，（明刊本），現藏國家圖書館。

〔註42〕見《陳眉公先生全集》，卷十，頁2，〈藏說小萃序〉。

〔註43〕〔明〕陳繼儒撰：《呂氏春秋》序，（明天啓七年南亭李氏刊本），現藏國家圖書館。

夫取古人所已言而襲之，讀者憎其腐；則更取古人之所未言而用之，讀者又怪其鑿空角險。〔註 44〕

由此可知眉公在創作之時，考慮到讀者的心態，讀者不喜作者過於迂腐因襲故舊，也不喜作者過於險怪，無中生有。多樣化的大眾讀者就是前文所提的「隱含的讀者」，對作品的不確定會進行自我詮釋，甚而會體察出作者的言外之意；「隱含的讀者」知道作者所言是否創新，或是守舊，他們對於文本的傳播結構而言，也是相當重要的影響因素。

在閱讀的過程中，「作者—文本—讀者」這種屬於文學傳播的三元結構，呈現了彼此相互聯繫的關係：作者在出版時會考慮讀者因素，讀者在閱讀文本的過程中會發現許多不確定的意義，進而加以詮釋，進行文本之外的審美創造，文本也增加更多的審美意涵。三者之間是互相作用，也有制約效果。陳眉公是晚明名士，他在劇作家與讀者之間，也擔任著重要的宣傳角色，陳眉公重視讀者和作者的交流，也會考慮到讀者立場，重視閱讀過程中的理解和感受。正如他在〈王罔伯詩序〉中提到：「讀其詩，想見其胸次，且笑、且啼、且醉、且醒。」〔註 45〕正因為在閱讀文本時，讀者會受到文本的感動，並且從自身經驗出發去體會感受文本所指，甚而進行自我詮釋和解讀。因此，能夠成為作品和作者的「知音」，眉公擔任的腳色，就是知音，提供給更多讀者品賞作品的便利性。

綜合上述，可知晚明文人，如眉公一類的名士，不僅具備傳統文化的繼承責任，還提出重視閱讀詩文之精神，進一步體會作者創作的言外之音，主張多讀書才能增加學識，藉由豐富的學識背景才能理解作者，增加文本的美學意涵，完成「作者-文本-讀者」這三元結構中良性的互動與影響。

討論完有關晚明文人陳眉公的隱逸生活、文藝思想和讀者觀點之後，再看晚明時期的戲曲文化概況，讓陳眉公和晚明的戲曲藝術發展背景作一完整結合，方便理解本論文之文化背景。

二、戲曲文化概況

萬曆時期士大夫階層因為遁世逃避的思想，逐漸興起追求娛樂的風尚，當時商業經濟十分發達，而戲曲文學發展正與城市的經濟發展有密切關係。政治

〔註 44〕見《陳眉公先生全集》，卷七，頁 15〈陳銅梁眞稿敘〉。
〔註 45〕見《陳眉公先生全集》，卷七，頁 3，〈王罔伯詩序〉。

經濟的變化影響城市的繁榮，城市的繁榮又影響戲曲文學的興盛，〔註 46〕因此戲曲在此時期有了良好的生存條件。特別是江南地區，不僅城市規模大，人口密度也高，工商業發達。造就了像是南京、蘇州、杭州、揚州等大都市，文人與藝人、商人聚集於此。戲曲在城市中的傳播，主要是在「曲院、會館、神廟、官廳、家庭庭院」等場所進行，曲院是戲曲傳播的重要場所之一，張岱（1597～1679）也曾在《陶庵夢憶》中寫到遊「南曲」之事，記載中說：「南曲中妓，以串戲爲韻事，性命以之」，可見當時藉由娼妓搬演劇本也是明代戲曲的傳播方式之一，余懷（1616～1696）在《板橋雜記》中有不少記載是描述南京曲院中，戲曲演唱之盛。〔註 47〕曲院中的戲曲表演，是給士人和商人觀賞爲主的。此外，「茶館」和「酒樓」以及其他一些公共場所，有的可提供給一般民眾觀賞，像是蘇州的虎丘、南京的秦淮河、杭州的西湖等地，都是當時戲曲搬演之所。

在崑山腔之外的南戲變體聲腔也更廣泛的流向民間，他們演出的劇本，除了部分是文人傳奇外，多是以傳統劇目和民間作品爲主，因此具有豐富的民間性，而民間藝人所寫的劇本，因爲熟悉民間戲曲舞台規律，又了解一般民眾的口味喜好，因此他們的劇本反而能長期在舞台上演出流傳。崑腔從南戲中的一個分支發展爲四大聲腔之首，這也是文人傳奇興盛的重要標誌。魏良輔（生卒年待考）和梁辰魚（1519～1591）、沈璟（1553～1610）等做出不少貢獻。魏良輔作《南詞引正》，改革崑山新腔，使其輕柔婉麗、流轉悠揚的音樂特色，脫離南曲質樸平直的民間色彩，使崑腔逐漸成爲明清傳奇中的主導聲腔。另外，當時的傳奇作家也爲崑山腔寫出成功的劇本，像是梁辰魚作《浣紗記》，張鳳翼（1527～1613）作《紅拂記》，都是代表性的作品。當時也慢慢湧現一些擅長模寫物理、體貼人情、關注民俗、重視劇本之舞台性、戲劇性的傳奇作家，在萬曆時期傳奇劇本的創作十分興盛，高濂（1527 或略

〔註 46〕方志遠：《明代城市與市民文學》（北京：中華書局，2004 年），頁 195。根據方志遠先生統計資料可知現存明代劇本萬歷時期共版刻雜劇 310 多種、傳奇 140 多種，分別佔整個明代的 66.0%和 52.21%，而其中的絕大部份又產生在萬曆中後期。加上天啓、崇禎時的 68 種雜劇和 107 種傳奇，則這一時期版刻的雜劇佔整個明代的 80%以上，版刻的傳奇佔整個明代的 90%以上。

〔註 47〕徐嫚鴻：〈從《板橋雜記》看晚明娼妓戲曲表演之概況〉，收錄在《2007 全國碩博士生戲劇學術研討會論文集》（台北市：國立台灣大學戲劇學系研究所，2007 年 4 月）。在《板橋雜記》中看見晚明許多色藝雙全的青樓女子，才華並不下於專業演員，可惜生長娼門卻多半沒有很好下場，其藝術表演並沒有傳承到給下一代娼優，反而隨著戰亂人禍而灰飛煙滅。然而從另一角度看，這些娼優以唱曲串戲著名，也反映了晚明的戲曲之繁盛。

前～1603 或略後）作《玉簪記》可作其中代表。

此時期傳奇作家的戲劇思想，也因時代思想變化，湧現不同思潮。「性」、「欲」、「情」等觀念，得到新的闡發，人的尊嚴、權利、價值有不同的定義，這些時代思想影響劇作家的思維和生活模式，他們從認識自我開始，徹見出眞性、眞情、率性。萬曆時期的劇作家們肯定人的天生欲望，宣揚人的天生稟賦，體現對於人的情欲、利欲和才情的認識。伴隨著這股思想，劇作家開始描寫和宣揚情欲，這也是當時熱門的劇作題材，常見的是才子佳人模式。除了肯定欲望之外，劇作家也展現一種任性而行的人生態度，像是陳與郊（1544～1611）、王衡（1561～1609）、葉憲祖（1566～1641）、顧大典（1541～1596）、湯顯祖（1550～1616）、沈璟（1553～1610）等，都是掛冠棄職留連劇場的代表人物。劇作家也在創作中體現出尊重人性和平等、寬容的思想。然而萬曆時期的劇作家還是拋不開歷史的包袱，在作品中創造出新式的才子佳人模式，但是結局卻又限定在範圍之內，女子回到三從四德的框架，男子必須擔任責任，參加科舉高中狀元，商人依舊被限制在經濟領域裡表現，不能干涉政治之事。

晚明的傳奇作家在創作上除了追求技巧的超越，眼光仍限制在才子佳人模式中，在愛情題材方面爲了要開拓出新的題材，晚明傳奇作家不只從現實取材，〔註 48〕也有憑空結撰的趨勢。此種改編現實或憑空結撰的風氣一直延續到清代傳奇的創作。經過萬曆時期的經驗積累，明末時傳奇的編劇技巧已達到肌理細緻的程度，不論是整體風格的把握、結構的設定、語言的提煉、舞台性的考量等等，都是一大突破。當時劇作家對編劇藝術的探索也有成功之處，像是著重喜劇技巧的運用。不只是文詞的優美、意境的深邃，人物的心理情感都能刻畫入微。還有關目設置、場次安排、腳色搭配、場面調度和細節穿插等，都是晚明傳奇劇作家匠心之處。但是當時劇作還是有某些缺點的，像是過度追求技巧，現出人工編織痕跡，還有題材狹小，多著重才子佳人故事，文人氣偏多，詞句太過纖細等缺失。

因爲戲曲文化的興盛、戲曲創作的繁榮，晚明時期的戲曲批評也十分

〔註 48〕如《鳴鳳記》是敘述嘉靖時期權臣嚴嵩殺害力主收復河套的雙忠（夏言、曾銑），後來八義（楊繼盛、董傳策、吳時中、張鶴樓、郭希顏、鄒應龍、孫丕揚、林潤）前仆後繼，終於扳倒嚴嵩的故事。在傳奇發展史上，《鳴鳳記》以當代重大的政治鬥爭爲題材，具有開拓意義。後來李玉的《清忠譜》和孔尚任的《桃花扇》中，可見其影響。

活躍，留下許多紀錄，內容包含曲話、曲律、論歌唱、表演、曲詞等專門著作和許多散論，其中王驥德（？～1623）提出的戲曲理論專著《曲律》是影響後世的重要理論，此時期的戲曲批評形式上也十分豐富，有專門對創作的某主題進行探討，也有對戲曲創作的全面系統總結，還有曲話式的著作、曲目式的文獻、曲譜、選本等等，這些著作有指導戲曲創作的作用，選本、曲譜有方便觀眾欣賞的效果；戲曲評點也是在晚明戲曲理論這樣發展蓬勃下的產物。因爲戲曲評點的出現，也使得戲曲理論中的敘事理論體系更加完整。〔註 49〕

三、晚明出版文化背景

明初因爲處於長期戰亂之後，社會經濟凋敝，百廢待興，刻書業尚未發達，但是隨著社會經濟的恢復和發展，刻書業也逐漸興盛，進入明代中葉，經濟逐漸繁榮，農業、手工業和商業提高的一定的水準，城市經濟發達，當時市民對於刻書業的需求也逐漸增加。此時印刷的工藝水準提高，刻書所費的價錢也低廉，可參考葉德輝（1864～1927）《書林清話》中〈明時刻書工價之廉〉一文：

> 前明書皆可私刻，刻工極廉。聞前輩何東海云：刻一部古注十三經，費僅百餘金，故刻稿者紛紛矣。嘗聞王遵嚴、唐荊州兩先生相謂曰：數十年讀書人，能中一榜，必有一部刻稿。屠沽小兒，身衣飽煖，歿時必有一篇墓誌。…按明時刻字工價有可考者。陸志、丁志有明嘉靖甲寅，閩沙謝鸞識嶺南張泰刻《豫章羅先生文集》，目錄後有刻板捌拾參片，上下二帙，壹佰陸拾壹頁，繡梓工貲貳拾肆兩木記。以一版兩葉平均計算，每葉合工貲壹錢伍分有奇。其價廉甚。至崇禎末年，江南刻工尚如此。徐康《前塵夢影錄》云：毛氏廣招刻工，

〔註 49〕可參考譚帆、陸煒在《中國古典戲劇理論史》，頁 57～59。其中提出的主張：評點者在批評過程中與作品中所浮現的情節線索、人物遭遇有著緊密的聯繫，藉著批評過程中對照著戲劇情節的發展線索、人物行動的脈絡，這樣的批評型態會影響戲劇評點中思考的系統，像是清代的金聖嘆評點《西廂記》，周昂對其批評則提出「實寫一番」、「空寫一番」來形容金聖嘆的批評是具有雙層結構的：作品本身的審美結構、批評者因作品審美結構延伸出的理論結構。這種延伸出的理論結構，就是一種再創造的理論。是繼承明代徐渭、李卓吾批評的精神而來。此種金聖嘆所代表的戲劇理論思想可稱爲「敘事理論」，因爲他是從「敘事文學」的觀點出發，採用「評點」此方法觀察作品的情節線索和人物形象，以「戲劇人物」爲批評重心。

以十三經、十七史爲主，其時銀串每兩不及七百文。三分錢刻一百字，則每百字僅二十文矣。〔註50〕

從上文可看出明代當時刻書價格之廉，甚至一百字僅需花費二十文，從葉德輝的敘述中也可看出，當時的讀書人要出版個人文稿也並非難事。在這樣的條件之下，書籍大量激增，這種刻書盛行的風氣一直延續到明末。〔註51〕學者歸結明本發展的社會背景和主要原因包含：「一、安定社會秩序，恢復生產，使經濟迅速發展。二、重教興學，培養選拔人才；舉賢招隱，重用賢能之士。三、注意採集圖書，重視教化作用；詔除書籍稅收，刺激刻書事業。四、寬鬆的出版政策，爲書籍出版提供了良好的環境。五、發達的經濟，刺激圖書的消費。六、製書材料的進步，爲刻書業提供了良好的物質基礎。七、廉價勞動力，降低了刻書成本。」〔註52〕以上政治、經濟、文化、教育等諸多因素爲明本發展的背景。

明代的刻書業是使用雕版印刷術。刻書業按經營者可分爲官刻和私人兩類，私人又可分作家刻和坊刻兩種。在官刻圖書中，重要的是內府刻書、監本和藩刻本。內府刻書本指的就是宮廷刻書，主事者是宦官衙門司禮監，其下設置經廠，專司書籍刊刻。監本分爲南監本和北監本，南京國子監和北京國子監都曾刻印書籍，故有南監本、北監本之分，其中以南監本刻書爲多。藩府刻書則是明代官刻本的特點，藩王及其子女因爲不能過問政治，於是有些人把精力轉移到刻書事業上，形成了數量龐大的藩刻書，根據《古今書刻》記載，有刻書的王府有十五個。葉德輝在《書林清話》中的〈明時諸藩府刻書之盛〉記載有刻書的王府有二十個。〔註53〕藩刻本不僅數量多，而且多有精本。其中最有名的是蜀王府的刻書，在《古今書刻》中記載蜀王府一共刻書二十八種，嘉靖之後刻書最有名的則是晉王府。其它藩王刻書雖不如蜀、晉著名，但是數量也不少〔註54〕；以上是官刻書的範圍。

明代的私家刻書風氣盛行，且多集中在經濟富裕的江浙一帶。不少刻書

〔註50〕葉德輝：《書林清話》（北京市：中華書局，1957年），頁185～186。

〔註51〕南炳文、何孝榮：《明代文化研究》（北京市：人民出版社，2006年），頁369～370。

〔註52〕任繼愈主編：《中國版本文化叢書：明本》（南京市：江蘇古籍出版社，2003年），頁3～9。

〔註53〕葉德輝：《書林清話》（北京市：中華書局，1957年），頁116～120。

〔註54〕南炳文、何孝榮：《明代文化研究》（北京市：人民出版社，2006年），頁372～375。

家也兼具藏書家的身分，在保存和傳播書籍有所貢獻，家刻本的刊刻者除了刊印古籍以外，也翻刻著名的宋元版，最著名藏書家也是刻書家可以汲古閣毛晉（1599～1659）爲例，毛晉對於中國古代的刻書事業有不少貢獻，因爲毛晉愛書，搜求書籍收藏之外，也注意刻書，並且強調刻書的質量，多採用宋刻本爲底本，所用的紙張是由江西特別製造的；毛晉還爲不少所刻的書籍寫下題跋，或考訂源流，辨別眞僞，或是提要鉤玄，替讀者指出閱讀門徑，內容有不少學術價值〔註 55〕。明代的坊刻書出版許多大眾所需的各種醫書、科技書，也出版不少的經史書等，從文學作品到通俗讀物都是書坊的出版範圍。明代書坊有幾個共通點：書坊多設立在縉商雲集之區、水陸交會要道以及文化學區附近。書坊經營人考慮書籍的銷售市場，對於刻書的種類和內容也會進行選擇，讀者越多的書籍種類自然成爲選擇的對象。當時的通俗文學戲曲小說，因此成爲大量刻印的文學作品目標。明代的書坊集中在南京和北京、建寧。南京和建寧的書坊各有九十家左右。杭州、蘇州、徽州書坊也有不少。常州、揚州、漳州、撫州等處亦各有書坊。

書商彼此互相競爭下，自然發展出推銷手法以獲得讀者青睞，隨之而來的弊病在於爲牟利而不顧版本眞假，或是假托名人之作等情形，因此這些現象也是研究明代的戲曲評點本時所需要仔細辨析之處。

（一）書商們的選題——以大眾市場為取向

要了解明代書商在選題的情形，以及有關明代的市民文學出版種類，可參考方志遠在《明代城市與市民文學》中統計「現存明版市民文學中的品種及版刻代表」，〔註 56〕文中提出明代市民文學的發展是有明顯的階段性，〔註 57〕並且從附表可知眉公所處的萬曆時期的書商出版種類概況，藉由表格中標示出版種數和卷數的數目多寡判讀萬曆時期熱門的版刻文類的順序是：「雜劇（313 種／345 卷）、文言小說（300 種／1746 卷）、詩選集（165 種／444 卷）、傳奇（142 種／291 卷）、散曲（106 種／115 卷）、散文（102 種／706 卷）、白話小說（93 種／1131 卷）、民歌唱本（57 種／67

〔註 55〕南炳文、何孝榮：《明代文化研究》，頁 377～380。

〔註 56〕方志遠：《明代城市與市民文學》（北京市：中華書局，2005 年），頁 180～181。

〔註 57〕方志遠：《明代城市與市民文學》，頁 181。文章提到「洪武至天順（1368～1464）的近一百年間，是明代市民文學艱難的發生期。……成化至正德間（1465～1521）的半個多世紀，是明代市民文學的全面發展時期。萬曆中後期至明末（1583～1644）的半個多世紀，是明代市民文學的持續繁榮時期。」

卷），以及天啓、崇禎時期的熱門文類順序：傳奇（120 種／250 卷）、詩話詞話（112 種／159 卷）、雜劇（98 種／120 卷）」，兩者相較可知傳奇和雜劇是萬曆到崇禎時期，頗受書商喜愛的出版種類。〔註 58〕以下再看另一資料記載有關萬曆時期的刻書情形：萬曆年間，湖北麻城人周弘祖所編的《古今書刻》記載各省所刊書籍，從中可了解當時各地的刻書情形，明人所刻的明代著作及古書約 2697 種，又另一本做 2489 種。但此數字未計入萬曆本。有的一書多至數十版，如《琵琶記》，到萬曆二十五年已有諸家刻本 70 多種，〔註 59〕可見當時戲曲刻書之盛。

《六合同春》出版刊刻的書坊是建陽蕭氏的師儉堂。〔註 60〕福建建寧府的書商是中國重要的出版地之一，清代陳壽祺（1771～1834）曾說過：「建安麻沙之刻盛於宋迄明末已。四部巨帙自吾鄉鋟板已達四方，蓋十之五六。」〔註 61〕《八閩通志》記載：「建陽縣麻沙、崇化二坊，舊俱產書，號爲圖書之府。麻沙書坊元季毀，今書籍之行四方者，皆崇化書坊所刻者也。」〔註 62〕可知當時建陽書坊是重要的書籍產地。明代建陽坊刻的刻書量，在當時是屬於中國領先地位的。流傳至今的建陽坊刻本，大多數都是明代刊刻的，流傳遍及大江南北。建陽書坊有麻沙、崇化兩處，號稱「圖書之府」。建陽坊刻的銷售對象，主要是購買能力有限的中下層百姓，因此採取低價售書的經營策略，降低書籍的成本，除了偷工減料之外，書籍的紙張、墨水、

〔註 58〕方志遠：《明代城市與市民文學》，頁 195。文章提到：「萬曆中後期至明末的市民文學是以船齊和短篇小說爲班頭。……現存的明代劇本，萬曆時期共版刻了雜劇 310 多種，傳奇 140 多種，分別佔整個明代的的 66.60%和 52.21%，而其中的絕大部分又產生在萬曆中後期。加上天啓、崇禎時的 68 種雜劇和 107 種傳奇，則這一時期版刻的雜劇佔整個明代的 80%以上，版刻的傳奇佔整個名代的 90%以上。」

〔註 59〕張秀民：《中國印刷史》（上海市：上海人民出版社，1989 年），頁 236。

〔註 60〕有關蕭騰鴻的師儉堂是設在金陵的書坊，還是設在建陽的書坊一問題，陳旭耀先生提出這樣的看法：「因爲明代刻工本來就不是固定於某地刻書，而刻書風格也是可以相互借鑑影響的。所以在沒有確切材料證實蕭騰鴻師儉堂是金陵書肆的前提下，將其定爲建陽刻書坊應該妥當些。因爲蕭騰鴻所刊書籍畢竟有確切題署爲建陽書林、潭陽書林，而且像『鼎鐫陳眉公先生批評』的六種戲曲也均明確題署『書林慶雲蕭騰鴻梓』,『書林』即是建陽崇化里的專稱，應該說這已經是蕭氏師儉堂爲閩建刻書坊的確証。」陳旭耀：《現存明刊《西廂記》綜錄》（上海市：上海古籍出版社，2007 年），頁 152～153。

〔註 61〕張秀民：《中國印刷史》，頁 377。

〔註 62〕張秀民：《中國印刷史》，頁 233。

版材等，還有刻工也不甚講究。還有些刪減頭尾、內容的情形，刻版完成後，又因人工不足，所以校勘上也有出現不少錯誤，所以明代後期的建陽坊刻本，不受藏書家和所重視。然而建陽坊刻本也有保存文獻的作用，因爲它刊刻數量多，種類繁雜，保存大量的文獻資料，以刊印大眾讀物爲主要取向。根據《福建古代刻書》中所歸納出明代建陽坊刻內容中，最多刊印的書籍有四類：一、科舉應試之書。二、醫書。三、民間日常實用之書。四、通俗文學之書。〔註 63〕像是：經史讀本、通俗小說、生活日用手冊、士子必讀的教材、參考用書等。這些書籍都是有較大的銷售力，書坊可大量印製，降低成本，廉價銷售，銷售率越高，傳播率也越高，因此建陽坊刻本對於傳播文化有不小的作用。

建陽師儉堂〔註 64〕坊主爲蕭騰鴻（1368～1644），如《琵琶記》卷末署曰：「書林蕭騰鴻梓。」版心下刻：「師儉堂板。」蕭騰鴻自己也參與書版的製作，精通繪畫，如《玉簪記》插圖上署曰：「劉素明鐫，蕭騰鴻、劉素明、蔡元勳、趙璧同畫。」蕭騰鴻刊刻戲曲有：「《湯海若先生批評西廂記》、《鼎鐫陳眉公先生批評西廂記》、《鼎鐫陳眉公先生批評幽閨記》、《鼎鐫陳眉公先生批評琵琶記》、《鼎鐫紅拂記》、《鼎鐫玉簪記》、《鼎鐫繡襦記》、《異夢記》、《明珠記》、《麒麟記》、《鸚鵡洲》。」師儉堂一向以刊刻戲曲書籍聞名，單是《西廂記》就有刻過三種版本，後來蕭騰鴻刊刻的《鼎鐫西廂記》、《鼎鐫幽閨記》、《鼎鐫琵琶記》、《鼎鐫玉簪記》、《鼎鐫紅拂記》、《鼎鐫繡襦記》這六種書版，到清代時被修文堂購買，乾隆十二年（1747）時候重修刊印，合稱《六合同春》。清乾隆十二年（1747）修文堂主人將師儉堂所刊刻的《鼎鐫西廂記》、《鼎鐫幽閨記》、《鼎鐫紅拂記》、《鼎鐫玉簪記》、《鼎鐫繡襦記》、《鼎鐫琵琶記》等六種戲曲合在一起刊行，題作《陳眉公先生批評六合同春》，共十二卷。

（二）書商推銷書籍手法——書名冠上「某某先生批評」、附精美插圖

書坊爲了擴大銷路，在編纂書籍上銳意出新，小說戲曲以帶有名人評注、

〔註 63〕張秀民：《中國印刷史》，頁 335～337。

〔註 64〕蕭氏師儉堂是從蕭氏始祖蕭啓殷於元末定居建陽城內，第八代孫蕭一鳳和蕭一陽於嘉靖年才遷居到崇化里書坊。根據《蕭氏族譜》記載蕭騰鴻是蕭一陽之子，排行第八，生於萬曆丙戌年（1586），卒葬未詳。蕭騰鴻就是蕭慶雲，他刊刻的《鼎鐫西廂記》、《鼎鐫陳眉公先生批評西廂記》的卷首都題字「書林慶雲蕭騰鴻梓。」

校正、按鑒，特別是全像爲號召。在圖書形式上面謀求新意，像是製作圖文並茂的版本，或是製作兩節版、三節版等版面設計，還有附上刊刻記，加強宣傳效果。書商爲了要吸引讀者注意，加上「精鐫」、「新刻」、「鼎鐫」、「京本」等字樣，這是一種廣告性的文字，目的就是達到書籍的暢銷。

在國家圖書館所藏《鼎鐫陳眉公先生批評西廂記》書名頁上有這段文字：〔註 65〕

陳眉公先生刪
潤批評西廂記
傳奇　內仿古今名人圖畫
翻刻必究

這是白棉紙藍印本，但此本只有書名是藍印的，其餘正文還是墨印爲主。藍印是用靛青印在紙上，以代替黑墨，爲明人首創，明代的藍印是以嘉靖、萬曆年間最盛。建陽有墨窯造墨，產藍靛，因此建陽本中有少數是以土產藍靛來印書。朱印和藍印後來多做爲初印的樣本，方便以墨筆校正。而明清印本中也有正文用墨印，封面用藍印的，〔註 66〕明代的藍印大約佔明印本中的百分之五左右，數量不多。《陳眉公先生批評西廂記》的封面頁上還蓋有朱文方印，印上題記爲：

此曲坊刻不啻牛毛獨本
堂是集齣評句釋字仿古
宋隨景圖畫俱出名公的
筆眞所謂三絕也是明繡
梓買者幸具隻眼　謹白

當時必然是翻刻之風盛行，各家出版者爲了保護自己的版權不受侵害，所以要有這些提醒，事實上這也僅是空話，因爲從未有人去追究版權，書坊牟利，競爭和互相翻刻的風氣，並沒有因此而削弱。書名加上「某某名人」批評的戲曲書，目的也是爲了銷售和廣告，藉由文人推薦的招牌使得商品有更高的經濟價值。而且許多書坊的老闆都有文人的背景，這種士商合一的身份，爲明代社會一個特殊的現象。陳眉公也藉著其名氣編了叢書《寶顏堂秘笈》，此

〔註 65〕〔明〕王實甫、陳繼儒評：《鼎鐫陳眉公先生批評西廂記》二卷，附《釋義》二卷，《蒲東詩》一卷，《錢塘夢》一卷（〔明〕書林蕭騰鴻刊本，約西元 17 世紀），現藏國家圖書館善本書庫。

〔註 66〕張秀民：《中國印刷史》，頁 522～523、538。

書因眉公之名也而風動一時。清代文人屢次譏諷眉公作文編書以謀求獲利的行爲是「行同商賈」，但是這種行爲對於陳眉公這樣的隱士而言，是一種處世態度，文人藉由與書商的合作，經營出版事業，這已是當時的趨勢。〔註 67〕文人和書商合作的內容不只是科舉用書，還包含了名家選本、通俗小說讀物、戲曲等，這些都是當時的暢銷書籍。

除了名人推薦可招攬讀者，「插圖」也是書商行銷書籍的一大賣點。隨著雕版印刷術的發展，版畫插圖日益精美，福建建陽的書商們以獨特的經營手法吸引讀者購買，附有大量插圖是其特色，如余象斗（約 1560～1637）雙峯堂刻印的《水滸志傳評林》，在書前的序文就宣稱「水滸一書，坊間梓者紛紛，偏像者十餘副，全像止一家」，以「全像」做爲廣告。吳觀明刻《三國志演義》特別標明「圖繪精工」、「古今名人筆意，披掛戰騎全備」。書坊根據不同插圖的需求，在版式上也花樣百出，除了傳統的上圖下文之外，還有出現過「單面大圖」、「文中設圖」、「文旁出圖」、「雙面大圖」、「多面連式」、「月光版」等多種樣式。

而建陽書籍版畫的傳統基本樣式是「上圖下文」版式，有圖文對照的效果，富有濃郁的民間風格，在繪刻手法上具古拙質樸之美，刻印剛勁明快，黑白分明，像是嘉靖二十一年刻印的建安虞韶輯、熊大木校注的《日記故事》就是代表之作，此書內容是用古人故事做倫理教化的童蒙讀物，每葉皆有圖，線條明快粗健，人物形象簡括而生動，章法構圖活潑有趣，能彰顯出故事的主題。

萬曆時期後，南京的金陵派、安徽歙縣的徽派書籍版畫也蔚然興起，圖書市場越益競爭激烈，插圖設計等方面更加創新。在中國古籍插圖發展史上佔重要地位的是建陽的「喬山堂」，創辦人爲劉福棨（1522～1581），字喬山，喬山堂在萬曆元年刻了《古文大全》，將上圖下文的版式改爲整頁插圖，加強環境景物的描寫，刻版細緻，有一些徽派特色；劉福棨之子劉龍田（1560～1625）在萬曆年刻印的《重刻元本題評音釋西廂記》就附以單面整頁大圖，

〔註 67〕任繼愈主編，黃鎮偉著：《中國版本文化叢書：坊刻本》（南京市：江蘇古籍出版社，2003 年），頁 68。官宦、文人參與書坊的刻書活動除了晚明如陳繼儒傾情説部，與書坊聯手編刊書籍的情況，在當時絕非少數，嘉興周履靖輯《夷門廣牘》，錢塘胡文煥輯刊《格致叢書》，明末清初，恃才傲物的名畫家陳洪綬在杭州西湖定鄉橋爲書坊作畫，安徽休寧戲曲家汪廷訥棄官後，設肆金陵，著《環翠堂集》，刻《環翠堂樂府》。

在插圖上還配上四字標題，左右兩邊刻上楹聯式的概括說明。在萬曆時期，這種單面大幅的插圖形式，也普遍出現在南京富春堂和世德堂等書肆所刻的戲曲書籍上，成爲金陵派版畫的特色之一。〔註 68〕

在明代後期，建陽部分的書籍版畫，在繪刻上明顯向細密方向發展，像是蕭騰鴻的師儉堂，師儉堂以刊刻戲曲書著稱，標上陳眉公評的傳奇劇作，目的在於招睞讀者，這些陳評本的插圖都採取「雙面連式」的大幅版畫，刻工精美，繪圖者有熊蓮泉、蔡沖寰〔註 69〕等人，刻工爲劉素明〔註 70〕。師儉堂特請蔡沖寰繪圖、劉素明鐫刻，其風格與建安傳統版畫有所不同，推測有可能是書坊爲了擴大知名度，聘請江浙地區的著名畫家、刻工來繪圖、刻版，使其版畫能向杭州看齊，所以師儉堂的版畫可以歸入江浙地區版畫派的衍生。

（三）晚明刻書業的弊病——版本粗陋與僞盜之風

明代書坊間爲了競爭，往往忽略書籍品質，造成不少讓人詬病的弊端。書坊的僞盜手法包括：盜版仿刻、假托名人、抄襲剽竊、任意刪削、拼湊舊版等方法，〔註 71〕明代杭州郎瑛（1487～1566）曾因此嚴厲指責過建安書坊：

> 我朝太平日久，舊書多出，此大幸也。亦惜爲福建書坊所壞。蓋閩專以貨利爲計，但遇各省所刻好書，聞價高即便翻刻，卷數目錄相同，而於篇中多所減去，使人不知，故一部只貨半部之價，人爭購之。〔註 72〕

因爲版本粗陋和僞盜之風盛行，所以明代坊刻本的收藏價值並沒有很高。然而從文化推廣的角度看，因爲書坊大量出版通俗文學，使得書籍廣爲流通。像是福建早有海陸交通之便，建陽本的書籍也大量輸出到海外，以日本、朝鮮居多，有的明本早在中國失傳，卻可以從海外找到，都因明本量多又能流通所致。

〔註 68〕以上資料參考自周蕪、周路、周亮編著：《建安古版畫》，（福州：福建美術，1999 年）。

〔註 69〕蔡沖寰，字元勛，號汝佐，新安人，曾爲杭州黃鳳池雅集齋書坊畫過《唐詩畫譜》，又畫過《圖繪宗彝》，是藝術水平頗高的插圖畫家。

〔註 70〕劉素明是江浙地區著名的刻工，在杭州及南京刻書的不少精美插圖中常可見其名，如《警世通言》、《古今小說》、《朱墨本西廂記》、《孔夫子周遊列國麒麟記》、《雅集齋畫譜》等插圖鐫刻都出自其手。

〔註 71〕繆詠禾：《明代出版史稿》（江蘇：江蘇人民出版社，2000 年），頁 402～406。

〔註 72〕〔明〕郎瑛：《七修類稿》，卷 45〈書冊〉（北京市：中華書局，1959 年），頁 664。

小　結

因爲戲曲創作的蓬勃和演出的興盛，刺激晚明書坊刊刻戲曲牟利，文人爲書坊提供大量戲曲劇本、評點本，所以出現了刊刻戲曲劇本、戲曲評點本的興盛局面。而且明代的戲曲評點大多集中在萬曆前期到明末的七十年之間，在明代中葉戲曲理論活躍，戲曲創作和戲曲表演藝術發展的背景下進入繁盛階段，當時的刻書出版事業也是評點興盛的重要背景因素。

本章從文學評點溯源，探討文學評點的發展，進而討論到明代陳眉公戲曲評點本之背景，書商、文人積極參與戲曲評點，和書坊合作出版戲曲評點本，並且藉由名人批評的旗號以吸引讀者，更甚者有僞盜之風，假以某人批評之名，實則翻刻仿冒。

戲曲評點做爲一種新的批評型態在晚明日漸成熟，因爲戲曲評點的出現更加豐富明代的戲曲理論，評點家對於戲曲文本的藝術手法有不少總結和闡述，因此以下將針對陳眉公的曲評本進行批評形式和批評視角的探究。

第三章　陳眉公曲評本批評形式和批評視角

本章以陳眉公戲曲評點本爲討論中心，將其評點本中運用的符號、評語形式作一分析，進而探討陳評本中呈現的批評視角內涵，以助於理解陳眉公曲評本的批評特色。明代萬曆到明末間的戲曲評點勃興，據朱萬曙調查，當時的戲曲評點本約有一百五十多種，其數量之多可見當時評點戲曲風氣之盛。研究陳眉公曲評本之前，必須先分析其評點的組成要素，以下分做兩節討論，一是評點的形式：符號和評語。二是陳評本中使用的批評視角。藉由這兩個方向的爬梳後，希望能得見陳評本批評形式和批評視角的重要內涵。

第一節　陳評系統評點的形式要素和批評功能

本節將先說明眉公的曲評本中出現的形式，從標點符號開始，敘述符號的作用，並舉例印證。接著探討眉公的評語形式，包括：眉批、齣批、間批（包含夾批和尾批兩種）等等，希望能從中看出眉公的評語風格、特色。

一、陳眉公戲曲評點本中的評點符號

評點形式可以分做兩類：一是「評點符號」，包含了：圈、點、抹、刪四種。另一是「評語文字」，包含了：序、眉批、夾批、尾批、齣批、總評。

圈、點、抹、刪四種符號在評點本裡各有其意義與作用，利用標點符號〔註 1〕說明此形式所具備的批評功能：

〔註 1〕此處的標點符號參考自張秀民：《中國印刷史》，頁 510～512。張秀民認爲：「明代的標點符號，在宋人的基礎上又有新發展。明代出了不少批點古文或八股

圈點：圈和點主要是在評點本中隨手可見的符號。圈和點包含了以下幾種表現方式：

（、）　　　　　　　　　　分句

（、、、、、、）　　　　　奇

（○　○　○　○　○）　神情飛動處（●或○）

逗點或是句點，或作名篇（。。。。。）名理

又作議論手筆絕佳處〔註2〕

這些圈點，包含「●」和「○」和「、」都是一種強調和突出，提醒讀者注意此處的曲詞，或是道白、舞台動作等。部份的圈點還會搭配著評語輔助，表達評點者的見解或是肯定。以下先以《陳眉公先生批評琵琶記》爲例說明。

有些文辭優美的句子旁邊，會帶有圈點符號，像是《陳眉公先生批評琵琶記》的第三齣〈牛氏規奴〉：

「（末扮老院子上）風送爐香歸別院，日移花影上閒庭。晝長人靜無他事，惟有鶯啼三兩聲。」〔註3〕

此處陳眉公的眉批是：

見道之詩。〔註4〕

這裡就是從欣賞的角度去評點院公所念的上場詩，此處評點者稱讚此詩「見道」，欣賞這段上場詩的文辭具有道風之美。

文的行家，標新立異，創了不少新花樣，但始終未能成爲定型。明初經廣本多分句加「。」(圈)，至萬曆、天啓間，因爲八股文、小說、戲曲的盛行，標點符號，花樣繁多，隨評點者任意爲之。今據陳仁錫《通鑑評鑑》凡例，天啓刻。《古逸書》卷首，三色套印本《蘇東坡文選》凡例，及各種評注書習見者。」書中注錄了二十一種的明刻本標點符號類型，在本文中引用了前九種。又張秀民提到「以上標點符號隨心所欲，任意使用，直至清代刻本，從未統一。如逗點有時用「、」或「·」，又或作「。」，又作「◎」……書籍標點斷句，幫助讀者了解文義，受讀者歡迎；但明人所批古文或時文，有時單値、雙値一連兩三行，或從頭到尾用密圈密點，或密雙圈，圈在神情飛動，血脈照應，議論絕佳處，全篇一圈到底，而于應斷句處，卻未加點斷，如此標點，等於不點，也就失去了標點的原意了。因爲滿紙密密麻麻的標點符號，與正文眉批、旁批，單一黑色，分辨不清，因而促進了套印的流行。」

〔註 2〕此處的標點符號參考自張秀民：《中國印刷史》(上海市：上海人民出版社，1989年)，頁510～512。

〔註 3〕〔明〕陳繼儒評：《鼎鐫琵琶記》上卷，收於北京大學圖書館編《不登大雅文庫珍本戲曲叢刊》(北京市：學苑出版社，2003年)，第12冊，頁12。

〔註 4〕同上註。

在曲詞旁出現的圈點，有些是針對人物形象而發的，不全是因爲欣賞曲詞優美而寫。舉例而言，像是在《陳眉公先生批評琵琶記》的第二齣〈高堂稱慶〉中在蔡伯喈的唱詞出現過這樣的圈點：

生扮蔡伯喈唱【瑞鶴仙】「十載親燈火，論高才絕學，休誇班馬，風雲太平日。正驊騮欲騁，魚龍將化，沈吟一和，怎離卻雙親膝下，且盡心甘旨，功名富貴，付之天也。」〔註5〕

這裡在曲詞旁的圈點，並非是讚揚文詞的優美，而是對於此處的曲詞表示認同，在眉欄處便搭配著有一段陳眉公的眉批，也是附帶圈號，闡發評點者的想法，藉由這些眉批，我們可以更了解評點者透過圈點符號所要表達的意涵爲何：

披頭喝破幾句，使知伯喈只要養親，不欲求功名矣。〔註6〕

此處的圈點就表示評點家對蔡伯喈的人物形象營造表示贊同，在蔡伯喈一上場的第一隻曲就能成功表現出他的本意：「只要養親，不欲求功名」，此後的評語也有與此處呼應。

在說白旁也有出現圈點，同樣以《陳眉公先生批評琵琶記》中的第七齣〈才俊登程〉爲例：

〔淨〕小子讀書費力，每在螢窗講習，常念青春不再，那更白日可惜，熟讀孝經曲禮，博覽詩書周易，春秋諸子百家，篇篇義理紬繹，前日行到學中，夫子潛自叫屈。〔末〕呀，聖人如何叫屈。〔淨〕道是可惜這個秀才，眼中一字不識。…〔丑笑介〕卑間寫個八字，忘了一撇一捺。〔註7〕

此處陳眉公所寫的眉批爲：

一字不識的更會讀書。〔註8〕

藉由圈點，可以看出評點者對於戲劇中的人物語言、人物性格有個人見解，這裡表現的就是評點者認爲「不識字」反而更會「讀書」，更懂得人情事理，表示評者對於劇中人物的批評，反諷蔡伯喈是「讀書人」。這些針對人物對話的細節處，評點者仔細做出批評，可以感受評點者是如何細心的評賞全劇，

〔註5〕〔明〕陳繼儒評：《鼎鐫琵琶記》上卷，收於北京大學圖書館編《不登大雅文庫珍本戲曲叢刊》（北京市：學苑出版社，2003年），第12冊，頁8。

〔註6〕同上註。

〔註7〕同上註，頁46。

〔註8〕同上註，頁46。

讓閱讀戲曲評點本的觀者能夠以更多面向的角度去思考文本意涵。

至於對舞台動作的圈點，同樣《陳眉公先生批評琵琶記》的第三齣〈牛氏規奴〉爲例：

> 【窣地錦襠】…（放跌科）末云：「你兩箇跌得我好，如今輪該老姥姥打。」淨云：「你兩人也不要跌了。」末云：「老姥姥放心不妨事，只管打。」（淨打科）曲（淨）「春光明媚景色鮮，遊遍花塢聽杜鵑，那更上苑柳如緜，我和你不打鞦韆枉少年。」（放跌科）淨云：「你兩個騙得我好，如今該惜春打。」丑云：「你兩人也不要跌了。」〔註9〕

陳眉公在此處的眉批說：

> 重出可厭。〔註10〕

此處的圈點的評論是針對重複的夾白（指「你兩人也不要跌了」）而出發的，因爲文詞重複，不過這樣的夾白設計在表演上的發揮具有相當的戲劇效果，評者並未考慮此點，只是從閱讀戲曲的角度觀看此處具有某種文詞重覆的累贅之感，故說可厭。

除了圈點兩種符號之外，眉公的戲曲評點本中還常出現過「抹」、「刪」兩種符號。抹號和刪號同樣都是以粗黑線條做記號，不過其意義有所不同，可參考符號旁邊的眉批評語來辨別兩者。

抹：（————）抹號。抹號是明代戲曲評點本中的特殊符號。像是一條粗黑的直線，畫在曲詞或是道白的旁邊，就像是畫上重點線一樣，具有醒目和突出的效果，提醒讀者注意，抹號往往會伴隨著眉批一同出現，這在陳評本中的使用頻率很高。舉例而言，如在《陳眉公先生批評琵琶記》的第二齣〈高堂稱慶〉出現的抹號是在：

> 「（生跪科）告爹媽，得知人生百歲光陰幾何，幸喜爹媽年滿八旬，孩兒一則以喜一則以懼。當此青春光景，閑居無事，聊具一杯疏酒，與爹媽稱壽則個。」〔註11〕

眉批：

〔註9〕〔明〕陳繼儒評：《鼎鐫琵琶記》上卷，收於北京大學圖書館編《不登大雅文庫珍本戲曲叢刊》（北京市：學苑出版社，2003年），第12冊，頁15～16。

〔註10〕同上註。

〔註11〕同上註，頁10。

喜懼心事不可告爹媽。〔註12〕

此處的抹號就是眉公特別標示出來的句子，因爲他認爲爲人子女對於父母的年壽應當在心中謹記，不告訴父母的原因是爲了不讓父母因爲年老而傷感。此處針對賓白營造的語境、情感有所抒發，用粗線條的抹來強調此句背後的意涵，喜的是父母壽高，憂的是親子相聚一堂的時日無多。

刪：（————）刪號，此處的刪號是明代曲評本中比較少使用的符號，多會伴隨著評語出現，陳評本中使用的時機是在表達評者認爲此段可刪的意見，像是在《陳眉公先生批評琵琶記》的第十齣〈春宴杏園〉裡，陳眉公就直接在齣批裡說：

刪其煩冗，便覺直捷可觀。

因此眉公在此齣是大刪特刪的，從末扮領官上場後命令丑扮的令史去備馬、跨馬開始畫了二十三行的刪除線，並且附上了眉批寫道：

厭可刪。〔註13〕

後面丞相上場，領官備馬完畢跟丞相報告一段如何準備了上等筵席來接待狀元，也是畫了刪除線六行，附上眉批寫道：

愈刪愈多。〔註14〕

這裡評點家所感受到文字上的冗贅是因爲領官和令史之間的插科打渾，以「打馬」爲題做了一大篇長詩，還有領官對丞相報備的筵席內容拖沓繁複，令人有厭惡之感，所以評點者用刪號表達否定。後文中丑和末的道白也是有許多刪號，並且附上這樣的眉批：

不雅刪。〔註15〕

此處的刪號出現在【水底魚兒】後丑和末的道白旁，還有【北叨叨令】丑的唱詞和道白旁，討論墜馬的理由和情形等。

更簡短的還有單寫一個「刪」字做爲眉批：

刪。〔註16〕

〔註12〕〔明〕陳繼儒評：《鼎鐫琵琶記》上卷，收於北京大學圖書館編《不登大雅文庫珍本戲曲叢刊》（北京市：學苑出版社，2003年），第12冊，頁10。

〔註13〕同上註，頁56。

〔註14〕同上註。

〔註15〕同上註，頁58。

〔註16〕〔明〕陳繼儒評：《鼎鐫琵琶記》上卷，收於北京大學圖書館編《不登大雅文庫珍本戲曲叢刊》（北京市：學苑出版社，2003年），第12冊，頁59。

此處的刪號出現在【窣地錦當】後末對眾人說話的道白旁。

最簡短有力的是直接寫上一個「厭」字爲眉批，直接表達評點者的主觀感受：

厭。〔註 17〕

刪號出現在【哭崎婆】後末請眾人到杏園的道白旁。

這些大段的刪除符號和眉批的說明，清楚表達了評點者對於創作者在此處作品冗長拖沓的厭倦和否定。刪號的運用在此搭配眉批便有了很好的效果，使得讀者能夠在瀏覽到此段道白或是曲詞的同時，也會快速的看過，節省閱讀時間。

從以上對陳評本中批評符號的運用可知，陳眉公除了一般評點常用的圈和點之外，也會使用抹號來強調，使用刪號表示對文句否定，應該刪除之意，這些形式要素各有獨特之處，搭配眉批和其他形式的評語，使得符號的意涵更加明顯清楚。因此以下要介紹的是眉公在曲評本裡使用過的評語形式，使我們可以更清楚了解陳評本的批評語言要素。

二、陳眉公戲曲評點本的評語形式

眉公在曲評本中使用過的評語形式包括：序、眉批、夾批、尾批、齣批、總評，以上這六種形式中「齣批、眉批、夾批、尾批」也是當時曲評本的基本形式之一。

序和總評不是每一部陳眉公評點作品都會有的形式。

朱萬曙先生以爲：「沒有批語的戲曲刊本，也可有序跋；而僅有圈點符號的刊本同樣不能稱之爲評點本。」〔註 18〕序和總評主要是針對作品的概括性論述文字。置於卷首的爲「序」，又作「引」、「敘」、「題詞」。總評有時候置於卷首，有時置於劇末，沒有固定。在《六合同春》中，《琵琶記》、《西廂記》、《紅拂記》、《幽閨記》、《綉襦記》有總評沒有序，只有《玉簪記》沒有總評性質的文字，也沒有序文。至於在陳評本中的序文部份，在《綉襦記》前面有一段校閱者余文熙所寫的〈綉襦記序〉。在《陳眉公先生批評丹桂記》前面則是有一段王墀登所寫的〈敘丹桂記〉。在《鼎鐫批評麒麟墜》前面有陳繼儒所寫的〈麒麟罽小引〉。在《李丹記》前面有陳繼儒所撰寫的〈李丹記題詞〉。

〔註 17〕同上註，頁 59。
〔註 18〕朱萬曙：《明代戲曲評點研究》，頁 42。

又陳眉公曾寫過「題詞」的有〈批點牡丹亭題詞〉〔註19〕。陳眉公寫過的「總批」有〈《異夢記》總批〉〔註20〕。以上是眉公的曲評本中，對於序和總評的概述。

批語則包含了：齣批、眉批、夾批、尾批。

眉批：眉批是曲評本中批語形式使用頻率最高的一種，是眉欄裡的批語，與圈點符號互相呼應，對作品的局部做細緻的批評。陳評本的眉批以明體字呈現，眉批的長短不一，陳眉公的眉批短至僅有一字，長可多達二三十字，因爲眉欄有限。像是在《陳眉公先生批評西廂記》的第二齣〈僧房假寓〉裡，【鬥鵪鶉】後道白的評語就有三十六字之多：

> 生云：小生聊具白金一兩，與常住公用，權表寸心，望笑留是奉。
>
> 本云：先生客中何故如此？〔註21〕

眉批曰：

> 老張出此一兩銀子，只爲那人耳，不然好不肉痛，安得有此大汗。
>
> 若不爲那人，便是個大便主。〔註22〕

此處的眉批就多達三十六字，一行四字，此處眉批在眉欄中佔用了九行之多，長篇的眉批在眉欄裡佔用較大空間。

〔註19〕秦學人侯作卿編著：《中國古典編劇理論資料匯集》，頁103～104。陳眉公：吾朝楊用修長於論詞，而不嫻于造曲。徐文長《四聲猿》能排突元人，長于北而又不長于南。獨湯臨川最稱當行本色，以《花間》、《蘭畹》之餘彩，創爲《牡丹亭》，則翻空轉換極矣！一經王山陰批評，撥動髑髏之根塵，提出傀儡之啼笑。關漢卿、高則誠曾遇如此知音否？張新建相國嘗語湯臨川云：「以君之辯才，握麈而登皋比，何詎出濂、洛、關、閩下？而逗漏于碧簫紅牙隊間，將無爲『青青子衿』所笑！」臨川曰：「某與吾師終日共講學，而人不解也。師講性，某講情。」張公無以應。夫乾坤首載乎《易》，鄭、衛不刪于《詩》，非情也乎哉！不若臨川老人，括男女之思而托之于夢。夢覺索夢，夢不可得，則至人與愚人同矣；情覺索情，情不可得，則太上與吾輩同矣！化夢還覺，化情歸性，雖善談名理者，其孰能至于斯！張長公、次公曰：「善。不作此觀，大丈夫七尺腰領，畢竟醃殺五欲甕中。」臨川有靈，未免叫屈。（《批點牡丹亭題詞》，《湯顯祖集・附錄》）

〔註20〕朱萬曙：《明代戲曲評點研究》，頁86～87。陳評本《異夢記》總批：「此記巧妙處在境界新，機緣巧，就中有許多情事聚散，如冷風岩煙，不可把捉。大凡劇場上看了前折便知後折等戲，極是嚼蠟。此獨脫盡蹊徑，所以一轟耳目，遂得立幟詞壇。」

〔註21〕〔明〕陳繼儒評：《鼎鐫西廂記》上卷，收於北京大學圖書館編《不登大雅文庫珍本戲曲叢刊》（北京市：學苑出版社，2003年），第11冊，頁234。

〔註22〕同上註，頁234。

在《陳眉公先生批評幽閨記》的第三十六齣〈推就紅絲〉裡，【集賢賓】後第一隻曲，生唱：

> 途中見時雖廝守。猶覺滿面嬌羞。到得囗州廣陽鎮招商店中呵。直待媒妁之言成配偶。不意他父親王尚書。緝探虎狼軍。回到招商店中。遇見是他女兒。竟自奪回去了。〔小生〕哥哥。你那時怎割捨得他去。〔生〕病懨懨無計相留。〔小生〕若是小弟。一定與他廝鬧一場。〔生〕他是尚書。我是窮儒。怎敢與他龍爭虎鬭。〔小生〕別後曾有音信麼。〔生〕分別後知他安否。〔小生〕如今聖旨議親。怎辭得他。〔生〕恩德厚。有何顏再配鸞儔。〔註23〕

眉批曰：

> 招你者甚麼人，豈有作秀才不識尚書，中狀元又不識王尚書，拐人女兒，又被面逐，今又招婿，而不識那個王尚書。〔註24〕

此處眉批就有四十四字之多。由此可見眉公在眉批上的文字是可長可短的。不一定侷限在字數中，只是眉欄的空間有限，一行四字，一頁的眉欄如果塡滿大約會有二十行，總共是八十字。通常陳評本眉批的文字最多就是佔滿一頁眉欄的一半左右，約四十字上下。過長的眉批在閱讀的視覺效果上，會有阻礙的效果。且讀者在閱讀曲評本時，經常會因爲眉批而去反覆咀嚼曲詞之妙，若是眉批過長，反而喧賓奪主，剝奪讀者閱讀的樂趣。

夾批：夾批是以小字夾於行句的旁邊，針對某一道白或是曲詞提出直接批評，通常字數不多。夾批使用的字體是明體字。

舉例而言，像是《陳眉公先生批評琵琶記》的第四齣〈蔡公逼試〉中道白間就有一段夾批：

> 外：孩兒，你說的都是小節，不曾說着大孝。淨：老賊，你又不曾死。只管教他做大孝，越出去赴選不得。末：咦，這話有些不解。
>
> 夾批：「你也曉得。」〔註25〕

此處評論者從讀者角度出發，針對劇情發展中的爭吵提出不耐之感，並且以圈點符號配點出此處有諷刺性的賓白，配上夾批與劇中人進行對話，產生一種閱讀與對話的樂趣。

〔註23〕〔明〕陳繼儒評：《鼎鐫幽閨記》上卷，收於北京大學圖書館編《不登大雅文庫珍本戲曲叢刊》（北京市：學苑出版社，2003年），第13冊，頁215。

〔註24〕同上註，頁215。

〔註25〕〔明〕陳繼儒評：《鼎鐫琵琶記》上卷，收於北京大學圖書館編《不登大雅文庫珍本戲曲叢刊》（北京市：學苑出版社，2003年），第12冊，頁26。

尾批：尾批是在一段道白的結尾，或是曲詞完結後，針對該段道白，或是曲詞做簡短的批評。眉公評點本的尾批也是以明體字呈現。

舉例而言，像是《陳眉公先生批評琵琶記》的第八齣〈文場選士〉：

【北江兒水】〔淨〕長安富貴眞罕有。食味皆山獸。熊掌紫駝峯。四座馨香透。你押下韻。〔生〕奉與試官來下酒。

尾批：「不像生口。」〔註26〕

這裡就是針對此段曲詞中小生所唱的部份發表評論，眉公以爲此句曲詞不應該從小生口中唱出，也是認爲人物形象塑造的時候，要注意小生的形象和唱詞相符。

齣批：齣批是置於每齣戲最後的評語，會以該齣戲爲批評對象提出評論。眉公評點本的特色在於：齣批使用陳眉公的手書體，以陳眉公親筆筆跡證明這些評點本的眞實性，和其他家的評點本有所不同。

舉例而言，像是《陳眉公先生批評西廂記》中的第一齣〈佛殿奇逢〉齣批這樣寫道：

摹出多嬌態度，點出狂癡行模，令人恍惚親睹。〔註27〕

藉由齣批，點出本齣的人物形象描摹成功之處，評點者還將閱讀感受「令人恍忽親睹」寫在齣批中傳達給讀者，讓讀者有反覆思考之趣。

因爲這些豐富的評語和批評符號，使得戲曲評點具有獨特的表達方式，更能貼近文本，從全劇的概論批評，到每齣戲的齣批，道白曲詞之間的圈點、眉批等方式，評論的焦點不只可大可小，還能夠深入淺出的引導提醒讀者，欣賞曲文之美妙處，刺激讀者在閱讀時能反覆咀嚼思考。

第二節　陳眉公戲曲評點本的批評視角

此處針對眉公曲評本中出現的評語進行視角分類，可以從敘事、抒情、讀者立場、社會批評等四種角度進行分析。〔註28〕藉由「多重視角」的轉換，評點者的批評得以多面向呈現在讀者面前，這也是評點批評的「多向性」展現。因爲批評視角可以隨時轉換，所以對於作品中細緻的部份，也能提出不

〔註26〕同上註，頁51。

〔註27〕〔明〕陳繼儒評：《鼎鐫西廂記》上卷，收於北京大學圖書館編《不登大雅文庫珍本戲曲叢刊》（北京市：學苑出版社，2003年），第11冊，頁231。

〔註28〕此處的視角主要是參考朱萬曙在《明代戲曲評點研究》中的類別而進行分析。

同視角的評論。以下概述四種角度的內涵和舉例說明。

一、敘事文學視角（人物形象、關目批評）

人物形象和關目批評這兩部份可以歸入敘事文學視角中討論，敘事文學視角使得評點者注重人物塑造，和關目結構的問題。

二、抒情文學視角（曲詞賓白營造的語境、情感抒發）

抒情文學的視角主要是從評點者重視曲文詞采的部份出發，如何營造曲詞的語境、賓白的效果，以及情感抒發的問題。

三、讀者立場視角

評點者本身也是讀者，所以在評點過程中，經常會以讀者的身分發表評論，在閱讀中所感受到的情緒也會一併呈現在這個部份。

四、社會批評視角

社會批評的角度則是因爲評點者對於劇情中的社會現象而發表議論，闡發自己的思想，或者進行社會角度的批判。

以下舉《陳眉公先生批評琵琶記》的第三齣〈牛氏規奴〉〔註 29〕爲例進行四種批評視角及批評符號的運用說明，此處以表格說明的目的在於能呈現出評點視角轉換的多元性。請參考下：

表 1　《陳眉公先生批評琵琶記》第三齣〈牛氏規奴〉評點視角分析表

內　文	戲曲評點視角	分　析
「末扮老院子上風送爐香歸別院，日移花影上閒庭。晝長人靜無他事，惟有鶯啼三兩聲〔註 30〕。」眉批：「見道之詩。」〔註 31〕	抒情文學視角	提示讀者此處詩句具有人生哲理，並以圈點指出評者認同之處
末扮老院子上「……小的不是別人，卻是牛太師府裡一個院子。若論俺太師的富貴。眞箇只有天在上，更無山與齊，舉頭紅日近，回首白雲低。怎見得富貴，他勢壓中朝，資	抒情文學視角	賓白營造的語境、情感抒發，要營造牛家的背景，也有暗示牛府即是

〔註 29〕〔明〕陳繼儒評：《鼎鐫琵琶記》上卷，收於北京大學圖書館編《不登大雅文庫珍本戲曲叢刊》（北京市：學苑出版社，2003 年），第 12 冊，頁 13～21。

〔註 30〕此處使用的符號是「圈」，有讚許之意。

〔註 31〕〔明〕陳繼儒評：《鼎鐫琵琶記》上卷，收於北京大學圖書館編《不登大雅文庫珍本戲曲叢刊》（北京市：學苑出版社，2003 年），第 12 冊，頁 12。

傾上苑，白日映沙堤，青霜凝畫戟。門外車輪流水，城中甲第連天，瓊樓酹月十二層，錦障藏春五十里。……。」眉批：「兀的不是牛欄光景。」〔註32〕		牛欄，有貶抑之意
末扮老院子上「……休誇富貴的牛太師，且說賢德的小娘子。眞箇好一位小娘子呵。看她儀容嬌媚，一箇沒包彈的俊臉似一片白玉無瑕。體態幽閒，半點難觳引的芳心……。」眉批：「說牛氏女不該從院子口中出，姥姥、惜春則可。」〔註33〕	敘事文學視角	人物形象的塑造要從與人物有密切關係之人開始，要塑造女主角形象，引出人不可是院公，應該以與女主角關係密切的僕人姥姥或是侍女惜春。比較能夠了解小姐，由此介紹小姐比較適當。或許由院公口中說出反而不夠親切了
末扮老院子上「…更羨他知書知禮，是一個不趨蹌的秀才，若論他有德有行，好一箇戴冠兒的君子，多應是相門之種，可惜不做廝兒，少甚麼王子王孫爭要求爲佳配呀。理會得麼他是玉皇殿前掌書仙，是一點塵心謫九夫，莫怪蘭香薰透骨，霞衣曾惹玉爐煙。……」眉批：「犁牛之子騂且角。」〔註34〕	讀者立場視角	引用論語來幽默牛氏父女，文人幽默，點出戲劇文本中的反諷效果
淨扮老姥姥，丑扮迎春上【燕兒落】…丑云：「院公你哪得知我吃小姐苦哩。並不許半步胡踹，又不要我說男兒。那邊廂去咳苦也。……。」眉批：「小姐煞有家教。」〔註35〕	敘事文學視角	牛小姐的形象，由迎春口中塑造成是知書達禮、有家教的大家閨秀
淨扮老姥姥，丑扮迎春上【燕兒落】…淨云：「…你道我如何不快活〔註36〕。」末云：「原來怎的可知道你二人快活也。」淨云：「院公，你伏侍相公，卻是公的文撞著公的，我與惜春伏侍小姐，卻是雌的文撞著雌的。…」眉批：「易地便不好了。」〔註37〕	社會批評視角	就當時的社會風氣而言，若是男院公服侍夫人，老姥姥服侍老相公，會產生嫌疑之說。所以陳眉公從社會批評角度看待此段曲詞賓白，反映當時思想
末云：「呀！老姥姥你怎的說這話，惜春年紀少，也怪他傷春不得，你年紀這般老大，也說這般傷春的話，成甚麼樣子。」淨云：「哼習老畜生倒吃你識破了，卻不道秋茄晚結、秋菊晚發。……。」眉批：「老去卻傷秋。」〔註38〕	讀者立場視角	陳眉公點出作者未說出的另一面，少年傷春，老去傷秋，是傳統的傷春悲秋主題，此處

〔註32〕〔明〕陳繼儒評：《鼎鐫琵琶記》上卷，頁13。

〔註33〕〔明〕陳繼儒評：《鼎鐫琵琶記》上卷，頁13。

〔註34〕〔明〕陳繼儒評：《鼎鐫琵琶記》上卷，頁13。

〔註35〕〔明〕陳繼儒評：《鼎鐫琵琶記》上卷，頁14。

〔註36〕此處使用的符號是「抹號」，有提醒讀者之意。

〔註37〕〔明〕陳繼儒評：《鼎鐫琵琶記》上卷，頁14。按：此處眉批不清，參考《第七才子琵琶記》（上海：上海掃葉山房，1929年），頁5a，補上缺字。

〔註38〕〔明〕陳繼儒評：《鼎鐫琵琶記》上卷，頁14。按：此處眉批不清，參考《第七才子琵琶記》（上海：上海掃葉山房，1929年），頁5a，補上缺字。

		姥姥年歲已大卻傷春，反而指出院公年老卻不傷秋之矛盾，兩相諷刺之下顯出此處劇情設計之趣味
淨云：「道是人生七十古來稀，不去嫁人待何時。下了頭髻床上睡，枕頭上架兩個大擂搥。」末云：「你有些欠尊重。」眉批：「有眞宗語。」〔註 39〕	讀者立場視角	「眞宗語」是指「釋道兩教謂所持的眞正宗旨」，此處評者贊同此處賓白之內容頗具有道教之宗旨在其中。與本齣齣批相呼應
淨云：「院公和你踢戲毬耍子。」末云：「不好。」~~淨云：「怎的不好？」【西江月】末云：「自打從來逞藝，官場自小馳名。如今年老腳淩蹭，圓肚無心馳騁。◯空使繡襦汗濕，慢教羅襪生塵，兀的是少年子弟俏門庭，老姥姥不似你寶妝行徑。」〔註 40〕~~丑云：「院公踢戲毬不好，便和你鬪百草耍子。」末云：「~~香徑裡攀殘柳眼，雕欄畔折損花容，又無巧藝動王公，枉費功夫何用。驚起嬌鶯語燕，打開浪蝶狂蜂，若還尋得箇並頭紅，惜春姐早把你芳心引動。~~」淨丑云：「院公你道兩樣都不好，如今打鞦韆耍子好麼？」末云：「這箇卻好。~~你聽我說◯玉體輕流香汗，繡裙蕩漾明霞，纖纖玉手綵繩拏，眞箇堪描堪畫~~。◯本是北方戎戲移來上苑，豪家女娘撩亂隔牆花，好似半仙戲耍。」眉批：「三詞可厭，刪去更好。」〔註 41〕	社會批評視角	描寫太過露骨，評者覺得有傷風化。或許劇本寫出這些具有性暗示的語言也是爲了達某種娛樂效果，畢竟老院公和老姥姥兩位老人在舞台上互相調弄很難有美麗的想像，但是若在賓白中加上豔美之詞，或許能給讀者／觀者某種程度的娛樂效果
淨丑云：「怎地便打鞦韆，只是沒有架子。」末云：「這花園中那裏得他，一來老相公不喜，二來小娘子不好，縱有也倒壞了。」丑云：「院公沒奈何，我每三箇在這裡廝輪做箇鞦韆架，一人打兩人抬。」眉批：「好個隨身的鞦韆。」〔註 42〕	讀者立場視角	人來做鞦韆，評者以爲隨身方便，此處又可從場上演出效果想像，演員直接演出人鞦韆具有喜劇效果
【窣地錦襠】……放跌科末云：「你兩箇跌得我好，如今輪該老姥姥打。」淨云：「你兩人也不要跌了。」末云：「老姥姥放心不妨事，只管打。」淨打科曲淨「春光明媚景色鮮，遊遍花塢聽杜鵑，那更上苑柳如縣，我和你不打鞦韆枉少年。」放跌科淨云：「你兩個騙得我好，如今該惜春打。」丑云：「你兩人也不要跌了。」眉批：「重出可厭。」〔註 43〕	讀者立場視角	重複的跌倒動作在舞台上有戲劇效果，可見評者並未考慮此點，只是從閱讀戲曲的角度觀看，從文詞重覆的累贅之感出發，故說可厭

〔註 39〕〔明〕陳繼儒評：《鼎鐫琵琶記》上卷，頁 14。

〔註 40〕此處使用的「——」符號是「刪號」，往往伴隨著評語出現，表達評者認爲此段可刪之意。

〔註 41〕〔明〕陳繼儒評：《鼎鐫琵琶記》上卷，頁 15。

〔註 42〕〔明〕陳繼儒評：《鼎鐫琵琶記》上卷，頁 15。

〔註 43〕〔明〕陳繼儒評：《鼎鐫琵琶記》上卷，頁 15～16。

【窣地錦襠】後曲淨「春光明媚景色鮮，遊遍花塢聽杜鵑，那更上苑柳如緜，我和你不打鞦韆枉少年。」眉批：「好。」〔註44〕	抒情文學視角	曲詞營造的語境
丑云：「小姐，奴家心裡憂悶，只得在此消遣則箇。」貼云：「賤人你心中憂悶怎的？」丑云：「小姐，奴家名喚做惜春，見這春去了，便自傷春起來，教人如何不悶？」貼云：「賤人，有甚傷春處？」丑云：「小姐我早辰裏只聽疏辣辣寒風吹散了一簾柳絮，晌午間只見淅零零細雨打壞了滿樹梨花。一霎時囀幾對黃鸝，猛可地叫幾聲杜宇。奴家見此春去如何不悶？」眉批：「生情。」〔註45〕	抒情文學視角	曲詞營造的語境
貼云：「賤人，你伏侍我有甚虧了你？」丑云：「小姐，我伏侍著你時節，賤男兒也不許我抬頭看一看，前日艷陽天氣花紅柳綠，貓兒也動心，你也不動一動。如今暮春時候鳥啼花落，狗兒也傷情，你也不傷一傷。惜春其實難和小姐過活。」眉批：「夫是之謂惜春。」〔註46〕	抒情文學視角	牛小姐與惜春的賓白營造出關於惜春／傷春之語境，藉著「惜春」之名暗示「牛小姐可惜了明媚春光、青春正好」之意，牛小姐並不傷春，所以「惜春難和小姐過活」又另有所指，評者解讀爲「可惜青春」之意
【祝英台序】「貼把幾分春三月景，分付與東流。丑小姐如今鳥啼花落，你須煩惱些麼？貼啼老杜鵑，飛盡紅英，端不爲春閒愁。丑云你不閒愁也還去賞翫麼貼休休婦人家不出閨門，怎去尋花穿柳。丑云小姐你不去賞翫只怕消瘦了你。貼我花貌誰肯因春消瘦。」眉批：「小姐不惜春乎？」〔註47〕	讀者立場視角	從讀者角度出發，對牛小姐不惜春卻不肯珍惜花貌提出質疑？珍惜青春美貌不正也是惜春的表現之一？只是牛小姐並未發覺，而評者在此處從讀者立場提出質疑
【祝英台序】後第二支曲「貼惜春知否我爲何不捲珠簾獨坐愛清幽？丑云清幽清幽怎奈人愁？貼縱有千斛悶懷百種春愁，難上我的眉頭。丑小姐只怕你不常怎的。貼休憂任他春色年年，我的芳心依舊。丑只怕風流年少的哄動你。貼這文君可不擔擱了相如情奏。」眉批：「解人解語。」〔註48〕	讀者立場視角	稱讚牛氏小姐慧心解語
貼休聽枝上子規啼。丑悶在停針不語時。貼窗外白光彈指過。丑席前花影坐間移。眉批：「又是宗語。」〔註49〕	讀者立場視角	宗語，即是前所說之眞宗語，亦是讚賞此處曲辭帶有哲理意涵於其中。也與此處齣批互相

〔註44〕〔明〕陳繼儒評：《鼎鐫琵琶記》上卷，頁16。
〔註45〕〔明〕陳繼儒評：《鼎鐫琵琶記》上卷，頁16。
〔註46〕〔明〕陳繼儒評：《鼎鐫琵琶記》上卷，頁17。
〔註47〕〔明〕陳繼儒評：《鼎鐫琵琶記》上卷，頁20。
〔註48〕〔明〕陳繼儒評：《鼎鐫琵琶記》上卷，頁21。
〔註49〕〔明〕陳繼儒評：《鼎鐫琵琶記》上卷，頁21。

		呼應，以圈點符號指出帶有宗風之處
第三齣齣批：「得幾句宗風映帶覺不冷落。」〔註50〕	讀者立場視角	不冷落之意是指曲詞不單調

藉由上表的說明，我們可以發現評點者在批評視角的運用，可隨著劇情發展自由轉換視角，從讀者立場視角發出主觀的閱讀情緒，或是針對曲詞和道白，搭配批評符號提出不同面向的評論，此處視角包含抒情文學、敘事文學、社會批評，進而對文本做出更深層細緻的美學欣賞。

閱讀評點本之讀者可以藉由不同視角去欣賞文本，同時跟著評點者的眼光，隨時轉換視角發掘文本的多面向意涵。評點的批評功能也因爲多面向視角的轉變而得到更廣的發揮效果。

小　結

從以上的探討可以了解陳眉公曲評本中批評常用的形式要素和不同的批評視角，也可以釐清不同批評視角對於讀者閱讀文本而言具有多面向的解讀效果。因爲評點是從一部作品出發，所以限制也在於一部作品之內，無法具有強烈的理論概括效果，但是深刻研究評點的內涵，我們從這些批評的形式要素和多重視角中可以發現，評點能夠深入淺出，從表面到深層，從概括到細緻的去分析文本，這點正是戲曲評點本的批評優勢。這些評點形式要素看似獨立存在，但是又能有相輔相成的效果，符號和評語互相呼應，評語前後又能相互對照，組合起來就提供給讀者更宏觀的批評視野；並且可以藉由多重視角的開展，讓讀者閱讀戲曲評點本的同時，也能夠欣賞到不同視角帶來的感受和評價。綜合上述所言，戲曲本身是綜合藝術，所以戲曲文學的視角也是綜合多元的，所以評點視角也是多元的，從人物形象、關目情節、曲白科諢、音樂曲牌等等，隨著評點者本身的背景和價值觀而有所著重，還有評點者的主觀意識，而發展出的讀者立場和社會文化視角。這些都是構築戲曲理論思想的重要內容，藉由這些具備批評深度與批評視角廣度的戲曲評點，使評點者能從更多面向對戲曲文本做出有價值的戲曲評點。

〔註50〕〔明〕陳繼儒評：《鼎鐫琵琶記》上卷，頁21。

第四章　《六合同春》各劇的評點探析及批評價值（上）

本文第四、五章將以陳眉公評點的《六合同春》中所收之曲評本爲範圍：《鼎鐫西廂記》〔註1〕、《鼎鐫琵琶記》〔註2〕、《鼎鐫紅拂記》〔註3〕、《鼎鐫玉簪記》〔註4〕、《鼎鐫幽閨記》〔註5〕、《鼎鐫繡襦記》〔註6〕，依序〔註7〕分析各劇評點內涵及挖掘其理論價值。藉由評點本的評價、比對，和探析評

〔註1〕〔明〕陳繼儒評：《鼎鐫西廂記》二卷，收於北京大學圖書館編《不登大雅文庫珍本戲曲叢刊》（北京市：學苑出版社，2003年），第11冊，頁219～374。

〔註2〕〔明〕陳繼儒評：《鼎鐫琵琶記》二卷，收於北京大學圖書館編《不登大雅文庫珍本戲曲叢刊》（北京市：學苑出版社，2003年），第12冊，頁1～238。

〔註3〕〔明〕陳繼儒評：《鼎鐫紅拂記》二卷，收於北京大學圖書館編《不登大雅文庫珍本戲曲叢刊》（北京市：學苑出版社，2003年），第12冊，頁229～340。

〔註4〕〔明〕陳繼儒評：《鼎鐫玉簪記》上卷，收於北京大學圖書館編《不登大雅文庫珍本戲曲叢刊》（北京市：學苑出版社，2003年），第12冊，頁341～419。〔明〕陳繼儒評：《鼎鐫玉簪記》下卷，收於北京大學圖書館編《不登大雅文庫珍本戲曲叢刊》（北京市：學苑出版社，2003年），第13冊，頁1～70。

〔註5〕〔明〕陳繼儒評：《鼎鐫幽閨記》二卷，收於北京大學圖書館編《不登大雅文庫珍本戲曲叢刊》（北京市：學苑出版社，2003年），第13冊，頁71～232。

〔註6〕〔明〕陳繼儒撰：《鼎鐫繡襦記》二收於北京大學圖書館編《不登大雅文庫珍本戲曲叢刊》（北京市：學苑出版社，2003年），第13冊，頁233～391。

〔註7〕此順序的安排是考慮到《不登大雅文庫藏珍本戲曲叢刊》（北京市：學苑出版社，2003年《不登大雅文庫珍本戲曲叢刊》據「北京大學圖書館藏馬氏不登大雅文庫明蕭騰鴻刻本影印」）的收錄順序而定。收錄的《六合同春六種十二卷》分別見於第11冊（《鼎鐫西廂記》）、第12冊（《鼎鐫琵琶記》、《鼎鐫紅拂記》、《鼎鐫玉簪記》上卷）、第13冊（《鼎鐫玉簪記》下卷、《鼎鐫幽閨記》、《鼎鐫繡襦記》）。引用標示頁碼以《不登大雅文庫藏珍本戲曲叢刊》之頁碼爲準。

點內容爬梳其中呈現眉公戲劇學觀點，包括人物形象的塑造、曲白科諢的營造、關目情節的安排、場上觀念的有無等，並與眉公思想相互照應比對是否相符，或有他人僞作的可能，比對判斷評語是否有因襲或是僞造的可能。

第一節　《鼎鐫西廂記》評點探析

陳眉公評點的《西廂記》目前國內已見版本有二，一是《六合同春》所收的《鼎鐫西廂記》，另一爲台灣國家圖書館所藏的《陳眉公先生批評西廂記》兩種，後者比前者多了「釋義」和「字音」，上卷前多了《鼎鐫陳眉公先生批評會眞記》，下卷後多了《鼎鐫陳眉公先生批評蒲東詩》。以下直接探析評語中的眉公思想，和其他評本之比較。

一、《鼎鐫西廂記》的評價與評點本比對

本文所比對的版本是《六合同春》的《鼎鐫西廂記》和《鼎鐫陳眉公先生批評西廂記》兩種，前者是乾隆十二年修文堂印，後者是明代書林蕭騰鴻的師儉堂刊刻，兩本刊刻時間不同，比對內容後可發現是相同版刻。蔣星煜曾評論過陳評本，他說：「假使我們對陳評本的眉評給予『別具慧眼』的高度肯定的提法，是決不會過分的。全書的眉評屬於人云亦云的極少，大部分是其他評本忽略過去的地方，經他一筆點出，就能對作品有進一步的領會。」〔註 8〕此處所謂的眉批具有別具慧眼處，是指眉公能在非重要關目的劇情處，深入觀察劇中人物的行動安排，點出的眉批不是一言兩語的泛泛之論，而是具體說明其妙在何處。林宗毅先生則認爲：「陳繼儒的批評，除了汲取李卓吾的觀點外，在眉批上也充分展示了自己的見解，在人物性格、情節結構、主題意旨等方面，批評的角度比王世貞還要開闊些，但仍缺乏體系。在對主情說的繼承與發展上，他有調和的傾向，與徐、李、湯等人存在根本上的歧異，這是不能不指出的。」〔註 9〕因此我們不僅要針對眉公在人物性格、情節結構、主題意旨的挖掘加以整理，還要去發現眉公如何調和主情說的思想部份。

〔註 8〕 蔣星煜：《西廂記的文獻學研究》，頁 202。

〔註 9〕 林宗毅：〈晚明《西廂記》評點的發展及其與時代思潮的關係〉，《國立編譯館館刊》，1998 年 6 月，頁 253。

（一）評語內涵與陳眉公思想的比對

在《鼎鐫西廂記》中呈現的思想強調劇中之情乃「男女之思」，而眉公受儒家思想影響，對《西廂記》「男女之思」持「調和情理」的態度，主張「化情歸性」的觀點。

像是第二齣〈僧房假遇〉的齣批，眉公曰：

> 一見如許生情，極盡風流雅致。〔註10〕

眉公的看法是將此種「見面生情」看作是文人的「風流雅致」，對於鶯鶯和張生的「情」視爲一般的「男女之情」。

眉公也討論到「情」和「藥」的比喻關係，像是第十二齣〈倩紅問病〉的齣批，眉公曰：

> 眞病遇良藥醫，雖未曾服，而十病減九矣。〔註11〕

此段齣批，可和眉公的文章〈救世之藥〉作一連結：

> 劉靜修曰：「天生此一世人，而一世事固能辦也。蓋亦足乎己而無待于外也。」嶺南多毒，而有金蛇白藥以治毒；湖南多氣，而有姜橘、茱萸以治氣。魚鱉螺蜆，治溼氣而生于水；麝香羚羊，治石毒而生于山。蓋不能有以勝彼之氣，則不能生于其氣之中；而物之于是氣生者，夫固必使有用于是氣也。猶朱子謂天將降亂，必生弭亂之人以擬其後。以此觀之，世固無無用之人，人固無不可處之世也。……有是病，才有是藥；有是亂，才有是人。如今亦不乏賢才，只是庸醫多，不能拈著一味好藥耳。〔註12〕

此段文字提天下之亂必有賢才能治理改良社會，只是世上多庸醫，此處提出藥和病的比喻來敘述治國之才和天下之亂，雖然本段討論的是對政治的比喻，但是也可將此比喻的關係應用在男女情感的說明。若將以上這兩段文字連在一同看的話，可以更全面的體會眉公對於「情」與「藥」的關係和內涵。將「張生情痴」比爲「眞病」，將「鶯鶯的信」比爲「良藥」，這點就如同〈救世之藥〉一文中提到的「有是病，才有是藥」相符，因爲有情癡所以需要有情人來解此病。此觀點也被清代的金聖嘆襲用，金聖嘆在《西廂評》的〈讀法四十九〉運用了兩個譬喻來說明鶯鶯和其他兩個人物的關係：「譬如藥，則

〔註10〕〔明〕陳繼儒評：《鼎鐫西廂記》二卷，收於北京大學圖書館編《不登大雅文庫珍本戲曲叢刊》（北京市：學苑出版社，2003年），第11冊，頁241。

〔註11〕〔明〕陳繼儒評：《鼎鐫西廂記》二卷，頁316。

〔註12〕胡紹堂：《陳眉公小品》（北京市：文化藝術出版社，1996年），頁196～197。

張生是病，雙文是藥，紅娘是藥之炮製。有此許多炮製，便令藥往就病，病來就藥也。」所以鶯鶯的眞情才是張生情痴的解藥，這點也是全劇評論中具有理論價值處。

除了「情」的思想之外，還有眉公在齣批中經常會提出的「畫譜」、「風流畫」的比喻。像是在第十六齣〈草橋驚夢〉的齣批，眉公曰：

翻空揭出夢境，的是相思畫譜。〔註 13〕

還有第十七齣〈泥金報捷〉的齣批，眉公曰：

看書處摹盡喜憂情，回書處訴盡相思味，一轉一折，步步生情。〔註 14〕

第二十齣〈衣錦還鄉〉的齣批，眉公曰：

全在紅娘口中描寫鶯之嬌癡，張生之狂興。人謂一本《西廂》。予謂是一軸風流畫。〔註 15〕

比喻用詞有關繪畫的像是：相思夢境是「相思畫譜」，還有《西廂》的愛情故事是「一軸風流畫」，都和眉公的藝術觀有關，眉公喜好繪畫，常和晚明文士相處討論繪畫藝術，在名人畫作上題字題詞，在評點戲曲的同時，自然會以品評繪畫的評語融入戲曲批評中。在《陳眉公先生全集》中有一篇〈題馬妓畫蘭〉這樣寫到：

畫蘭不在肖，要在筆勢遊戲。〔註 16〕

強調繪畫不在於逼眞寫實，而是在筆法之趣。

還有一篇寫到有關繪畫和文章章法的關係，〈燈下畫扇有題〉：

攤燭作畫，正如隔簾看月，隔水看花，意在遠近之間，亦文章法也。〔註 17〕

作畫之法就像是爲文之法，要能抓住意韻的部份，不即不離，遠近之間得其精神。眉公寫過很多類似的題畫文，文中可知眉公的繪畫藝術觀，和他認爲繪畫和文章章法是相通連結的，眉公會在齣批中寫到繪畫的比喻用詞是符合

〔註 13〕〔明〕陳繼儒評：《鼎鐫西廂記》二卷，收於北京大學圖書館編《不登大雅文庫珍本戲曲叢刊》（北京市：學苑出版社，2003 年），第 11 冊，頁 344。

〔註 14〕〔明〕陳繼儒評：《鼎鐫西廂記》二卷，頁 350。

〔註 15〕〔明〕陳繼儒評：《鼎鐫西廂記》二卷，頁 374。

〔註 16〕〔明〕陳繼儒撰：《陳眉公集》（上海市：上海古籍出版社，2002 年《續修四庫全書》影印「上海圖書館藏明萬曆 43 年史兆斗刻本影印」）。《陳眉公集》，卷十一，頁 2b，總頁 159。原書版框高 221 毫米寬 284 毫米《續修四庫全書》編纂委員會編。收錄在《續修四庫全書・1380・集部・別集》。

〔註 17〕〔明〕陳繼儒撰：《陳眉公集》，卷十一，頁 3a，總頁 159。

其藝術思想的。

以下討論眉公和其他評點家比較不同的觀點，眉公曾寫《牡丹亭題詞》，其中說到：「化夢還覺，化情歸性，雖善談名理者，其孰能與於斯！」此處提出「化情歸性」是要調和折衷「情」、「性」之間以符合禮教觀念，此觀點也可以見於《鼎鐫陳眉公先生批評會眞記》中。

《鼎鐫陳眉公先生批評會眞記》並未收入在《六合同春》中，可以參考台灣國圖所藏的《鼎鐫陳眉公先生批評西廂記》〔註 18〕卷首所附的《鼎鐫陳眉公先生批評會眞記》。在《會眞記》中有一段描述崔母要鶯鶯以兄之禮奉見張生，此處眉公在眉批上寫道：「老乞婆自己開門接賊」〔註 19〕；寫鶯鶯在堂上見張生時的容貌和應對一段敘述時，眉批道：「大妖似貞」〔註 20〕；之後又在敘述張生因未見到鶯鶯幾乎無法自持，想要提親一段，眉批說：「不苟合者，竟如此耶」〔註 21〕。在形容鶯鶯出人之處，眉批說：「大是妖物」〔註 22〕。描寫張生說「大凡天之所命尤物也，不妖其身必妖於人……予之德不足以勝妖孽，是用忍情於時」一段，眉批說「腐甚可恨」〔註 23〕；這些《鼎鐫陳眉公先生批評會眞記》中眉批所表達的眉公思想和晚明另一位評點家李卓吾的思想大相逕庭，較偏向儒家傳統禮教之說法。對《會眞記》中的鶯鶯和張生充滿批評，此點和眉公思想也是接近的。

（二）同劇作的其他評本比較：李評本與陳評本

將眉公評本《鼎鐫西廂記》和容與堂李卓吾評本相比較的相關研究，可

〔註 18〕〔明〕王實甫、陳繼儒評：《鼎鐫陳眉公先生批評西廂記》二卷，附釋義二卷，蒲東詩一卷，錢塘夢一卷 （〔明〕書林蕭騰鴻刊本，約西元 17 世紀），朱墨筆圈點。正文卷端題「鼎鐫陳眉公先生批評西廂記卷之上、潭陽儆韋蕭鳴盛校、雲間眉公陳繼儒評、一齋敬止余文熙閱、書林慶雲蕭藤鴻梓」。10 行，行 26 字，小字雙行，字數同。雙欄。上方記「陳眉公批評西廂記」。藏印: 「國立中央／圖書館／藏書」朱文方印、「□圃／收藏」朱文長方印、「烏程張／氏適園／藏書印」朱文方印、「無雙」朱文長方印、「抱□／夢梨／拙石／堂」白文方印、「東海／黃公」白文方印、「摩／西」朱文方印、「前生明月／今生才子」白文長方印、「黃人過目」朱文橢圓印。匡 22.2x14.4 公分, 上欄高 1.8 公分。目前收藏於國圖善本書室中。

〔註 19〕〔明〕王實甫、陳繼儒評：《鼎鐫陳眉公先生批評會眞記》二卷（〔明〕書林蕭騰鴻刊本，約西元 17 世紀），頁 1b。目前收藏於國圖善本書室中。

〔註 20〕〔明〕王實甫、陳繼儒評：《鼎鐫陳眉公先生批評會眞記》，頁 1b。

〔註 21〕〔明〕王實甫、陳繼儒評：《鼎鐫陳眉公先生批評會眞記》，頁 2a。

〔註 22〕〔明〕王實甫、陳繼儒評：《鼎鐫陳眉公先生批評會眞記》，頁 3b。

〔註 23〕〔明〕王實甫、陳繼儒評：《鼎鐫陳眉公先生批評會眞記》，頁 6a。

以參考蔣星煜的文章〈陳眉公評本《西廂記》的學術價值〉，文中比較了陳評本和李評本《西廂記》之異同：「陳評本的評語可分眉評、每齣總評和全劇總評三部份，後面兩部分和容與堂李卓吾刊本相同或相似處甚多。其中 14 齣、18 齣、19 齣、20 齣這四齣幾乎全同，不再列表對照」。〔註 24〕以下是筆者比較二者評語內容，整理如下：

表 2　「師儉堂刊陳眉公評本」與「容與堂刊李卓吾評本」《西廂記》齣批比較表

	容與堂刊李卓吾評本〔註 25〕	師儉堂刊陳眉公評本〔註 26〕
第一齣	張生也不是個俗人。賞鑑家，賞鑑家。	摹出多嬌態度，點出狂癡行模，令人恍惚親睹。〔註 27〕
第二齣	無端一見，瞥爾生情，便打下許多預先張，卻是無謂，卻是可笑。秀才們窮饞餓想，種種如此，到底做上了。所謂有志者事竟成也。	一見如許生情，極盡風流雅致。〔註 28〕
第三齣	如見如見，妙甚妙甚。	今夜看燒香，明朝做功德，到虧此生勞神。〔註 29〕
第四齣	做好事的看樣。	鬧熱極、莊嚴極、不可思議功德。〔註 30〕
第五齣	描寫惠明處，令人色壯。	如許入手，便不落寞。〔註 31〕
第六齣	文已到自在地步矣。	行雲流水，悠然自在之文。〔註 32〕
第七齣	我欲贊一辭也不得。	若不變了面皮，如何做得出一本《西廂》。〔註 33〕
第八齣	無處不似畫。	才拜幾拜月，便有好新郎至，豈天道從願如響乎？〔註 34〕
第九齣	曲白妙處，盡在紅口中摹索兩家，兩家	不妝病景，不極相思滋味。〔註 35〕

〔註 24〕蔣星煜：《西廂記考證》（上海市：上海古籍出版，1988 年），頁 56～75。

〔註 25〕朱萬曙：《明代戲曲評點研究》，頁 335～339。

〔註 26〕〔明〕陳繼儒評：《鼎鐫西廂記》，收於北京大學圖書館編《不登大雅文庫珍本戲曲叢刊》（北京市：學苑出版社，2003 年），第 11 冊，頁 219～374。

〔註 27〕〔明〕陳繼儒評：《鼎鐫西廂記》，上卷，頁 5a，總頁 231。

〔註 28〕〔明〕陳繼儒評：《鼎鐫西廂記》，上卷，頁 10a，總頁 241。

〔註 29〕〔明〕陳繼儒評：《鼎鐫西廂記》，上卷，頁 13b，總頁 248。

〔註 30〕〔明〕陳繼儒評：《鼎鐫西廂記》，上卷，頁 15b，總頁 252。

〔註 31〕〔明〕陳繼儒評：《鼎鐫西廂記》，上卷，頁 23a，總頁 267。

〔註 32〕〔明〕陳繼儒評：《鼎鐫西廂記》，上卷，頁 25b，總頁 272。

〔註 33〕〔明〕陳繼儒評：《鼎鐫西廂記》，上卷，頁 30a，總頁 281。

〔註 34〕〔明〕陳繼儒評：《鼎鐫西廂記》，上卷，頁 30a，總頁 281。

〔註 35〕〔明〕陳繼儒評：《鼎鐫西廂記》，上卷，頁 35b，總頁 292。

	反不有，實際神矣！	
第十齣	嘗言吳道子顧虎頭，只畫得有形象的，至如鄉思情狀，無形無象。《西廂記》畫來的的逼真，躍躍欲有，吳道子顧虎頭，又退數十舍矣。千古來第一神物，千古來第一神物。…	胸中如鏡，筆下如刀，千古傳神文章。〔註36〕
第十一齣	此時若便成交，則張非才子，鶯非佳人，是一對淫亂之人了，與紅何異？有此一阻，寫畫兩人光景，鶯之嬌態，張之怯狀，千古如見。何物文人，技至此乎？	中緊外寬，虧這美人做出模樣來，然亦理合如此，倘一踰即從，趣味便索然。〔註37〕
第十二齣	妙在白中述鶯語。	眞病遇良藥醫，雖未曾服，而十病減九矣。〔註38〕
第十三齣	極盡驚喜之狀。	千里來龍，穴從此結。萬種相思，盡從此處撇。眞令看《西廂》者，熱腸冷氣，一時快活殺。〔註39〕
第十四齣	紅娘是個牽頭，一發是個大座主。	紅娘是個牽頭，一發是個大座主。〔註40〕
第十五齣	描寫盡情。	日暮鄉關何處是，煙波江上使人愁。〔註41〕
第十六齣	文章至此，更無文矣。	翻空揭出夢境，的是相思畫譜。〔註42〕
第十七齣	寄物都是寄人去。妙，妙。	看書處摹盡喜愛情，回書處訴盡相思味。一轉一折，步步生情。〔註43〕
第十八齣	妙，妙。見物都是見人來。	見物如見鶯，描畫得遠書景趣。〔註44〕
第十九齣	紅娘爲何如此護著張生。疑心，疑心。	護張生甚尖利。罵鄭恆忒狠毒。〔註45〕
第二十齣	不得鄭恆來一攪，反覺得沒趣。讀《水滸傳》不知其假，讀《西廂記》不厭其煩。文人從此悟入，思過半矣。常讀短文字卻厭其多，一讀《西廂》，反反覆覆，重重疊疊，又嫌其少。何也？何也？讀他文字，精神尚在文字裡面，讀至《西廂》曲、《水滸傳》，便只見精神，並不見文字。咦，異矣哉。……	全在紅娘口中描寫鶯之嬌癡，張生之狂興。人謂一本《西廂》。予謂是一軸風流畫。前半本合處妝病，後半本離處妝夢，相思腔調，全在此中，逼眞。卓老謂《西廂記》是化筆，以人力不及其巧至也。付物肖形，奇花萬狀。摹情布景，風流萬端。空庭月下，葉落秋空。反復歌詠，不覺凡塵都死，神魂若不知之。卓老果會讀書。〔註46〕

〔註36〕〔明〕陳繼儒評：《鼎鐫西廂記》，上卷，頁40a～40b，總頁301～302。
〔註37〕〔明〕陳繼儒評：《鼎鐫西廂記》下卷，頁4b，總頁310。
〔註38〕〔明〕陳繼儒評：《鼎鐫西廂記》下卷，頁7b，總頁316。
〔註39〕〔明〕陳繼儒評：《鼎鐫西廂記》下卷，頁11b，總頁324。
〔註40〕〔明〕陳繼儒評：《鼎鐫西廂記》下卷，頁14b，總頁330。
〔註41〕〔明〕陳繼儒評：《鼎鐫西廂記》下卷，頁19 a，總頁339。
〔註42〕〔明〕陳繼儒評：《鼎鐫西廂記》下卷，頁21b，總頁344。
〔註43〕〔明〕陳繼儒評：《鼎鐫西廂記》下卷，頁24b，總頁350。
〔註44〕〔明〕陳繼儒評：《鼎鐫西廂記》下卷，頁28b，總頁358。
〔註45〕〔明〕陳繼儒評：《鼎鐫西廂記》下卷，頁31b，總頁364。
〔註46〕〔明〕陳繼儒評：《鼎鐫西廂記》下卷，頁36b，總頁374。

上表中劃線的部份是蔣星煜先生以爲有前後因襲關係，而有灰色網底的部份則可看出是明顯的抄襲。將陳評本和李評本並置比較可看出：陳評本中有許多觀念是從李評本出發；像是第十四齣的齣批「紅娘是個牽頭，一發是個大座主」是完全因襲。蔣星煜先生將陳評本和李評本第十四齣的齣批和常熟魏仲雪批本《新刻魏仲雪批點西廂記》〔註 47〕相比較，看出魏評本受到李評本和陳評本影響的痕跡〔註 48〕，魏本齣批同樣也寫「紅娘是個牽頭，一發是個大座主。」〔註49〕再看第一齣〈佛殿奇逢〉魏本的齣批：「窈窕嬌姿，風流狂興，情詞中發出，至今想像，恍如親睹。」〔註 50〕此段與眉公的齣批可說是相似度極高。第三齣〈牆角聯吟〉魏本齣批曰：「今夜看燒香，明朝做功德，眞虧此生勞神。」〔註 51〕此段和眉公的齣批只差了兩個字，將「到虧」改爲「眞虧」而已。還有第十一齣〈乘夜踰牆〉魏本的齣批曰：「中緊外寬，虧這美人做出樣子來，然亦理合比，倘一踰即從，趣味便索然。」〔註 52〕和眉公的齣批只差兩個字，把「模樣」改爲「樣子」。可見後來的魏本是特意改動一些字句，避免和陳評本完全相似，此點也可以看出當時的版權觀念十分寬鬆。〔註 53〕比較上表得知陳評本和李評本齣批相似處，稱讚曲詞是行雲流

〔註 47〕蔣星煜曾言：「魏仲雪本流傳不甚廣，北京和台北均有收藏。但在那些善本書目中反應不一定精確，如《北平圖書館善本書目乙編續目》著錄爲「清魏浣初評，李裔蕃釋，清初刻本」，把批點者魏浣初，亦即魏仲雪定爲清代人不夠妥當。按魏仲雪爲明萬曆二十四年（1896）進士，其卒年雖缺少詳細記載，但明亡時至少已七十餘歲，亦未有入清以後擔任官職之記載，斷無作清人之理。」參考自蔣星煜：〈李卓吾本《西廂記》對明末孫月峰本魏仲雪本的影響〉，收在《西廂記的文獻學研究》（上海市：上海古籍出版社，1997 年），頁 101～113。

〔註 48〕同上註，頁 101～113。

〔註 49〕參考自蔣星煜：〈李卓吾本《西廂記》對明末孫月峰本魏仲雪本的影響〉，收在《西廂記的文獻學研究》，頁 101～113。

〔註 50〕參考自蔣星煜：〈李卓吾本《西廂記》對明末孫月峰本魏仲雪本的影響〉，收在《西廂記的文獻學研究》，頁 101～113。

〔註 51〕參考自蔣星煜：〈李卓吾本《西廂記》對明末孫月峰本魏仲雪本的影響〉，收在《西廂記的文獻學研究》，頁 101～113。

〔註 52〕參考自蔣星煜：〈李卓吾本《西廂記》對明末孫月峰本魏仲雪本的影響〉，收在《西廂記的文獻學研究》，頁 101～113。

〔註 53〕與陳評本《西廂記》相似度高的還有劉應襲刊本的《李卓吾先生批評西廂記》，可參考郭立暄先生的文章〈論劉應襲刊本《李卓吾先生批評西廂記》〉，《圖書館雜誌》（2006 年，第 5 期），頁 74～78。此本的比對可以補充《西廂記》版本體系關係，其中文章提到劉本和師儉堂的陳評本相比，總評文字有百分之

水之文，和多嬌多痴的人物形象、化工等觀點都可見評論觀點曾其受李卓吾影響，或者說是兩者所見略同。

陳評本也有獨創之處，也就是前文所提到的獨具慧眼之處。像是第十二齣〈倩紅問病〉的齣批「眞病遇良藥醫，雖未曾服，而十病減九矣。」〔註54〕以藥和病的關係來比喻情與痴的關係。還有第十五齣〈長亭送別〉的齣批「日暮鄉關何處是，煙波江上使人愁。」〔註55〕用詩句形象化的評語去描述此齣的藝術境界。在《鼎鐫琵琶記》的總評處又將《西廂》和《琵琶》比喻成畫圖，以圖畫比較表現出兩劇的不同風格，這是陳眉公的戲曲批評的風格特色之一。在眉批之中還有更詳細的發揮和獨創處，以下一段即從眉公的評語中整理出有關戲劇學的觀點探析。

二、《鼎鐫西廂記》的戲劇學觀點探析

從戲劇學觀點來看《鼎鐫西廂記》，可以從人物形象的塑造、曲白科諢的設計、關目情節的安排、場上觀念有無四個方面出發。最後回到全劇的主題思想探討眉公在《鼎鐫西廂記》中呈現的戲劇理論面貌，特別是在戲劇人物的評論。

（一）人物形象

在《鼎鐫西廂記》中，許多齣批有特別描寫鶯鶯、張生、紅娘、崔母的形象塑造成功，在眉批中可見更仔細的評論。

以下舉鶯鶯爲例，在第一齣〈佛殿奇逢〉的齣批就說：「摹出多嬌態度，點出狂癡行模，令人恍惚親睹。」〔註56〕寫到鶯鶯出場時唱【賞花時】「可正是人値殘春」時，眉批對鶯鶯的人物形象提出「一聲鶯囀出牆來，惹起無限春色」，〔註57〕無限春色指的不但是鶯鶯的美麗，也暗示了張生的動情。第五齣〈白馬解圍〉一段，鶯鶯唱【八聲甘州】「懨懨瘦損，早是傷神」一段，眉批說：「嬌媚可人」，〔註58〕具體點出鶯鶯在此的形態扮演配合著情境，給觀

九十的相似度，眉批方面也和陳評本關係密切。推論有可能是陳評本因襲的是劉本的，或是保留劉本的原意，又或者陳評本和劉本都是擷取容與堂李評本的內容。

〔註54〕〔明〕陳繼儒評：《鼎鐫西廂記》下卷，頁7b，總頁316。

〔註55〕〔明〕陳繼儒評：《鼎鐫西廂記》下卷，頁19a，總頁339。

〔註56〕〔明〕陳繼儒評：《鼎鐫西廂記》，上卷，頁5a，總頁231。

〔註57〕〔明〕陳繼儒評：《鼎鐫西廂記》，上卷，頁1a，總頁224。

〔註58〕〔明〕陳繼儒評：《鼎鐫西廂記》，上卷，頁16a，總頁253。

者的感受是嬌媚可人，成功營造了鶯鶯的嬌媚形象。第七齣〈夫人停婚〉一段，鶯鶯唱【新令】「洽纔碧紗窗下畫了雙蛾」，眉批曰：「嬌態如畫，妙甚，妙甚」，〔註 59〕此處評語也是著重在鶯鶯的「嬌態」形象。第十齣〈妝台窺簡〉中，鶯鶯在【四邊靜】後說和張生只是兄妹之情，不必多想，要紅娘拿紙筆來寫信，眉批曰：「鶯果有老世事」，〔註 60〕此處的評語又能深刻挖掘鶯鶯除了「嬌態」、「嬌媚」之外的另一性格特色：「懂世事」。第十三齣〈月下佳期〉，張生唱完【上馬嬌】「壇口搵香腮」描畫鶯鶯之美，鶯鶯道白說：「妾千金之軀一旦托於足下，勿以他日見棄，使妾有白頭之嘆。」此處眉批就說：「嬌態可憐段」，〔註 61〕評語又注意到此處的鶯鶯形象多添了「可憐」的人物色彩。在第十七齣〈泥金報捷〉鶯鶯唱【集賢賓】「雖離了我眼前，悶卻在心上」，敘述張生離去後的新愁舊愁交疊之感，眉批則說：「態度堪憐」，〔註 62〕也是將「可憐」、「堪憐」反覆提出，評者仔細的隨著戲曲情結的進展觀察到鶯鶯在每一齣的形象，在此處已和前面的「嬌媚」、「嬌態」有所不同了。

總結以上所論，可知在眉公眼光下，劇作家成功塑造了鶯鶯「嬌態」和「可憐」這兩種女性形象特質，其中他說的「世事」也是鶯鶯心理層面比較成熟之處，因爲鶯鶯雖爲大家閨秀，但並非對世事全然無知。此點可以說是眉公在評析文本時，比較細膩之處。

值得一提的是眉公對於此劇中的紅娘形象，有不同於他人的見解。

以下列舉數例：第十四齣〈堂前巧辯〉齣批：「紅娘是個牽頭，一發是個大座主。」〔註 63〕評點者眼光關注的是牽動全劇的關鍵人物：紅娘，因爲紅娘的行動促成了張生和鶯鶯的一段姻緣。接著在紅娘唱【鬼三台】「道夫人事已休將恩變爲讐，著小生半途喜變做憂」，此段眉批稱讚紅娘是：「蘇張舌，孫吳籌」，〔註 64〕陳眉公將紅娘比做是戰國時代著名的外交家蘇秦、張儀，能憑著口才左右天下形勢，大力讚揚紅娘在此處的辯才無礙。接著紅娘唱完【聖藥王】曲，和老夫人辯論一段，眉批評到：「一本西廂，全由這女胸中搬演出，口中描寫出，大才！大膽！大忠！大識！」，〔註 65〕眉公一連用了四個大字，

〔註 59〕〔明〕陳繼儒評：《鼎鐫西廂記》，上卷，頁 26a，總頁 273。
〔註 60〕〔明〕陳繼儒評：《鼎鐫西廂記》，上卷，頁 37b，總頁 296。
〔註 61〕〔明〕陳繼儒評：《鼎鐫西廂記》，下卷，頁 10b，總頁 322。
〔註 62〕〔明〕陳繼儒評：《鼎鐫西廂記》，下卷，頁 22a，總頁 345。
〔註 63〕〔明〕陳繼儒評：《鼎鐫西廂記》下卷，頁 14b，總頁 330。
〔註 64〕〔明〕陳繼儒評：《鼎鐫西廂記》上卷，頁 12b，總頁 326。
〔註 65〕〔明〕陳繼儒評：《鼎鐫西廂記》上卷，頁 13a，總頁 327。

稱讚紅娘的膽識與口才，給予高度的稱讚。

在第十九齣〈鄭恆求配〉齣批寫到紅娘：「護張生甚尖利，罵鄭恆忒狠毒。」〔註 66〕也是稱讚紅娘此處的形象懂機伶又能善辯。在此齣紅娘唱【金蕉葉】「他憑著講性理齊論魯論」一段，此處眉批說：「若非紅娘，恩也難報，信也難全。」〔註 67〕可見得評點者對於紅娘推動劇情的行爲多所肯定，因爲紅娘的膽識和口才，才能使崔家能報恩又能全信。

在多處眉批中都表達了評點者對於紅娘行爲的嘉許，此處顯然不是一般道學式的對紅娘進行否定的批判。評點者在閱讀和評點的過程中，對於劇中人物的認識隨著劇情的進行而細細體察，因此評點者能夠更仔細的對人物性格加以把握和概括，提出對人物形象的讚美或是批評。眉公在評點的內容中，也曾強調過人物塑造的眞實性，還有人物的個性化問題。他特別會去細細觀察人物在不同情節發展下的態度和心理活動變化，並且在眉批中指出此處的人物刻畫形象。

這些人物刻畫形象的評點內涵中，有一點極爲重要是眉公在《鼎鐫西廂記》的劇末總評說到的：「全在紅娘口中描寫鶯之嬌癡，張生之狂興。」〔註 68〕此處所謂的「紅娘口中描寫」就是從第三者的角度去刻畫張生與鶯鶯的形象。第六齣〈紅娘請宴〉：紅娘唱【滿庭芳】「來回顧影」一段，紅娘替張生端看是否穿戴整齊，眉批說到此處是：「紅娘眼中有鏡」，〔註 69〕因爲張生說他客中無鏡，其實也是反映了張生不確定自己在紅娘和鶯鶯心中的形象爲何，所以要透過紅娘這第三人的眼來反觀自己，並且透過紅娘觀察的形象轉達給鶯鶯知道，因此此處的眉批可說是評點者看到張生和紅娘兩人的內心層面，以及作者如何透過第三人之眼去刻畫主角形象的藝術手法。

在第十一齣〈乘夜踰牆〉中，紅娘唱【喬牌兒】「自從那日初出時想月華」，在描述張生和紅娘相聚的花園場景，接著想像即將發生鶯鶯與張生的私會，此處眉批說：「紅娘口中有筆，一一描寫極眞」，〔註 70〕藉由此處評點稱讚這些紅娘口中所傳達精妙的形象刻畫，可見出晚明戲曲評點中已經注意到人物形象的理論問題，以及不同人物的敘事視角觀點運用。

〔註 66〕〔明〕陳繼儒評：《鼎鐫西廂記》下卷，頁 31b，總頁 364。
〔註 67〕〔明〕陳繼儒評：《鼎鐫西廂記》下卷，頁 30a，總頁 364。
〔註 68〕〔明〕陳繼儒評：《鼎鐫西廂記》下卷，頁 36b，總頁 374。
〔註 69〕〔明〕陳繼儒評：《鼎鐫西廂記》上卷，頁 24a，總頁 269。
〔註 70〕〔明〕陳繼儒評：《鼎鐫西廂記》下卷，頁 1b，總頁 304。

（二）曲白科諢

在曲白科諢的設計方面，評點者著重的是「眞實」，也就是說不同的人物腳色因爲其性格特質，有不同的曲白科諢設計，必須符合眞實原則。舉例而言：眉公在第十三齣〈月下佳期〉中，張生唱【那吒令】「他若是肯來早離了貴宅」一段，曲詞寫出張生既期待鶯鶯出現，又擔憂小姐失約的患得患失感，此處眉批說：「逼眞欲死」，〔註71〕稱讚張生此段的曲詞設計符合其人物性格。後來張生又唱【寄生草】「多風韻，忒捻色，乍時相見，教人害」一段，眉批曰：「教人害，教人怪，教人愛，三語酷盡形容」，〔註72〕此處便是稱讚張生的曲詞能夠深刻的反應張生心理狀態，用「酷盡形容」四字稱讚此處的曲詞設計。

在道白方面，在第三齣〈牆角聯吟〉一段，鶯鶯和紅娘對話介紹張生一段的道白：「姐姐。我對你說一件好笑的勾當，喒前日寺裏見的那秀才，今日也在方丈裏，他先出門外，等着紅娘深深唱個偌。道小生姓張，名珙，字君瑞。本貫西洛人也，年方二十三歲，正月十七日子時生，並不曾娶妻。姐姐，卻是誰問他來。他又問，小娘子莫非鶯鶯小姐的侍妾乎？小姐常出來麼？被紅娘搶白了一頓呵。回來了。姐姐，我不知他想甚麼哩，世上有這等傻角。」此段道白上就有兩處眉批：「好媒婆」、〔註73〕「你道想什麼？」〔註74〕評點者對於此段紅娘介紹張生的對話是認同作者的道白設計，並且以讀者角度出發和劇中的紅娘對話，反問紅娘猜想張生內心的潛對話爲何，評點者在眉批與劇中人物的對話產生互動，可見得此處的道白設計是能夠使讀者產生共鳴的。

在科介的設計方面，則以第三齣〈牆角聯吟〉爲例，鶯鶯在花園中捻香拜月，張生在旁偷聽鶯鶯祝告的內容。後來鶯鶯道白說：「此一炷香，願化去先人，早生天界。此一炷香，願堂中老母，身安無事。此一炷香…」接著鶯鶯「做不語介」，紅娘搶白著說要替鶯鶯許願早日嫁得姊夫。此處眉批便評論這段的「不語介」是「不語處情更眞切」，〔註75〕指出了此處科介的安排得宜，鶯鶯之不語正是因爲此乃閨秀心事，不便明說，而紅娘的搶白也是替鶯鶯的

〔註71〕〔明〕陳繼儒評：《鼎鐫西廂記》下卷，頁8b，總頁318。
〔註72〕〔明〕陳繼儒評：《鼎鐫西廂記》下卷，頁11a，總頁323。
〔註73〕〔明〕陳繼儒評：《鼎鐫西廂記》上卷，頁10a，總頁241。
〔註74〕〔明〕陳繼儒評：《鼎鐫西廂記》上卷，頁10a，總頁241。
〔註75〕〔明〕陳繼儒評：《鼎鐫西廂記》上卷，頁12a，總頁245。

潛對話做了完整的補足。眉公能指出此處的科介設計營造成功，也可看出評點者的細部觀察。

（三）關目情節

此處先將《鼎鐫西廂記》中眉批和尾批提到稱讚關目巧妙之處整理如下表：

表3　《鼎鐫西廂記》評語表（有提及「關目」）

齣　目	內　容	眉　批
第一齣	生唱【節節高】「隨喜了上方佛殿…呀正撞著五百年風流業冤」（鶯紅撚花枝上，生撞見鶯科）	關目妙絕〔註76〕
第三齣	生唱【麻郎兒】「我拽起羅衫欲行」（鶯做見生科）…（〔貼〕姐姐。有人。咱家去來，怕夫人嗔責。〔旦回顧並下〕）	關目甚好〔註77〕
第五齣	〔夫人〕恰纔與長老說下，但有退得賊兵的，將小姐與他爲妻。〔生〕既如此，休唬了我渾家，請入臥房裏去，俺自有退兵之計。〔旦對貼云〕難得這生，一片好心。	關目絕妙〔註78〕
第七齣	鶯唱【折桂令】「他其實嚥不下玉液金波，誰承望月底西廂，變做了夢裏南柯…當甚麼嘍囉。」〔夫人〕再把一盞者〔紅又遞一盞　生辭科〕〔紅背與鶯云〕姐姐。這煩惱怎生了。	關目妙〔註79〕
第十齣	紅唱【醉春風】「則見他釵嚲玉斜橫。」〔紅云〕我待便將簡帖兒與他，恐俺小姐有許多假處哩。我則將這簡帖兒悄悄放在妝盒兒上，看他見了說甚麼。〔鶯睡起得見簡帖科〕	關目好〔註80〕
	〔鶯云〕紅娘，不看你面時，我將與夫人看，他有甚麼面顏見夫人。…〔鶯寫科〕紅娘，你將去說：小姐看望先生，兄妹之禮如此，非有他意。若再是這般呵。必告知夫人。和你小賤人都有話說。〔鶯擲書下〕〔紅拾書作怒指旦鶯介〕	（尾批）關目妙〔註81〕
第十七齣	鶯唱【梧葉兒】「這汗衫他若是和衣臥，便是和我一處宿，但黏着他皮肉，信不想我溫柔。〔紅〕這裹肚要怎麼。〔鶯〕常不離了前後，守，着他左右，緊緊的繫在心頭。〔紅〕這襪兒如何。〔鶯〕拘管他胡行亂走。」	說得親切題目〔註82〕

從上表中，我們可以看出，評點者稱讚的關目之妙可分爲幾種情形：第

〔註76〕〔明〕陳繼儒評：《鼎鐫西廂記》上卷，頁3b，總頁228。
〔註77〕〔明〕陳繼儒評：《鼎鐫西廂記》上卷，頁13a，總頁247。
〔註78〕〔明〕陳繼儒評：《鼎鐫西廂記》上卷，頁18a，總頁257。
〔註79〕〔明〕陳繼儒評：《鼎鐫西廂記》上卷，頁28b，總頁278。
〔註80〕〔明〕陳繼儒評：《鼎鐫西廂記》下卷，頁35b，總頁292。
〔註81〕〔明〕陳繼儒評：《鼎鐫西廂記》下卷，頁37b，總頁296。
〔註82〕〔明〕陳繼儒評：《鼎鐫西廂記》下卷，頁23b，總頁348。

一種是有戲劇性情節，像是第一齣〈佛殿奇逢〉張生與鶯鶯在佛殿上的相遇。第二種是充分表達人物的戲劇動作或是內心矛盾，像是第三齣〈牆角聯吟〉中鶯鶯看到張生的動作設計。還有第七齣〈夫人停婚〉鶯鶯和張生敬酒一段的內心矛盾。以及第十齣〈妝臺窺簡〉中鶯鶯和紅娘傳簡和鶯鶯丟簡紅娘怒指的動作設計安排。第三種是能夠發揮強調作用，或者是可以讓前後互相照應的細節處，像是第五齣〈白馬解圍〉一段崔母答應解圍者許配小姐一事的細節等。除了「關目」之外，評點者也會使用「題目」一詞來指局部情節安排的巧妙，如第十七齣〈泥金報捷〉鶯鶯贈與張生汗衫、裹肚、襪兒一段情節，以見鶯鶯之深情。

除了上述的眉批和尾批，曾經稱讚過關目設計巧妙之外，在齣批中也多次有稱許關目設計之處，如第四齣〈齋壇鬧會〉一段的齣批，眉公說是：「鬧熱極、莊嚴極、不可思議功德。」〔註 83〕在第五齣〈白馬解圍〉一段的總評，眉公說到：「如許入手，便不落寞。」〔註 84〕以上兩段齣批即是稱讚此處關目設計不會使人有落寞之感，因爲第四、五齣是放在第三齣〈牆角聯吟〉和第六齣〈紅娘請宴〉中的熱鬧戲，關目設計的巧妙是在淡處能濃，閑處能熱鬧，評點者也強調此點藝術手法的重要。

（四）場上觀念

戲曲是一門綜合藝術，在明代中葉以後，戲曲理論家已意識到戲曲藝術的場上特徵，像是當行論的提出，本色論中對戲曲語言通俗的強調，還有王驥德也曾提出可演可傳的作品，才能夠稱爲上之上的作品。〔註 85〕在陳眉公的戲曲評點中也可以看出這些對於場上觀念的提點，像是陳眉公曾在《鼎鐫西廂記》的眉批中多次提到關目妙絕的稱讚，此點亦是場上搬演的重要關鍵，劇作者能注重關目設計的巧妙，此劇作在場上搬演時也能夠吸引觀眾。除了關目巧妙的強調之外，眉公也多次在評點中提到「奇」、「趣味」的重要，因爲劇情設計的新奇，情節的起伏，都是吸引觀眾的重要因素之一，例如：第十六齣〈草橋驚夢〉中鶯唱【折桂令】「想人生最苦是離別」一段，張生夢見鶯鶯夤夜渡河追到客店中，此處情節雖屬夢境，但情景逼眞奇幻，深刻描繪

〔註 83〕〔明〕陳繼儒評：《鼎鐫西廂記》，上卷，頁 15b，總頁 252。

〔註 84〕〔明〕陳繼儒評：《鼎鐫西廂記》，上卷，頁 23a，總頁 267。

〔註 85〕〔明〕王驥德：《曲律》，《中國古典戲曲論著集成》（北京市：中國戲劇出版社，1959 年），第四冊，頁 137。

出張生不捨之情，眉批說到：「奇思突出」，〔註 86〕便是以「奇思」兩字稱讚此段情節安排突出，從稱許情節的新奇背後，也可以看出「奇幻」、「幻夢」的設計，是受到評點者青睞的，只要此處的情感是宛然逼眞的，在奇幻的審美觀之下，自然能夠感動觀眾。在第十九齣〈鄭恆求配〉紅娘唱【調笑令】「你直一分，他直百十分」一段，朝罵鄭恆「你是個寸木馬戶尸巾」，是個「村驢」，眉批云：「巧語奇思」，〔註 87〕稱許此處道白安排有奇思巧趣。還有，戲劇情節是否能夠給人帶來感動，也是評點者會注意的重要元素之一，眉公在品評的過程中，也多次在眉批中寫上自己的主觀感受，例如：第一齣〈佛殿奇逢〉中，張生見到鶯鶯之後，唱【寄生草】「餓眼望將穿，饞口涎空嚥，空着我透骨髓相思病染。怎當他臨去秋波那一轉……爭奈玉人不見，將一座梵王宮疑是武陵源。」此處眉批說：「至今遍身酥麻起來」，〔註 88〕可見得此段情節的安排，也能使讀者和張生有同樣的感受，評點者眉公稱許鶯鶯臨去秋波此一情節設計的成功。

總結以上對《鼎鐫西廂記》的評語內容後，我們可以得到以下結論：陳眉公在對《西廂記》的評點上，著重在結構和語言居多，至於針對思想部份較少。雖然眉公在齣批的部分有受到李評本的影響，不過也可見眉公是肯定李評本的觀點。但是眉公也有自己的獨創之處，不全然是受他人影響，特別是針對劇中紅娘性格塑造的稱許，可見其眼光。且在眉批處可以看出眉公獨具慧眼處，處處留心關目、奇、趣、畫、景等觀點，還重視人物在不同情境下的性格營造，以及將情痴比喻爲藥和病的關係，還有以詩句去比喻全齣戲的意境風格等，這都是陳評本《西廂記》具有理論價值的地方。

第二節　《鼎鐫琵琶記》評點探析

《琵琶記》的刊本數量不在少數，根據侯百朋先生在《《琵琶記》資料彙編》一書中的附錄〈《琵琶記》版本知見錄〉〔註 89〕中的整理可知《琵琶記》刊本的概況。其中陳眉公批評的有兩種：《鼎鐫琵琶記》和《陳眉公先生批評

〔註 86〕〔明〕陳繼儒評：《鼎鐫西廂記》，下卷，頁 20b，總頁 342。
〔註 87〕〔明〕陳繼儒評：《鼎鐫西廂記》，下卷，頁 20a，總頁 361。
〔註 88〕〔明〕陳繼儒評：《鼎鐫西廂記》，上卷，頁 5a，總頁 231。
〔註 89〕侯百朋編：《《琵琶記》資料彙編》（北京市：書目文獻出版社，1989 年），頁 463～465。

琵琶記》，兩者的版式和評語相同，不同的在於後者多了「釋義」和「字音」這部份。而《鼎鐫琵琶記》的特色在於對於作品主題的揭示，特別是在總評的部份，眉公提出了「讀《琵琶》令人酸鼻」，〔註90〕可知評點者已意識《琵琶記》的悲劇風格，並且抓住此風格又說「從頭到尾無一句快活語」，〔註91〕可見作品的悲怨風格也使評點者深有同感。

一、《鼎鐫琵琶記》的評價與評點本比對

關於陳評本《琵琶記》的評價，黃仕忠先生以爲《鼎鐫陳眉公先生批評《琵琶記》》是贗本，〔註92〕其中批語和李卓吾評點本的《琵琶記》多處重合，認爲是書坊不僅只是假托眉公之名，藉其名氣炒作書籍商品，其中的批語更是抄撮而成，手法拙劣，襲用之跡明顯可見。然而本文此處要討論的是《鼎鐫琵琶記》與其他版本之異，而非《鼎鐫陳眉公先生批評琵琶記》，故先不處理該本的贗本問題。且《鼎鐫琵琶記》並無出現《鼎鐫陳眉公先生批評《琵琶記》》中那些眉批裡寫「王曰」、「李曰」等引用他人評論資料，只有在齣批和容與堂李卓吾評點本《琵琶記》有幾處相似，下文將要探討此評語相似問題。

（一）評語內涵與陳眉公思想的比對

《琵琶記》主題思想包含宣揚子孝妻賢的觀念、反映科舉時代的不幸、流露對田園生活的嚮往、揭發社會的罪惡與黑幕。〔註93〕其中關於宣揚子孝的思想，可以從以下幾處評語中幾處表現出，評點者眉公不以蔡伯喈求科舉進士爲孝順父母之道，例如在第四齣〈蔡公逼試〉中，蔡公說：「孩兒你聽我說：夫孝始于事親，中于事君，終于立身。…你若是做得官時節，也顯得父母好處，兀的不是大孝是甚麼。」此處眉批說：「做官就是孝乎」，〔註94〕清楚的表現了爲官並非等同行孝。這點與眉公自己的人生經驗可做呼應。

〔註90〕〔明〕陳繼儒評：《鼎鐫琵琶記》卷下，收於北京大學圖書館編《不登大雅文庫珍本戲曲叢刊》（北京市：學苑出版社，2003年），第12冊，頁54a，總頁227。

〔註91〕〔明〕陳繼儒評：《鼎鐫琵琶記》卷下，頁54b，總頁228。

〔註92〕該本收藏於北京國家圖書館，是明代的師儉堂刻本，該本署名陳繼儒批評，眉批與齣批同《鼎鐫琵琶記》，但是卷首多了〈序言〉一篇，又多《釋義》二卷，眉批較爲豐富，加進了「王曰」（王世貞）、「李曰」（李卓吾）的評語。

〔註93〕王永炳：《琵琶記研究》（台北市：學海出版社，1992年），頁76～87。

〔註94〕〔明〕陳繼儒評：《鼎鐫琵琶記》卷上，頁11b，總頁26。

眉公在二十九歲放棄仕途，他寫下一篇〈告衣巾呈〉表達他的心情：「例請衣巾，以安愚分，竊惟住世出世，喧寂各別。祿養志養，潛見皆同。老親年望七旬，能甘晚節；而某齒將三十，已厭塵氛。生序如流，功名何物？揣摩一世，眞拈對鏡之空花；收拾半生，肯做出山之小草。乃稟命於父母，敢告言於師尊。」〔註 95〕可見得眉公以父母親年歲已老，希望能盡孝心，也厭倦追求功名的仕途。這點和眉批中對於蔡伯喈的批評可做相互連結，此處的眉批也和眉公的思想有所相合。同樣是批判蔡伯喈之不孝，在第三十七齣〈書館悲降〉中蔡伯喈一邊看書一邊說：「這是甚麼書？是《尙書》。呀！這〈堯典〉道：虞舜父頑母嚚象傲，克諧以孝。咳！他父母那般相待他，他猶自克諧以孝，我父母虧了我甚麼，我倒不能穀奉養他！看甚麼《尚書》！這是甚麼書？是《春秋》。呀！《春秋》中穎考叔曰：『小人有母，未嘗君之羹，請以遺之。』咳！他有一口湯喫，兀自尋思着娘。我如今做官享天祿，倒把父母撇了。看甚麼《春秋》。天那！枉看這書，行不得濟甚麼事。你看那書中那一句不說着孝義，當原俺父母教我讀詩書，知孝義，誰知道反被詩書誤了我，還看他怎的。」此段陳眉公則大肆批評在眉批寫到：「《孝經》、《曲禮》早忘了，如何記得《尙書》、《春秋》？」〔註 96〕可見評點者對於蔡伯喈的孝心與孝行不相符的批判，若是眞懂得孝義，也不會到此處讀《尙書》、《春秋》才回想到自己撇下父母之不孝，最基本的《孝經》、《曲禮》中子女奉養父母之道都做不到了，更何況是《尙書》、《春秋》中所提的內容。此處呼應了第五齣〈南浦囑別〉旦唱【忒忒令】：「你讀書思量做狀元，我只怕你學疎才淺。……官人，只是孝經曲禮，你早忘了一段。……卻不道夏凊與冬溫，昏須定，晨須省，親在遊怎遠。」此處眉公也提出了眉批稱許趙五娘的孝心說：「還這女子善讀書。」〔註 97〕兩者相比，趙五娘的「孝心」與「善讀書」正好突顯出蔡伯喈的「不孝」與「誤讀書」。

在第四齣，蔡公唱到【宜春令】後第二支曲「時光短…有兒聰慧，但得他爲官，吾心足矣。」此處陳眉公寫下的眉批說：「有子爲官心便足已，俗了今世不要爲官，只賺錢更妙。」〔註 98〕可見得評點者認爲父逼子求官之心，

〔註 95〕〔清〕王應奎：《柳南續筆》（民國 9 年（1920）上海博古齋）

〔註 96〕〔明〕陳繼儒評：《鼎鐫琵琶記》卷下，頁 39b，總頁 198。

〔註 97〕〔明〕陳繼儒評：《鼎鐫琵琶記》卷上，頁 13a，總頁 29。

〔註 98〕〔明〕陳繼儒評：《鼎鐫琵琶記》卷上，頁 10a，總頁 23。

與晚明當時世人不求爲官只求賺錢相比，求官反而不俗，求財才是當時的潮流，因爲眉公厭惡官場的鉤心鬥角，對當時國政紊亂腐敗，上層社會奢侈的生活，而下層人民卻困頓窘迫，逐名競利之士所在多有，眉公對這些現象寫下過不少批評，也嚮往歸隱生活，以求在亂世中趨易避難、明哲保身。

總合上述所言，眉公即時行孝的思想，在評點中也同樣表露此觀點，評點內涵中的思想是和眉公思想相符的。

（二）同劇作的其他評本比較：李評本與陳評本

以下先列表比較《鼎鐫琵琶記》和容與堂的李評本《琵琶記》齣批，以方便見其異同處：

表 4　「師儉堂刊陳眉公評本」與「容與堂刊李卓吾評本」《琵琶記》齣批比較表

	容與堂李評本《琵琶記》〔註 99〕	師儉堂陳評本《鼎鐫琵琶記》〔註 100〕
第一齣	（無批）	（無批）
第二齣	今世只以萬兩黃金爲貴，即一家爲奴爲盜亦不顧也。嘗有村學究以「白酒紅人面」課生徒者，卓老代對之曰：「黃金黑世心」，自謂頗中今日膏肓。	各還它本色，像個慶壽光景。〔註 101〕
第三齣	稱慶席上合請張太公方有張本。	得幾句宗風映帶覺不冷落。〔註 102〕
第四齣	只這煩簡不合宜，便不及《西廂》、《拜月》多了	一逼一動，各盡親心，初辭終去，兩盡子情。〔註 103〕
第五齣	公婆、太公先去，夫妻復留連半晌，關目極妙。	只家中離別，夫婦相對流連耳十里長亭便不通。〔註 104〕
第六齣	（無批）	（無批）
第七齣	（無批）	指點旅況，恍然在目。〔註 105〕

〔註 99〕 侯百朋編：《《琵琶記》資料彙編》（北京市：書目文獻出版社，1989 年），頁 213～240，〈明．李卓吾先生批評琵琶記〉。

〔註 100〕 〔明〕陳繼儒評：《鼎鐫琵琶記》二卷，收於北京大學圖書館編《不登大雅文庫珍本戲曲叢刊》（北京市：學苑出版社，2003 年），第 12 冊，頁 1～238。

〔註 101〕 〔明〕陳繼儒評：《鼎鐫琵琶記》卷上，頁 4b，總頁 12。

〔註 102〕 〔明〕陳繼儒評：《鼎鐫琵琶記》卷上，頁 9a，總頁 21。

〔註 103〕 〔明〕陳繼儒評：《鼎鐫琵琶記》卷上，頁 12b，總頁 29。

〔註 104〕 〔明〕陳繼儒評：《鼎鐫琵琶記》卷上，頁 17b～18a，總頁 38～39。

〔註 105〕 〔明〕陳繼儒評：《鼎鐫琵琶記》卷上，頁 22b，總頁 48。

第八齣	戲則戲矣，倒須似眞，若眞者反不妨似戲也，今戲者太戲，眞者亦太眞，俱不是也。	用舉子戲謔則可，若用試官戲謔大欠通。〔註 106〕
第九齣	（無批）	（無批）
第十齣	繁冗可刪，如何比得《拜月》、《西廂》之繁簡合宜也。	刪其煩冗，便覺直捷可觀。〔註 107〕
第十一齣	（無批）	曲好，白好，關目好，極其熱鬧，專用蔡婆罵處，尤見作手。〔註 108〕
第十二齣	（無批）	（無批）
第十三齣	到此娶親已經年歲矣，尚說他青年年少，則古人三十而娶之語亦不可憑。緣何赴試之時，渠母已八十矣，天下豈有婦人五、六十歲生子之理？自宜改。 辭婚之言不合先說。事以密成，語以泄敗，機事不密，反害于成，蔡伯喈原有腐氣。	到此娶親已經年歲矣，尚說他青春年少，則古人三十而娶之語亦不可憑。緣何赴試之時，渠母已八十矣，天下豈有婦人五、六十歲生子之理？〔註 109〕
第十四齣	不是牛太師不是，還是蔡伯喈太腐耳，怪他不得，怪他不得。	進士中豈無一人足以做丞相女婿者，何以執拗若是？〔註 110〕
第十五齣	可憐令人俗氣，有女兒不想嫁個好人，只管把來挨與狀元，都是牛也。	老牛眞俗氣，有女豈無個人物，只管挨與狀元，實是牛也。〔註 111〕
第十六齣	當時若有聖君賢相，自當著他迎養，何有許多話說？伯喈是個有用的人，亦當自著人迎養，奈何不能也？	當時若有聖君賢相，自當著他迎養，何有許多話說？伯喈是個有用的人，亦當自著人迎養，奈何不然也。〔註 112〕
第十七齣	（無批）	遠水難救近火，遠親不如近鄰。〔註 113〕
第十八齣	此齣獨簡可取。	簡順可喜。〔註 114〕
第十九齣	（無批）	（無批）

〔註 106〕〔明〕陳繼儒評：《鼎鐫琵琶記》卷上，頁 24b，總頁 52。
〔註 107〕〔明〕陳繼儒評：《鼎鐫琵琶記》卷上，頁 31a，總頁 65。
〔註 108〕〔明〕陳繼儒評：《鼎鐫琵琶記》卷上，頁 33a，總頁 69。
〔註 109〕〔明〕陳繼儒評：《鼎鐫琵琶記》卷上，頁 37a，總頁 77。
〔註 110〕〔明〕陳繼儒評：《鼎鐫琵琶記》卷上，頁 68b，總頁 80。
〔註 111〕〔明〕陳繼儒評：《鼎鐫琵琶記》卷上，頁 39b，總頁 82。
〔註 112〕〔明〕陳繼儒評：《鼎鐫琵琶記》卷上，頁 44b，總頁 92。
〔註 113〕〔明〕陳繼儒評：《鼎鐫琵琶記》卷上，頁 50a，總頁 103。
〔註 114〕〔明〕陳繼儒評：《鼎鐫琵琶記》卷上，頁 50b，總頁 104。

第二十齣	（無批）	吃糠不難，吃這婆子怨氣更難。〔註 115〕
第二十一齣	（無批）	蔡公婆去得甚好，妙人，妙人。〔註 116〕
第二十二齣	（無批）	這齣三妙，曲妙在點景，白妙在含吐，關目妙在尋愁。〔註 117〕
第二十三齣	情景至此竟眞矣！文字乃如此乎？奇甚，奇甚！	流不盡千萬滴淚，眞稱情景雙絕。〔註 118〕
第二十四齣	（無批）	（無批）
第二十五齣	如剪頭髮這樣好題目，眞是無中生有，妙絕千古，故做出多少好文字來，有好題目，自有好文字也。	『餐糠』、『剪髮』俱在空裡生奇，『餐糠』之意寓於『糟糠媳婦』句；『剪髮』之意寓於『結髮薄倖』句，猶奇中之奇。〔註 119〕
第二十六齣	（無批）	世上只有官長騙百姓耳，百姓騙官長，更妙！更妙！〔註 120〕
第二十七齣	（無批）	文字妙境，每每寄居于鬼神，若只用太公助葬便不奇。〔註 121〕
第二十八齣	（無批）	（無批）
第二十九齣	或曰：趙五娘孝則孝矣，賢則賢矣，「乞丐尋夫」一節亦覺不甚好看。此小孩子之言也。如今婦人只爲不肯乞丐，做壞了事，貪個小看，做出個大不好看來，豈不深可痛哉！	兩人眞容，一生行境，俱在五娘口中畫出，絕妙傳神文字。〔註 122〕
第三十齣	世上有這般怕丈人的女婿，好笑好笑！丈人還是個牛，女婿也不值了。	寧可餓殺爹娘，不可惱了丈人。〔註 123〕
第三十一齣	曾有人說：牛生麒麟。意不信之，今觀牛女，果然果然。	解駁剴切，節孝雙彰，無奈不入牛耳何！〔註 124〕
第三十二齣	（無批）	短兵相接更勝。〔註 125〕
第三十三齣	（無批）	這一齣牛之罪全擔伯喈身上。〔註 126〕

〔註 115〕〔明〕陳繼儒評：《鼎鐫琵琶記》卷上，頁 55a，總頁 113。
〔註 116〕〔明〕陳繼儒評：《鼎鐫琵琶記》卷上，頁 580a，總頁 119。
〔註 117〕〔明〕陳繼儒評：《鼎鐫琵琶記》卷下，頁 5a，總頁 129。
〔註 118〕〔明〕陳繼儒評：《鼎鐫琵琶記》卷下，頁 7b，總頁 134。
〔註 119〕〔明〕陳繼儒評：《鼎鐫琵琶記》卷下，頁 11a，總頁 141。
〔註 120〕〔明〕陳繼儒評：《鼎鐫琵琶記》卷下，頁 13b～14a，總頁 146～147。
〔註 121〕〔明〕陳繼儒評：《鼎鐫琵琶記》卷下，頁 16a，總頁 151。
〔註 122〕〔明〕陳繼儒評：《鼎鐫琵琶記》卷下，頁 21a，總頁 161。
〔註 123〕〔明〕陳繼儒評：《鼎鐫琵琶記》卷下，頁 23b，總頁 167。
〔註 124〕〔明〕陳繼儒評：《鼎鐫琵琶記》卷下，頁 27b，總頁 174。
〔註 125〕〔明〕陳繼儒評：《鼎鐫琵琶記》卷下，頁 28b，總頁 176。
〔註 126〕〔明〕陳繼儒評：《鼎鐫琵琶記》卷下，頁 29b，總頁 178。

第三十四齣	（無批）	（無批）
第三十五齣	眞是兩賢！	兩賢不相厄，女中二難。〔註127〕
第三十六齣	（無批）	（無批）
第三十七齣	（無批）	慘不可言。〔註128〕
第三十八齣	（無批）	全傳都是罵，餘俱是包藏罵，此獨眞罵。〔註129〕
第三十九齣	（無批）	（無批）
第四十齣	他們是該旌表了，只是你這老牛也當打五百背脊。	（無批）
第四十一齣	（無批）	（無批）
第四十二齣	（無批）	（無批）
總評	《琵琶》短處有二，一是賣弄學問，強生枝節：一是正中帶謔，光景不眞。此文章家大病也，《琵琶》兩有之。 《琵琶》妙處，只在描容、祝髮、食姑嫜、嚐湯藥、厭糟糠數出，到此則不復語言文字矣！《西廂》、《拜月》亦只兄弟矣！今讀之者見五娘子啼哭，即見之聞之亦未必如此詳且盡也，文章之道乃至是乎！ 《琵琶》更不可及處，每在文章盡頭復生一轉，神物神物！	《西廂》、《琵琶》俱是傳神文字，然讀《西廂》令人解頤，讀《琵琶》令人酸鼻。〔註130〕 從頭到尾，無一句快活語。讀一篇《琵琶記》勝讀一部《離騷經》。〔註131〕 純是一部嘲罵譜。贅牛府，嘲他是畜類；遇饑荒，罵他不顧養；嗾糠、剪髮，罵他撇下結髮糟糠妻；裙包土，笑他不奔喪；抱琵琶，醜他乞兒行；受恩於廣才，書他無仁義；操琴、賞月雖吐孝辭，卻是不孝題目；訴怨琵琶、題琴書館、廬墓旌表，罵到無可罵處矣！〔註132〕

表格中劃線的部份，就是內容相近處的齣批；有灰色網底的部份則是相似度極高的齣批。從上表可知，李評本與陳評本相近之處有以下幾齣：第八齣、第十齣、第十五齣、第二十三齣、第二十五齣、第三十五齣。相似度極高的有：第十三齣、第十六齣。

比對後可初步得知：眉公在齣批中有部分受李評本影響之處，最明顯的例子就是第十三齣和第十六齣兩處評語。

〔註127〕〔明〕陳繼儒評：《鼎鐫琵琶記》卷下，頁38a，總頁195。
〔註128〕〔明〕陳繼儒評：《鼎鐫琵琶記》卷下，頁44a，總頁207。
〔註129〕〔明〕陳繼儒評：《鼎鐫琵琶記》卷下，頁46a，總頁211。
〔註130〕〔明〕陳繼儒評：《鼎鐫琵琶記》卷下，頁54a，總頁227。
〔註131〕〔明〕陳繼儒評：《鼎鐫琵琶記》卷下，頁54b，總頁228。
〔註132〕〔明〕陳繼儒評：《鼎鐫琵琶記》卷下，頁54b，總頁228。

第十三齣的齣批評語幾乎是引用一半的李評本的評語：「到此娶親已經年歲矣，尚說他青年年少，則古人三十而娶之語亦不可憑。緣何赴試之時，渠母已八十矣，天下豈有婦人五、六十歲生子之理？」〔註 133〕只是沒有將「此宜改」之後的評語也一並照錄上去，但是抄襲痕跡明顯可見。而第十六齣則是完全抄襲自李評本：「當時若有聖君賢相，自當著他迎養，何有許多話說？伯喈是個有用的人，亦當自著人迎養，奈何不能也？」〔註 134〕此處沿用李評，若說是受李評本思想影響，尚可「增減字句」表示認同李評本意見，像是第八齣的李評本齣批說：「戲則戲矣，倒須似眞，若眞者反不妨似戲也，今戲者太戲，眞者亦太眞，俱不是也。」〔註 135〕而陳評本則也表達了相同的看法：「用舉子戲謔則可，若用試官戲謔大欠通。」〔註 136〕但是前文提到的陳評本《琵琶記》在第十三齣、十六齣的齣批「完全照搬」李評本的內容，此處可見書商僞造痕抄襲之心明顯。推測有以下可能：若陳眉公評點本《琵琶記》是陳眉公本人創作眞跡，且陳眉公評點本的齣批均使用手書體，證明是親出陳眉公之手，難以仿冒，那麼此兩齣齣批在陳評本和李評本《琵琶記》中相似處，就有可能是出版李評本《琵琶記》的書商在參考過陳評本的內容後，有所修訂而成。再加上李評本在齣批上使用的並非手書體，難以直接證實是出自李卓吾之手。

二、《鼎鐫琵琶記》的戲劇學觀點探析

《琵琶記》內容長達四十二齣，全劇在結構上嚴謹妥當，人物形象刻畫鮮活，又能靈活運用對比手法，像是蔡府和牛府兩邊互相對照，苦樂對比之下使得劇情頓挫變化，設計巧妙。在排場上又能在重要情節處加以強調，注重波瀾起伏之安排。以上幾點都是評點者所關注之處，分述如下。

（一）人物形象

在眉公的評點中有提到關於人物角色扮演的討論：例如在第二齣〈高堂稱慶〉中「淨扮蔡婆上」此處的眉批寫到：「不宜用淨扮蔡婆，易以老旦爲是。」同在此處的眉批，我們比較《李卓吾先生批評琵琶記》內容：「婦人雖無遠見，姑息之愛乃人常情，不合以淨角扮蔡婆，易以老旦爲是。不然，因子辱母，

〔註 133〕侯百朋編：《《琵琶記》資料彙編》，頁 224。

〔註 134〕同上註，頁 225。

〔註 135〕同上註，頁 222。

〔註 136〕〔明〕陳繼儒評：《鼎鐫琵琶記》卷上，頁 24b，總頁 52。

爲人子忍乎？」〔註 137〕比較陳評本和李評本對於此處「淨扮蔡婆」的說法，雖然觀點相同，但是李評本多了完整的說法，認爲不該「醜化」蔡婆的形象，蔡婆身爲母親難免會有姑息之情，故李評本建議將腳色改換爲「老旦」扮演較爲合宜。

綜觀《琵琶記》劇中一共使用七種腳色：「生、旦、淨、末、丑、外、貼」，在腳色設定方面，以「淨角」扮演蔡婆，而非用「老旦」扮演。淨角多扮演「愚昧、魯莽、打趣」等這類人物，不限男女，在《琵琶記》中淨角扮演的人物包含：「蔡婆、老姥姥、媒婆、書生、社長、長老、侍從、拐兒、瘋子、書童」。而蔡婆在本劇中的形象是屬於比較「卑下」、「愚昧」的形象設定，蔡婆一角在第四齣〈蔡公逼試〉、第十一齣〈蔡母嗟兒〉、第二十齣〈勉食姑嫜〉中性格也有所發揮。

關於陳眉公在此處評「行當的安排」和「劇本人物形象」不合問題：蔡婆究竟適合「淨腳」還是「老旦」扮演，首先要考慮的問題是：「在元雜劇中的蔡婆安排以淨角的用意」，而爲何眉公以爲應該以「老旦」扮演？是因爲從「蔡婆的性格形象」出發思考，認爲劇作家不該「醜化」蔡婆嗎？但是此處眉公並沒有多加說明。因此我們從其他處眉公對於蔡婆的評點觀察。

第二齣【錦堂月】後的第三隻曲淨扮蔡婆唱：「還憂松竹門幽，桑榆暮景，明年知他健否安否。歎蘭玉蕭條，一朵桂花堪茂。媳婦惟願取連理芳，年得早遂孫枝榮秀。」此處眉批寫到：「老婆心更遠大。」〔註 138〕評點者觀察到蔡婆心中認爲「家族團聚」應優先於「伯喈赴京趕考求取功名利祿」。到第三齣淨扮蔡婆云：「道是人生七十古來稀，不去嫁人待何時。下了頭髻床上睡，枕頭上架兩個大擂搥。」此處眉批說：「有眞宗語。」〔註 139〕評點者關注蔡婆的語言風格，並且稱讚蔡婆的人生智慧。在第四齣蔡婆云：「孩兒，我不合娶個媳婦與你，方纔得兩箇月，你渾身便瘦了一半，若再過三年，怕不成一個枯髏。」此處眉批說：「甚粗不成母子之話。」〔註 140〕可見得此處「醜化」蔡婆形象的語言設定使評點者不快，然而此處的語言風格之表現卻是相當符合淨角的表演方式。接著蔡婆批評蔡公不該讓獨子出遠門趕考：「我家中又沒有七子八婿，只有一個

〔註 137〕侯百朋編：《《琵琶記》資料彙編》，頁 213。
〔註 138〕〔明〕陳繼儒評：《鼎鐫琵琶記》卷上，頁 4a，總頁 11。
〔註 139〕〔明〕陳繼儒評：《鼎鐫琵琶記》卷上，頁 5b，總頁 14。
〔註 140〕〔明〕陳繼儒評：《第七才子琵琶記》（上海：上海掃葉山房，1929 年影印）卷上，頁 10a。

孩兒，如何去得……老賊。你如今眼又昏、耳又聾，又走動不得，你教他去後，倘有些箇差池，兀教誰來看顧你，眞個沒飯喫便餓死你，沒衣穿便凍死你，你知道麼。」眉批：「句句先識，眞是聖母。」〔註 141〕評點者以爲蔡婆形象可以稱許爲「聖母」，稱許蔡婆之言合情合理，因蔡公蔡婆年事已高，倘若幾年內有個變故，且獨子不在身旁看顧著，又有誰能照料雙老呢？最後蔡婆再度勸蔡公說了一個「養濟院大使」的故事做比喻，諷刺蔡公不該讓獨子離家，眉批道：「熱腸著冷語，蔡婆自是善知識。」〔註 142〕可見得蔡婆對蔡公可說是用盡辦法「熱腸」加上「冷語」勸說，評點者以此處蔡婆戲劇形象爲「善知識」的「聖母」形象。第五齣蔡母送別蔡伯喈時，眉批更是稱讚蔡母道：「似慈母口氣」〔註 143〕。可見在評點者心中蔡母地位之高。

不過在第二十齣的齣批中，眉公卻是對蔡婆的行爲態度不置可否，齣批提出：「吃糠不難，吃這婆子怨氣更難。」〔註 144〕接著蔡婆詢問趙五娘早饍是否有果蔬和米飯，五娘回答沒有時，蔡婆怒罵五娘：「賤人！前日早饍還有些下飯，今日只得一口淡飯，再過幾日，連淡飯也沒有了！快抬去！」而評點者對蔡婆在此的行爲給的眉批是：「蔡婆到底有富貴相」，〔註 145〕由此可見在評點者心中，蔡婆的形象已不是「聖婦」，反倒成了不識時機的「蠻婦」。

總結以上所見的眉批可知：陳眉公認同蔡婆在《琵琶記》中扮演的形象大多是有見識、智慧的「聖母」腳色，所以才會提出不該以「淨角」去扮演此腳色，醜化了這樣的「聖母」形象。

對於蔡公此一腳色，評點者則是以一種「批判」的角度出發，像是第二齣〈高堂稱慶〉蔡公唱【錦堂月】「還愁白髮蒙頭，紅英滿眼，心驚去年時候。只恐時光催人去也難留。孩兒，惟願取黃卷青燈，及早換金章紫綬。」眉批就批評蔡公云：「這老功名之心一刻不忘」，〔註 146〕後面第四齣〈蔡公逼試〉一段，針對蔡公的行爲，眉批道：「有子爲官，心便足已，俗了！今世不要爲官，只賺錢更妙！」〔註 147〕同一齣蔡公以孝道勸蔡伯喈離家赴試，認爲蔡伯喈能得官才顯得是大孝，評點者針對此也提出質疑：「做官就是孝

〔註 141〕〔明〕陳繼儒評：《鼎鐫琵琶記》卷上，頁 10b，總頁 24。
〔註 142〕〔明〕陳繼儒評：《鼎鐫琵琶記》卷上，頁 12a，總頁 27。
〔註 143〕〔明〕陳繼儒評：《鼎鐫琵琶記》卷上，頁 15b，總頁 34。
〔註 144〕〔明〕陳繼儒評：《鼎鐫琵琶記》卷上，頁 55a，總頁 113。
〔註 145〕〔明〕陳繼儒評：《鼎鐫琵琶記》卷上，頁 54a，總頁 111。
〔註 146〕〔明〕陳繼儒評：《鼎鐫琵琶記》卷上，頁 3b，總頁 10。
〔註 147〕〔明〕陳繼儒評：《鼎鐫琵琶記》卷上，頁 10a，總頁 23。

乎？」〔註 148〕因為評點者陳眉公也「放棄仕途」歸隱山林，以求「盡孝」，這點質疑背後也可看出眉公個人強烈的主觀。

對於張廣才，評點者則是亦是持著「批判」角度，第四齣〈蔡公逼試〉，批評張廣才以「學成文武藝，貨與帝王家」的理由鼓吹蔡伯喈離家赴試，眉批道：「臭腐之談，可厭！可厭！」〔註 149〕，接著張廣才以「千錢買鄰，八百買舍」保證會照應蔡家兩老，眉批道：「為你幾句俗語，賣了一隻兒子，說甚買鄰買舍！」〔註 150〕當張廣才唱【三學士】：「託在鄰家相依倚，自當效些區區。秀才！你為甚十年窗下無人問，只圖個一舉成名天下知，你若不錦衣歸故里，誰知你讀萬卷書！」眉批批評道：「是個有錢人說的話！」〔註 151〕則可見得張廣才只是以「自身價值觀」思考，並未考慮到「蔡家的實際情形」就鼓吹蔡伯喈離家。

眉公對於男主角蔡伯喈則是多所「譴責」，在前段已引用不少評論分析其批評，暫不贅述。至於對趙五娘的腳色塑造，眉公大為「稱許」，在第二齣〈高堂稱慶〉趙五娘唱【錦堂月】「輻輳獲配鸞儔深慚，燕爾持杯自覺嬌羞」，眉批道：「是個新婦嬌樣」〔註 152〕，到後來以「賢」字加以肯定：像是在第五齣旦唱【沈醉東風】眉批寫道：「賢女」。〔註 153〕在第二十齣〈勉食姑嫜〉，旦云：「奴家自把些穀膜米皮餺饠來喫」，眉批道：「賢哉糟糠婦。」〔註 154〕第二十五齣〈祝髮買葬〉裡趙五娘唱【香羅帶】感嘆當初未何不早入空門，此處眉批稱五娘：「這樣尼姑便是佛。」〔註 155〕從以上幾處皆可看出評點者對趙五娘的讚揚，以「賢」、「佛」字評語點出趙五娘在戲中的人物形象特色。

總之，陳評本對於《琵琶記》人物形象是仔細跟隨劇情發展而逐步針對特定行為而給予人物形象批評的，不全是肯定批評，也不全是否定批評；以道德角度出發，能思考到腳色安排與劇中形象是否相符，人物的行為言語和其戲劇性格設定是否有衝突之處，這是陳評本獨具慧眼之處。

〔註 148〕〔明〕陳繼儒評：《鼎鐫琵琶記》卷上，頁 11b，總頁 26。
〔註 149〕〔明〕陳繼儒評：《鼎鐫琵琶記》卷上，頁 12a，總頁 27。
〔註 150〕〔明〕陳繼儒評：《鼎鐫琵琶記》卷上，頁 12a，總頁 27。
〔註 151〕〔明〕陳繼儒評：《鼎鐫琵琶記》卷上，頁 12b，總頁 28。
〔註 152〕〔明〕陳繼儒評：《鼎鐫琵琶記》卷上，頁 3b，總頁 10。
〔註 153〕〔明〕陳繼儒評：《鼎鐫琵琶記》卷上，頁 14b，總頁 32。
〔註 154〕〔明〕陳繼儒評：《鼎鐫琵琶記》卷上，頁 54a，總頁 111。
〔註 155〕〔明〕陳繼儒評：《鼎鐫琵琶記》卷下，頁 9b，總頁 138。

（二）曲白科諢

陳眉公多次在眉批和齣批裡稱許《琵琶記》的曲文之妙，對其中文詞十分讚賞，總評道：「讀一篇《琵琶記》勝讀一部《離騷經》」，〔註156〕稱其曲白之感人使讀者「酸鼻」，提高《琵琶記》的藝術價值，有關眉公稱讚曲白之處，列舉以下數例：

表5　《鼎鐫琵琶記》評語表（有關「曲妙」）

齣　數	內　容	評　語
第二齣	外、淨、旦唱【寶鼎現】「（外）小門深巷，春到芳草，人閒清書。（淨）人老去，星星非故，春又來，年年依舊。（旦扮趙五娘上）最喜今朝春酒熟，滿目花開如繡。（合）願歲歲年年，人在花下嘗春酒。」	眉批：「曲妙。」〔註157〕
第七齣	【八聲甘州歌】〔生〕「衷腸悶損，歎路途千里，日日思親，青梅如豆，難寄隴頭音信。高堂已添雙鬢雪，客路空瞻一片雲。〔合〕途中味，客裏身，爭如流水繞柴門。休回首，欲斷魂，數聲啼鳥不堪聞。」	眉批：「曲絕妙。」〔註158〕
第十一齣	【劉潑帽】後第二隻曲〔旦〕公公婆婆，媳婦便是親兒女，勞役事本分當爲，但願公婆從此相和美。〔合前〕	眉批：「聽此一曲，肚裡更添三分飢。」〔註159〕
第十六齣	生唱【啄木兒】我親衰老，妻幼嬌，萬里關山音信杳。他那裏舉目悽悽，俺這裏回首迢迢。他那裏望得眼穿兒不到，俺這裏哭得淚乾親難保，悶殺人一封丹鳳詔。	眉批：「曲好。」〔註160〕
第十九齣	【畫眉序】〔生〕攀桂步蟾宮，豈料絲蘿在喬木，喜書中今朝有女如玉，堪觀處絲幙牽紅，恰正是荷衣穿綠。〔合〕這回好個風流婿，偏稱洞房花燭。	眉批：「曲已得意了，不似，不似。」〔註161〕
第二十二齣	【一枝花】〔生上〕閒庭槐影轉，深院荷香滿，簾垂清晝永。怎消遣。十二欄杆，無事閒凭遍，悶來把湘簟展。夢到家山，又被翠竹敲風驚斷。	眉批：「曲妙。」〔註162〕

〔註156〕〔明〕陳繼儒評：《鼎鐫琵琶記》卷下，頁54b，總頁228。
〔註157〕〔明〕陳繼儒評：《鼎鐫琵琶記》卷上，頁2a，總頁7。
〔註158〕〔明〕陳繼儒評：《鼎鐫琵琶記》卷上，頁22a，總頁47。
〔註159〕〔明〕陳繼儒評：《鼎鐫琵琶記》卷上，頁32b，總頁68。
〔註160〕〔明〕陳繼儒評：《第七才子琵琶記》上卷之下，頁9a。
〔註161〕〔明〕陳繼儒評：《鼎鐫琵琶記》卷上，頁52b，總頁108。
〔註162〕〔明〕陳繼儒評：《鼎鐫琵琶記》卷下，頁1a，總頁121。

第二十三齣	【霜天曉角】〔旦上〕難捱怎避，災禍重重至，最苦婆婆死矣，公公病又將危。	眉批：「曲不盡情爲妙。」〔註 163〕
	〔外作跌倒拜介〕【青歌兒】媳婦。我三年謝得你相奉事，只恨我當初把你相擔誤。天那。我待欲報你的深恩，待來生我做你的媳婦，怨只怨蔡伯喈不孝子，苦只苦趙五娘辛勤婦。	眉批：「山花落盡子規啼。」〔註 164〕
第二十五齣	旦念〔蝶戀花〕萬苦千辛難擺撥，力盡心窮。兩淚空流血，裙布釵荊今已竭，萱花椿樹連摧折，金刀盈盈明似雪，遠照烏雲，掩映愁□月。一片孝心難盡說，一齊分付青絲髮。	眉批：「妙。」〔註 165〕
	旦云：奴家前日婆婆沒了，已得張太公周濟，如今公公又沒了。無錢資送，難再去求告他，我思想起來，沒奈何了，只得剪下頭髮，賣幾貫鈔，爲送終之用，雖然這頭髮值錢不多，也只把他做些意兒，恰似教化一般。苦。不幸喪雙親，求人不可頻，聊將青絲髮，斷送白頭人。	眉批：「妙，入神。」〔註 166〕
第二十七齣	【掛眞兒】〔旦上〕四顧青山靜悄悄，思量起暗裏魂銷。黃土傷心，丹楓染淚，謾把孤墳獨造。	眉批：「畫。」〔註 167〕
第二十九齣	旦唱【三仙橋】後第一隻曲：我待要畫他個龐兒帶厚，他可又飢荒消瘦。我待要畫他個龐兒展舒，他自來長恁面皺。若畫出來眞是醜，那更我心憂，也做不出他歡容笑口，不是我不會畫着那好的。我從嫁來他家，只見他兩月稍優游，其餘都是愁。那兩月稍優游，我又忘了。這三四年間，我只記他形衰貌朽。這眞容呵。便做他孩兒收，也認不得是當初父母。休休。縱認不得是蔡伯喈當初爹娘，須認得是趙五娘近日來的姑舅。	眉批：「妙不容言境界。」〔註 168〕 眉批：「胸中常有一軸畫。」〔註 169〕
	旦唱【三仙橋】後第二隻曲：公公婆婆，非是奴尋夫遠遊，只怕我公婆絕後。奴見夫便回，此行安敢久。苦。路途中奴怎走，望公婆相保佑，我出外州。天那。他兀自沒人看守，如何來相保佑。這墳呵，只怕奴去後，冷清清有誰來祭掃，縱使遇春秋，一陌紙錢怎有。休休。你生是受凍餒的公婆，死做個絕祭祀的姑舅。	眉批：「更出至言。五娘辭墓，讀之眞痛哭流涕。」〔註 170〕

〔註 163〕〔明〕陳繼儒評：《鼎鐫琵琶記》卷下，頁 5b，總頁 129。
〔註 164〕〔明〕陳繼儒評：《鼎鐫琵琶記》卷下，頁 6a，總頁 131。
〔註 165〕〔明〕陳繼儒評：《第七才子琵琶記》下卷之上，頁 9b。
〔註 166〕〔明〕陳繼儒評：《第七才子琵琶記》下卷之上，頁 10a。
〔註 167〕〔明〕陳繼儒評：《鼎鐫琵琶記》卷下，頁 14a，總頁 147。
〔註 168〕〔明〕陳繼儒評：《鼎鐫琵琶記》卷下，頁 19b，總頁 158。
〔註 169〕〔明〕陳繼儒評：《鼎鐫琵琶記》卷下，頁 19b，總頁 158。
〔註 170〕〔明〕陳繼儒評：《鼎鐫琵琶記》卷下，頁 20a，總頁 159。

第三十齣	貼、生唱【意難忘】綠鬢仙郎，懶拈花弄柳。勸酒持觴，眉顰知有恨，何事苦相防。〔生〕夫人，些個事惱人腸。〔貼〕相公，試說與何妨。〔生〕只怕你尋消問息，添我恓惶。	眉批：「無限意味。」〔註 171〕
第三十五齣	旦唱【囀林鶯】〔旦〕苦，荒年萬般遭坎坷，丈夫又在京華，糟糠暗喫擔飢餓。公婆死，賣頭髮去埋他，把孤墳自造，土泥盡是我麻裙包裹。〔貼〕這道姑好誇口。〔旦〕也非誇，手指傷，血痕尚染衣麻。	眉批：「堪作五娘銘。」〔註 172〕
第三十六齣	旦唱【天下樂】一片花飛故苑空，隨風飄泊到簾櫳。玉人怪問驚春夢，只怕東風羞落紅。	眉批：「曲好。」〔註 173〕
第四十二齣	旦唱【一封書】後第二隻曲：把眞容重畫取，公公婆婆。如今封贈伊，把你這眉兒放展舒，只愁你瘦儀容難做肥。今日呵，豈獨奴心知感德，料你也銜恩泉世裏。〔合前〕	眉批：「妙，妙。」〔註 174〕

好的曲詞設計，會讓觀者感動，在《琵琶記》中有多處曲文，對於情感之描述能點到即止，達到上述眉公所云：「曲不盡情爲妙」的境界，深受評點者讚賞。至於《琵琶記》在曲詞方面，除了「曲不盡情」、「點到即止」的優點外，又能深刻揣摩人情，使觀劇者「感同身受」，「讀之眞痛哭流涕」〔註 175〕，眉公稱讚此類曲詞爲「更出至言」、「無限意味」，且觀劇者能從唱詞中得到畫面式的美感體驗，眉公以「畫境」風格的評語來讚賞《琵琶記》曲文之美。

除了以上的眉批之外，還有多處的齣批稱讚此劇「曲白之好」，如：第十一齣〈蔡母嗟兒〉齣批道：「曲好，白好，關目好，極其熱鬧，專用蔡婆罵處，尤見作手。」〔註 176〕第二十三齣〈代嘗湯藥〉蔡公唱【青歌兒】「你將我骨頭休埋在土」一段，此處眉批道：「曲與白竟至此乎！我不知其曲與白也，但見蔡公在床，五娘在側，啼啼哭哭而已。神哉！技至此乎！」〔註 177〕以曲白的搭配和劇情的渲染能達到此感人境界，戲劇效果十足，又能表現出不同人物的不同心情，發揮到神乎其技的境界，寫人能夠栩栩如生，寫景能夠情景交融，寫情則是感人肺腑。眉公在此處也運用了詩句來評論第二十三齣中趙五

〔註 171〕〔明〕陳繼儒評：《鼎鐫琵琶記》卷下，頁 21b，總頁 162。
〔註 172〕〔明〕陳繼儒評：《鼎鐫琵琶記》卷下，頁 37a，總頁 193。
〔註 173〕〔明〕陳繼儒評：《鼎鐫琵琶記》卷下，頁 38b，總頁 196。
〔註 174〕〔明〕陳繼儒評：《鼎鐫琵琶記》卷下，頁 53b，總頁 226。
〔註 175〕〔明〕陳繼儒評：《鼎鐫琵琶記》卷下，頁 20a，總頁 159。
〔註 176〕〔明〕陳繼儒評：《鼎鐫琵琶記》卷上，頁 33a，總頁 69。
〔註 177〕〔明〕陳繼儒評：《鼎鐫琵琶記》卷下，頁 6b，總頁 132。

娘之悲苦，眉批道：「山花落盡子規啼」〔註 178〕。像是這類引用詩句的形象式批評也是陳眉公評點時常用手法，更能切中讀者對於此處的情景感受。

有關賓白部分的評論，多著重在「罵」此一字上，認同《琵琶記》的嘲罵語，即使「粗而無文」，也是「無妨」的角度，因爲這樣更能夠表達《琵琶記》所要傳達諷刺社會現象之意旨。以下先列表整理有關賓白部分的評論：

表 6　《鼎鐫琵琶記》評語表（有關「賓白」）

齣　數	內　容	評　語
第十一齣	【金索掛梧桐】後第一隻曲〔外〕：養子教讀書，指望他身榮貴，黃榜招賢，誰不去求科試。老乞婆，我說個比方與伱聽，譬如范杞良差去築城池，他的娘親埋怨誰。〔淨〕老賊，你倒好比方，他是奉官差哩。〔外〕合生合死皆由命，少甚麼孫子森森也忍飢。〔淨〕老賊，你固自口硬，再過幾時，餓得你口嗅屎哩。	眉批：「罵語不妨粗。」〔註 179〕
第十七齣	〔淨聾子上〕〔外〕老的姓甚名誰，家裏有幾口，〔淨作聾外復問介淨〕小的姓大名比丘僧，住在祇樹給孤獨園，有一千二百五十口。〔外〕胡說，那里有許多口。〔淨〕告相公得知，彌陀經中道，祇樹給孤獨園，與大比丘僧一千二百五十人俱。〔末〕佛口蛇心。〔外〕你實有幾口。〔淨〕小的有兩個媳婦，三個孩兒，和我共六口。〔外〕支糧與他。〔末〕支六口糧了。〔淨〕多謝相公，正是今日得君提掇起，免教人在污泥中。	眉批：「這個到妙。」〔註 180〕
第二十九齣	末云：你去時猶有張老來相送，你回時不知張老死和存，我送你去呵。正是流淚眼覷流淚眼，斷腸人送斷腸人。	眉批：「眞。」〔註 181〕
	末云：可憐張老一親鄰，我今年已七十歲，比你公公少一旬。	側批：「眞。」〔註 182〕
第三十一齣	云：孩兒，不是我不放你去，他既有媳婦在家，你去時節，只怕擔擱了你。	眉批：「痛切酸骨。」〔註 183〕
第三十四齣	〔丑扮瘋子〕彈得好，彈得好。〔末扮五戒〕實是彈得好。〔丑〕錢鈔是人賺來的，我再與你一領襖子。〔脫衣與旦	眉批：「假話卻是眞話。」〔註 184〕

〔註 178〕〔明〕陳繼儒評：《鼎鐫琵琶記》卷下，頁 6a，總頁 131。
〔註 179〕〔明〕陳繼儒評：《鼎鐫琵琶記》卷上，頁 32a，總頁 67。
〔註 180〕〔明〕陳繼儒評：《鼎鐫琵琶記》卷上，頁 46a，總頁 95。
〔註 181〕〔明〕陳繼儒評：《鼎鐫琵琶記》卷下，頁 21a，總頁 161。
〔註 182〕〔明〕陳繼儒評：《鼎鐫琵琶記》卷下，頁 21a，總頁 161。
〔註 183〕〔明〕陳繼儒評：《鼎鐫琵琶記》卷下，頁 24b，總頁 168。
〔註 184〕〔明〕陳繼儒評：《鼎鐫琵琶記》卷下，頁 31b，總頁 182。因此處眉批版刻不清：「□話都是□□」，故參考〔明〕陳繼儒評：《第七才子琵琶記》下卷之下，頁 3b 補充缺字。

	介末〕原來裏面都是破衣裳呵，官人把襖子都脫了。身上這般寒，甚麼意思。〔淨扮瘋子〕寒由他自寒，不可壞了局面，咱每這般人興頭來了。使鈔慣了，怕甚麼寒。	
第四十一齣	末云：說那裡話，蔡相公，你腰金衣紫，可惜令尊令堂相繼謝世，不得盡你孝心，正是樹欲靜而風不寧，子欲養而親不逮。這也是他命該如此。你今日榮歸故里，光耀祖宗，雖是他生前不能享你的祿養，死後亦得沾你的恩典。老夫苟延殘喘，又得相見，僥倖僥倖。	眉批：「冷語令人汗顏。」〔註 185〕

以上表中列出的有關賓白之語，可知眉公是以「眞」爲藝術標準，進行戲曲評點，強調道白要能夠切中人物的身份和心情，使其行爲言語都符合「眞實」的感受。且眉公還注意到「賓白營造」要有「趣味感」，像是第十七齣中淨扮聾子說的「孤獨園」笑話來諷刺蔡家，達到賓白能「妙」的境界；至於賓白是否也能使得觀者有所同感，評點者也表達在閱讀過程中的感受，像是「痛切酸骨」、「冷語令人汗顏」等，都可看出戲曲評點者在仔細品評文詞過程中，也能隨著劇情發展而與劇中人物同感同受，由此亦能看出《琵琶記》的文詞賓白設計成功之處。

搭配曲詞與賓白，《琵琶記》營造情景如畫，使觀者感受到「畫」的美感，像是舞台上的畫面效果，符合「神」的美感標準，抓住人物形象的精神刻畫曲詞。

關於這些「眞」、「神」的評論標準，在針對科介的評點中也有所著重：像是在第二十九齣，趙五娘做了「描畫介」接著唱【三仙橋】：「一從他每死後，要相逢不能彀，除非夢裏暫時略聚首，苦要描描不就，暗想像，教我未描先淚流，描不出他苦心頭，描不出他飢症候，描不出他望孩兒的睜睜兩眸，只畫得他髮颼颼，和那衣衫敝垢，休休，若畫做好容顏，須不是趙五娘的姑舅。」眉批：「不特傳蔡公、蔡婆之神，並傳趙五娘之神。」〔註 186〕也是強調科介的安排更能夠傳此處趙五娘之神，不僅只限道白曲詞的設計才能傳人物之神，科介的安排也是關鍵因素。

然而，陳眉公也批評《琵琶記》中安排蔡婆的言詞科介不夠莊重，像是在第四齣，蔡婆說「我到不合娶媳婦與孩兒，只得六十日，便把我孩兒都瘦了。」眉批寫「甚粗，不成母子話」〔註 187〕，仔細去思考，蔡婆的個性和背

〔註 185〕〔明〕陳繼儒評：《鼎鐫琵琶記》卷下，頁 50b，總頁 220。
〔註 186〕〔明〕陳繼儒評：《鼎鐫琵琶記》卷下，頁 19a，總頁 157。
〔註 187〕〔明〕陳繼儒評：《鼎鐫琵琶記》卷上，頁 10a，總頁 23。

景會說出粗話，並不奇怪，也正因為有這些「粗俗笑談之言」才能夠突出蔡婆的個性和形象。

賓白的造語要符合人物形象，「太文」或是「太俗」、「太粗」、「太酸腐」等評語都可以看出評點者重視「賓白」的造語設計。

（三）關目情節

眉公針對《琵琶記》中的關目情節安排，多處留下「關目好」之評語，關於稱讚戲劇情節安排的巧妙，例如：第十一齣〈蔡母嗟兒〉齣批道：「曲好，白好，關目好，極其熱鬧，專用蔡婆罵處，尤見作手。」〔註188〕又再一次強調到情節中安排到「罵處」的「痛快」和「熱鬧」。第二十二齣〈琴訴荷池〉齣批：「這齣三妙，曲妙在點景，白妙在含吐，關目妙在尋愁。」〔註189〕也是將「尋愁」主題扣緊本齣的氣氛，在曲白營造上皆能有所發揮。

第二十五齣〈祝髮買葬〉齣批則道：「『餐糠』、『剪髮』俱在空裡生奇，『餐糠』之意寓於『糟糠媳婦』句；『剪髮』之意寓於『結髮薄倖』句，猶奇中之奇。」〔註190〕評點者注意到兩個情節「餐糠」和「剪髮」的設定，作者的寓意為何，並且在齣批中點出，離棄「糟糠之妻」與「結髮薄倖」這兩個蔡伯喈所犯之大過。

關於稱讚戲劇動作、人物安排的巧妙，例如第二十六齣〈拐兒紿誤〉的眉批有稱許「關目好」，淨唱【打球場】：「幾年間。為拐兒。脫空說謊為最。遮莫你是怎生俑俏的。也落在我圈套。自家脫空為活計。」眉批道：「想頭好，句法法，關目好。」〔註191〕就是稱讚這裏的人物動作和曲詞安排能夠切中人物精神。

至於能發揮「強調作用」，或者是可以讓「前後互相照應」的細節處，評點者也有提出評論：在第二十七齣〈感格墳成〉齣批：「文家妙境，每每寄居于鬼神，若只用太公助葬便不奇。」〔註192〕因為設定了「鬼神」的「助葬」，更能使劇情有「奇」之感受。劇作家設計「五娘描畫真容」此情節也是為了強調蔡伯喈之「不孝」，在第二十九齣〈乞丐尋夫〉齣批道：「兩人真容，一生行境，俱在五娘口中畫出，絕妙傳神文字」〔註193〕，可看出評點者也注意到此處設計，認為從五娘此「第三人」口中說出、畫出更能傳達精神。「諷刺

〔註188〕〔明〕陳繼儒評：《鼎鐫琵琶記》卷上，頁33a，總頁69。
〔註189〕〔明〕陳繼儒評：《鼎鐫琵琶記》卷下，頁5a，總頁129。
〔註190〕〔明〕陳繼儒評：《鼎鐫琵琶記》卷下，頁11a，總頁141。
〔註191〕〔明〕陳繼儒評：《鼎鐫琵琶記》卷下，頁11a，總頁141。
〔註192〕〔明〕陳繼儒評：《鼎鐫琵琶記》卷下，頁16a，總頁145。
〔註193〕〔明〕陳繼儒評：《鼎鐫琵琶記》卷下，頁21a，總頁161。

精神」的發揮還可在第三十八齣〈張公遇使〉齣批看出，此處眉批道：「全傳都是罵，餘俱是包藏罵，此獨眞罵」，〔註 194〕也是將「罵」和全劇的思想主題做結合。最後在第四十二齣〈一門旌獎〉生唱【一封書】：「兒不孝，有甚德，蒙岳丈過主維。〔作悲介〕何如免喪親，又何須名顯貴，可惜二親飢寒死，博得孩兒名利歸」，此處眉批道：「罵不絕口」，〔註 195〕也是針對「罵」這樣的「諷刺」精神，評點者仔細的在眉批隨處紀錄下來，前後對照評點中有關「罵」的評語處頗多 點出本劇的創作主旨在於「嘲罵諷刺」。

討論到「局部情節安排」的巧妙，第二十六齣〈拐兒紿誤〉，評點者在眉批上提出「想頭好」〔註 196〕這樣的讚美，在齣批又寫「世上只有官長騙百姓耳，百姓騙官長，更妙！更妙！」〔註 197〕。「想頭好」同於「題目好」，且要達到「妙境」便必須著重情節的「奇」處、「妙」處，多處稱許《琵琶記》情節安排的「空處生奇」、「奇中之奇」，便可見得評點者對於關目「奇」的偏重，也可看出《琵琶記》價値在此。

（四）場上觀念

評點者在多處曾使用「刪號」表達對於「文詞冗長」的厭煩，列表如下：

表 7 《鼎鐫琵琶記》評語表（有關「場上觀念」）

齣 數	內 容	評 語
第三齣	淨云：「院公和你踢戲毬耍子。」末云：「不好。」~~淨云：「怎的不好？」【西江月】末云：「自打從來逞藝，官場自小馳名。如今年老腳淩蹭，圓肚無心馳騁。◯空使繡襦汗濕，慢教羅襪生塵，兀的是少年子弟俏門庭，老姥姥不似你寶妝行徑。」~~丑云：「院公踢戲毬不好，便和你鬪百草耍子。」末云：「~~香徑裡攀殘柳眼，雕欄畔折損花容，又無巧藝動王公，枉費功夫何用。驚起嬌鶯語燕，打開浪蝶狂蜂，若還尋得箇並頭紅，惜春姐早把你芳心引動。~~」淨丑云：「院公你道兩樣都不好，如今打鞦韆耍子好麼？」末云：「這箇卻好。~~你聽我說◯玉體輕流香汗，繡裙蕩漾明霞，纖纖玉手綵繩拏，眞箇堪描堪畫。~~◯本是北方戎戲移來上苑，豪家女娘撩亂隔牆花，好似半仙戲耍。」	眉批：「三詞可厭，刪去更好。」〔註 198〕

〔註 194〕〔明〕陳繼儒評：《鼎鐫琵琶記》卷下，頁 46a，總頁 211。
〔註 195〕〔明〕陳繼儒評：《鼎鐫琵琶記》卷下，頁 53b，總頁 226。
〔註 196〕〔明〕陳繼儒評：《鼎鐫琵琶記》卷下，頁 11a，總頁 141。
〔註 197〕〔明〕陳繼儒評：《鼎鐫琵琶記》卷下，頁 13b，總頁 146。
〔註 198〕〔明〕陳繼儒評：《鼎鐫琵琶記》卷上，頁 6a，總頁 15。

第三齣	【窣地錦襠】…（放跌科）末云：「你兩箇跌得我好，如今輪該老姥姥打。」淨云：「你兩人也不要跌了。」末云：「老姥姥放心不妨事，只管打。」（淨打科）【前腔】（淨）「春光明媚景色鮮，遊遍花塢聽杜鵑，那更上苑柳如縣，我和你不打鞦韆枉少年。」（放跌科）淨云：「你兩個騙得我好，如今該惜春打。」丑云：「你兩人也不要跌了。」	眉批：「重出可厭。」〔註199〕
第十齣	〔丑〕告相公得知。俺這裏在先有一萬匹好馬。〔末〕怎見得好馬。〔丑〕但見耳批雙竹……。	眉批：「厭，可刪。」〔註200〕
第十九齣	〔末賓人上〕稟相公告廟。維大漢太平年。團圓月。和合日。吉利時。嗣孫牛某。有女及笄。奉聖旨招贅新狀元蔡邕爲婿。以此吉辰。敢申虔告。告廟已畢。請與新人揭起方巾。	眉批：「簡捷，好。」〔註201〕

第三齣眉批寫到應該「刪去部分文詞」，是因爲評點者譽得曲詞內容描寫太過「露骨」，有傷風化。或許劇本寫出這些「低俗語言」，藉由老院公和老姥姥兩位老人在舞台上互相調情是爲達到觀賞的「幽默效果」，因此在賓白中加上「調情之詞」，能給讀者／觀者某種程度的娛樂。而關於第三齣中出現重複道白提到「跌倒」，也具有某種「喜劇效果」，或許評點者並未考慮此點，只從「閱讀」戲曲文本的角度觀看，從「文詞重覆」的累贅之感出發，故說「可厭」。

在第十齣的地方也是如此情形，有關大段「馬」的比喻和調笑言語，眉公不僅是在眉批處寫下「厭惡、可刪」，在第十齣齣批表達其不悅「煩冗」，齣批道：「刪其煩冗，便覺直捷可觀」，看出評點者希望此處的賓白能有「直捷」的效果，不要塡塞過多的典故或是引用，造成觀者／讀者的理解障礙，由此延伸可知，評點者認爲賓白要符合貴在「淺顯」、「直截」的原則。

總結以上，引用〔清〕《毛聲山評第七才子書琵琶記》前賢評語中眉公對於《琵琶》、《西廂》二劇的評論做爲補充：

> 陳眉公先生曰：人有一勺不需而多酒意者，淡而有味故也。有一筆不雜而多畫意者，淡而有致故也。有一偈而不參而多禪意者，淡而有神故也。妙人如是，妙文何不獨然？《琵琶》之文淡矣，而其有味、有致、有神，正于淡中見之。
>
> 又曰：《西廂》、《琵琶》譬之畫圖，《西廂》是一幅著色牡丹，《琵琶》是一幅水墨梅花；《西廂》是一幅豔妝美人，《琵琶》是一幅白衣大士。

〔註199〕〔明〕陳繼儒評：《鼎鐫琵琶記》卷上，頁6b，總頁16。
〔註200〕〔明〕陳繼儒評：《鼎鐫琵琶記》卷上，頁26b，總頁56。
〔註201〕〔明〕陳繼儒評：《鼎鐫琵琶記》卷上，頁52b，總頁108。

又曰：《琵琶》曲俱自然合律，而不爲律所縛，最是縱橫如意之文。〔註 202〕

眉公以「畫」爲比喻，將《西廂》和《琵琶》的特色做了鮮明的對比，「牡丹花」和「梅花」兩種花是象徵「濃淡」與「清幽」的兩種風格主題，而「艷妝美人」和「白衣大士」則是表達「華麗鮮豔」和「樸素簡淨」的兩種文字色彩。可看出眉公的習慣使用的「形象化」、「以畫爲喻」的評論風格和特色。

眉公的《琵琶記》評點在全劇風格上注意到了此劇的「悲劇色彩」，在評論內容中也抓住「罵」的精神加以評論，清楚的掌握了此作品的「悲怨」風格。對於「關目」的設計、「曲詞」的營造也多所琢磨，以上分析可知眉公的批評是頗有見地。

第三節　《鼎鐫紅拂記》評點探析

一、《鼎鐫紅拂記》的評價與評點本比對

《鼎鐫紅拂記》是明代書林師儉堂的刻本。卷首序文在《六合同春》版本所收的《鼎鐫紅拂記》中已被刪去，本文從北京國家圖書館藏本《鼎鐫紅拂記》轉錄於此：

余讀《紅拂記》，未嘗不嘖嘖嘆其事之奇也。紅拂一女流耳，能度楊公之必死，能燭李生之必興，從萬眾中蟬蛻，鷹揚以濟大事，奇哉！何物女流，有此物色哉！虯髯龍行虎步，高下在心，一見李公子知其必君，一見李請知必相讓，至下手一局棋，十五年後旗鼓震於東南，籌策絲毫不爽，不尤奇乎！其妻以尺緘□□看，付家儲於素不相識之人，而毫無留滯，不更奇乎！然而李靖翊際聖明，決機制勝，而出沒若神，韜之傳迄今爲□青蒿矣，夫奇又何如？予謂傳中所載，皆奇人也。事奇文亦奇，雲蒸霞變，卓越凡調，不佞取而詮之釋之，亦爲好奇者歌詠。

雲間陳繼儒題〔註 203〕

從這段序文中可見，陳眉公已注意《紅拂記》此傳奇的特色在「奇」，人物

〔註 202〕侯百朋編：《《琵琶記》資料彙編》，頁 292。

〔註 203〕〈鼎鐫紅拂記序〉文轉引自朱萬曙：《明代戲曲評點研究》，頁 390～391，朱萬曙所見版本爲北京國家圖書館所藏《鼎鐫紅拂記》。

「皆奇人」、情節和文詞「事奇文亦奇」，並對於紅拂女的形象給予肯定讚許「何物女流，有此物色哉」！從以上這段序文中亦可看出明代傳奇創作「求新求奇」的特色，郭英德先生說：「傳奇作家認爲，傳奇性是傳奇文學的基本屬性，它包括兩個層面：第一，傳奇作品情節人物之奇。……第二，傳奇作家藝術表現方式之奇。」〔註 204〕我們可從以上兩個層面「傳奇作品情節人物之奇」和「藝術表現方式之奇」注意陳眉公評論中針對傳奇性之關注。

（一）評語內涵與陳眉公思想的比對

身處晚明政治混亂之際，眉公將這些對於世局的「厭倦」與「無奈」寄託在「理想人格典型」之上，在〈俠林序〉一文中，表達了對於「俠者」的崇拜，他說：「人生精神義氣，識量膽決，相輔而行，相軋而出：子俠乃孝，臣俠乃忠，婦俠乃烈，友俠乃信。貧賤非俠不振，患難非俠不赴，鬥鬩非俠不解，怨非俠不報，恩非俠不酬，冤非俠不伸，情非俠不合，禍亂非俠不克。」〔註 205〕寄予俠者深厚的期望，俠者具有「多重」的形象，可以是「俠子」、「俠臣」、「俠婦」、「俠友」。因爲世事不平，更應以「俠義精神」爲懷，保有「俠之風骨」，以「豪傑聖賢」爲表率，這些「俠者」是眉公稱許的典範。從此觀點看眉公評點《紅拂記》中便可發現，多處稱許劇中的「豪俠」、「豪客」，多以「英雄本色」表揚這些具有「俠士風骨」的劇中腳色。

劇中有關評點豪俠人物形象的部份是符合眉公的思想精神的，舉例而言：像是陳眉公在評點中從不以紅拂爲「妓」、，而是以「俠女」視之，對於紅拂女「夜奔李靖」，也不以此爲「淫奔」，稱其爲「千古第一嫁法」；也以虯髯客爲「俠客」稱許之，以上總總都可看出眉公思想中對這些「俠義精神」的嚮往，認同這些人物表達出來的那股「灑脫自然」、「率眞放逸」的俠義性格。

（二）同劇作的其他評本比較：李評本與陳評本

以下將虎林容與堂刊行的《李卓吾先生批評紅拂記》和師儉堂陳眉公批評的《鼎鐫紅拂記》評點列表比較：

〔註 204〕郭英德：《明清文人傳奇研究》（台北市：文津出版社，1991 年），頁 192～193。

〔註 205〕〔明〕陳繼如：《陳眉公先生全集》六十卷附年譜一卷（明崇禎間華亭陳氏家刊本），現藏國家圖書館善本書室，卷四，〈俠林序〉，頁 37～38。

表 8　「師儉堂刊陳眉公評本」與「容與堂刊李卓吾評本」《紅拂記》齣批比較表（含部分眉批）

齣　數	李卓吾先生批評紅拂記〔註 206〕	鼎鐫紅拂記〔註 207〕
第一齣	下場詩：「打得上情郎紅拂妓。」 眉批：「妓字不可以目紅拂。」	下場詩：「打得上情郎紅拂妓。」 眉批：「紅拂不是妓。」〔註 208〕
第二齣	李靖唱【錦纏頭】 眉批：「肉眼偏笑英雄，然肉眼自笑，英雄自哭，各成其是也。」	李靖唱【錦纏頭】 眉批：「聞之起舞。」〔註 209〕
	劉文靜唱【古輪台】 眉批：「惟英雄識英雄，流輩與犬羊一般，如何識得？」	劉文靜唱【普天樂】 眉批：「知趣哉漁翁。」〔註 210〕 劉文靜唱【古輪台】 眉批：「鑑賞甚高。」〔註 211〕
	李靖與劉文靜相互表白身世和胸懷 眉批：「英雄相遇，各道肺腑，自不藏頭露尾。」	李靖與劉文靜相互表白身世和胸懷 眉批：「□揭肺肝出示。」〔註 212〕
第三齣	（無批）	齣批：「闠閨中藏十萬甲兵。」〔註 213〕
第七齣	（無批）	齣批：「一見便識其品，難得難得。」〔註 214〕
第八齣	齣批：「有此一齣，關目極好，若是刪去，更爲奇特。蓋此時紅拂有心，而李郎何自得知？出於不意方大奇。」	（無批）
第九齣	（無批）	齣批：「要行便行，的是豪客。」〔註 215〕
第十齣	紅拂見李靖後，尾批：「這是千古來第一個嫁法。」	紅拂見李靖後，眉批：「千古第一嫁法。」〔註 216〕
第十齣	齣尾眉批：「即此一事，便是圖王定伯手段，豈可以淫奔目之。」	齣批：「即此一事，便是圖王定霸手段，何可以淫奔目之。」〔註 217〕

〔註 206〕朱萬曙：《明代戲曲評點研究》，頁 372～373。
〔註 207〕〔明〕陳繼儒評：《鼎鐫紅拂記》二卷，收於北京大學圖書館編《不登大雅文庫珍本戲曲叢刊》（北京市：學苑出版社，2003 年），第 12 冊，頁 229～340。
〔註 208〕〔明〕陳繼儒評：《鼎鐫紅拂記》卷上，頁 1b，頁 230。
〔註 209〕〔明〕陳繼儒評：《鼎鐫紅拂記》卷上，頁 2a，頁 231。
〔註 210〕〔明〕陳繼儒評：《鼎鐫紅拂記》卷上，頁 2a，頁 231。
〔註 211〕〔明〕陳繼儒評：《鼎鐫紅拂記》卷上，頁 3b，頁 234。
〔註 212〕〔明〕陳繼儒評：《鼎鐫紅拂記》卷上，頁 3b，頁 234。
〔註 213〕〔明〕陳繼儒評：《鼎鐫紅拂記》卷上，頁 5a，頁 239。
〔註 214〕〔明〕陳繼儒評：《鼎鐫紅拂記》卷上，頁 10b，頁 248。
〔註 215〕〔明〕陳繼儒評：《鼎鐫紅拂記》卷上，頁 12a，頁 251。
〔註 216〕〔明〕陳繼儒評：《鼎鐫紅拂記》卷上，頁 13a，頁 253。
〔註 217〕〔明〕陳繼儒評：《鼎鐫紅拂記》卷上，頁 14b，頁 256。

第十一齣	齣批：「只片時間渡，便逢人說項如此，此君鑑賞不在紅拂之下。今有知之最深忌之最刻者，視劉文靜當作何等面孔相向！此孔夫子所稱穿穴之盜者與所稱竊位者歟。」	齣批：「問津二響便爲先容，鑑賞不在紅拂下。」〔註 218〕
第十二齣	（無批）	齣批：「打鼓弄琵琶，相逢兩會家，君行楊柳岸，我宿浪淘沙。」〔註 219〕
第十三齣	徐洪客唱【雙勸酒】處，眉批：「文章到此自在極矣。」	（無批）
第十四齣	齣首眉批：「此齣似少得，實少不得，點綴得冷絕妙絕。」	齣批：「點綴冷趣。」〔註 220〕
第十六齣	（無批）	齣批：「外露英雄本色。」〔註 221〕
第十七齣	樂昌公主唱【獅子序】處（若提起亡家國緣故）眉批：「曲好，最似女子口吻。」	齣批：「楊公果是妙人，不究紅拂，又賣破鏡。不究處見量之宏，又賣處見思之廣。」〔註 222〕
第十八齣	（無批）	齣批：「千古妙人。」〔註 223〕
第二十一齣	（無批）	齣批：「千古壯氣付之東流。」〔註 224〕
第二十二齣	（無批）	齣批：「有這樣老婆，被下如何睡得穩？」〔註 225〕
第二十九齣	（無批）	齣批：「《西廂》、《幽閨》、《紅拂》、《玉簪》、《金印》拜月保佑丈夫，但此篇祝願更爽朗些。」〔註 226〕

上表中畫底線處是兩者相似的評語內容，陰影處是文字相同的部份。

有關《紅拂記》的評點本，朱萬曙認爲署名李卓吾批評的容與堂《李卓吾先生批評紅拂記》與陳評本《紅拂記》之間是有影響關係的。文章中仔細比對了幾條齣批和眉批之間的文意相同處，結論是：

> 雖然陳評本有新的評點內容，但是卻與李評本有著先後影響的聯繫。署名李卓吾批評的曲本對於晚明戲曲評點本產生了極爲重要的影響。……值得注意的是，自容與堂的五種「李評本」(《北西廂記》、

〔註 218〕〔明〕陳繼儒評：《鼎鐫紅拂記》卷上，頁 15b，頁 258。
〔註 219〕〔明〕陳繼儒評：《鼎鐫紅拂記》卷上，頁 17b，頁 262。
〔註 220〕〔明〕陳繼儒評：《鼎鐫紅拂記》卷上，頁 20b，頁 268。
〔註 221〕〔明〕陳繼儒評：《鼎鐫紅拂記》卷上，頁 24b，頁 276。
〔註 222〕〔明〕陳繼儒評：《鼎鐫紅拂記》卷上，頁 26a，頁 279。
〔註 223〕〔明〕陳繼儒評：《鼎鐫紅拂記》卷下，頁 3b，頁 286。
〔註 224〕〔明〕陳繼儒評：《鼎鐫紅拂記》卷下，頁 10a，頁 299。
〔註 225〕〔明〕陳繼儒評：《鼎鐫紅拂記》卷下，頁 11a，頁 301。
〔註 226〕〔明〕陳繼儒評：《鼎鐫紅拂記》卷下，頁 21b，頁 322。

> 《琵琶記》、《幽閨記》、《玉合記》、《紅拂記》）刊刻之後，它們就成爲後續評點本仿效和借襲的對象，這說明李卓吾的評點不僅是書商招睞讀者的一種手段，也是其他評點者們（如陳繼儒）努力接近的評點目標。〔註 227〕

可見《紅拂記》的陳眉公評點本受過李評本的部份影響，但是兩者又略有異同之處。

然而此處眉公的評語也有自己的見解，所以不能說是完全照抄李評本，應該說是在李評本的見解基礎之上，又提出自己的看法，並且有陳眉公獨到之處，像是陳眉公在眉批說「紅拂不是妓」，〔註 228〕在文章中也多處以眉批表達對紅拂女這樣俠女形象的讚許。

二、《鼎鐫紅拂記》的戲劇學觀點探析

因爲在《六合同春》所收的《鼎鐫紅拂記》中有多處眉批版刻模糊不清，故以下僅舉數例觀察此齣眉批和齣批呈現的評點內涵進行分析。

（一）人物形象

評點者將紅拂女視爲非一般女子，從第三齣〈秋閨談俠〉齣批就道出此點：「閫閨中藏十萬甲兵」，〔註 229〕指出紅拂女懂謀略，胸中自有甲兵。接著第七齣〈張娘心許〉的齣批又道：「一見便識其品，難得難得」，〔註 230〕稱許紅拂女的眼光不凡，能識人中之龍，評點者認爲此乃女中豪傑，有難得的慧眼能識英雄。在第二十二齣〈教婿覓封〉旦唱【長拍】「滚滚征塵…縱不然化做了望夫石，也難免瘦了腰肢」，此處曲詞表現紅拂女和李靖將分別時流露的深情不捨，而眉公在此的眉批卻道：「語欠壯，不似紅拂」，〔註 231〕應該是從前面紅拂女「俠情自然」的角度出發看此處的曲詞，覺得紅拂女不該有這樣的「小兒女難捨」之情狀，所以批評此處的曲詞口吻過於「柔情」不似紅拂女該有，過於對愛情沉醉的表現不似紅拂女之性情。然而，紅拂女正是因爲率性自然的俠骨，所以會在與李靖分離時更顯柔情處，這才是「不造作」又「眞實」的紅拂女形象，若是從頭到尾紅拂女都表現出毫無柔情，則難以詮

〔註 227〕朱萬曙：《明代戲曲評點研究》，頁 74～75。
〔註 228〕〔明〕陳繼儒評：《鼎鐫紅拂記》卷上，頁 1b，頁 230。
〔註 229〕〔明〕陳繼儒評：《鼎鐫紅拂記》卷上，頁 5a，頁 239。
〔註 230〕〔明〕陳繼儒評：《鼎鐫紅拂記》卷上，頁 10b，頁 248。
〔註 231〕〔明〕陳繼儒評：《鼎鐫紅拂記》卷下，頁 10b，頁 300。

釋「紅拂女夜奔李靖」此段情節的心理因素。

對於另一個女性腳色「虬髯客之妻」，評點者也有所注意，在第十八齣〈擲家圖國〉貼唱【玉交枝】「勞卿勸取，他素心我也未知……怕從龍人下心難死，又未知他改圖甚的，這其間也隨他意兒」，眉批道：「隨他更是婦道」，〔註232〕以其語言聲口符合「婦道」之人情，看出評點者心中是認同「婦隨夫歸」的思想。

關於眉公對於「英雄形象」的評點著重在推崇其「英雄大志」的表現和「俠」的性格部分，像是李靖、李世民、虬髯客、楊素都有所評論。如第十一齣〈隱賢依附〉李靖唱【生查子】：「乘醉斬蛇回」，眉批道：「帝王口吻」，〔註233〕認爲此形象塑造成功。而第十二齣〈同調相憐〉齣批：「打鼓弄琵琶，相逢兩會家，君行楊柳岸，我宿浪淘沙」，〔註234〕點出了英雄各有志向，兩者日後各奔他方。在第十六齣〈俊傑知時〉齣批道：「外露英雄本色」，〔註235〕也是稱許這樣的「英雄性格」的形象呈現是相當逼眞鮮活的。

對於楊素的評論，可參見第十七齣〈物色陳姻〉齣批：「楊公果是妙人，不究紅拂，又賣破鏡。不究處見量之宏，又賣處見思之廣」，〔註236〕道出楊素過人之處在於其「度量宏寬」，又能「有遠見」、「深思慮」。

有關虬髯客的人物塑造，眉公也指出在劇中其「壯志」和「英雄」的形象。例如第九齣〈太原王氣〉虬髯客唱【喜遷鶯】：「殘霞歛岫」，此處眉批道：「俱有大志」，〔註237〕點出了虬髯客的「英雄氣概」與一統天下的「雄心壯志」，接著評點者也隨虬髯客在劇中的發展，對其「壯志未酬」而有所感慨。在第二十一齣〈髯客海歸〉，外唱【北折桂令】「坐談間早辨龍蛇」，眉批道「像豪傑吻」，〔註238〕以「豪傑口吻」來稱讚此處的人物形象具備「豪傑」的味道，後來外唱【北沽美酒帶太平令】「行過處鬼門涉……我想起這大海。知道他磨過了多少英雄也呵……那紛爭幾時休歇」，此處眉批道：「悲歌浩歎，英雄本色」，〔註239〕又再度以「英雄本色」讚嘆其豪傑性格的形象塑造，也感嘆其不

〔註232〕〔明〕陳繼儒評：《鼎鐫紅拂記》卷下，頁2a，頁283。
〔註233〕〔明〕陳繼儒評：《鼎鐫紅拂記》卷上，頁15a，頁257。
〔註234〕〔明〕陳繼儒評：《鼎鐫紅拂記》卷上，頁17b，頁262。
〔註235〕〔明〕陳繼儒評：《鼎鐫紅拂記》卷上，頁24b，頁276。
〔註236〕〔明〕陳繼儒評：《鼎鐫紅拂記》卷上，頁26a，頁279。
〔註237〕〔明〕陳繼儒評：《鼎鐫紅拂記》卷上，頁11b，頁250。
〔註238〕〔明〕陳繼儒評：《鼎鐫紅拂記》卷下，頁7b，頁294。
〔註239〕〔明〕陳繼儒評：《鼎鐫紅拂記》卷下，頁9b，頁298。

得志的抑鬱，這也和評點者陳眉公個人經歷有所呼應，也許由此想到自己也曾不得志，兩次參加科舉不第，焚燒儒服，隱居小崑山，營造屬於自己的桃花源，藉由山中隱居與佛道交流，塑造另一種文人形象，持續參與地方事務，發揮自己的才華，陳眉公和劇中人虯髯客的人生有所呼應，在此難免會深有所感。

（二）曲白科諢

在此劇評點中稱曲詞之佳，使用了以下幾種評語：「畫意」、「逸興」、「光景極妙」。「畫意」、「光景」、「逸興」指的都是曲詞的「抒情性」和「敘事性」，填詞的重點在於「情景的描畫」，要能敘述出劇中人「所見之景」，也要懂得如何將劇中人「不同之情」刻畫如眞，深入的對「特定環境中的人物情感」做出描摹，達到戲曲曲詞情景設計中要求「眞」，說何人要能肖何人，敘某景要能切某景。

像是在第二齣〈仗策渡江〉生唱【普天樂】末云：「漢子，你看江上芙蓉花都開了」。生接著唱：「最堪憐是秋江寂寞芙蓉」，眉批道：「畫意」。〔註 240〕在第五齣〈越府宵遊〉外唱【香柳娘】後第二支曲：「任吹風墜霜」，眉批道：「有逸興」。〔註 241〕同樣在此齣中貼唱【香柳娘】後第三支曲：「見明月暗傷……誰懸明鏡」，間批道：「含意」。〔註 242〕第十七齣〈物色陳姻〉貼唱【西地錦】：「舞鏡鸞衾翠減……隨人飛繞天涯」，眉批：「曲好」，〔註 243〕此處所稱「曲好」是指其曲詞表達的情境之好。在第三十四齣〈華夷一統〉旦唱【畫堂春】「東風吹柳日初長」，眉批道：「□□情景極妙」。〔註 244〕齣末小生唱【不是路】「金勒絲韁，柳外垂鞭拂短牆」，眉批：「光景好」；〔註 245〕以上都是以「情景」、「光景」來指曲詞和戲劇情境能密切結合，表達出劇中人的眞實感受，表揚劇作家情景交融的敘述技巧高明。但是在第二十齣〈楊素完偶〉，楊素唱【遶地遊】「終朝凝望」處，夾批道：「不像」，〔註 246〕指出劇中的曲詞表現出楊素的掛念不符合楊素的「豪氣」形象，評點者故以「不像」二字批評此處曲詞設計

〔註 240〕〔明〕陳繼儒評：《鼎鐫紅拂記》卷上，頁 3b，頁 234。
〔註 241〕〔明〕陳繼儒評：《鼎鐫紅拂記》卷上，頁 10b，頁 242。
〔註 242〕〔明〕陳繼儒評：《鼎鐫紅拂記》卷上，頁 10b，頁 242。
〔註 243〕〔明〕陳繼儒評：《鼎鐫紅拂記》卷上，頁 24b，頁 276。
〔註 244〕〔明〕陳繼儒評：《鼎鐫紅拂記》卷下，頁 27b，頁 334。
〔註 245〕〔明〕陳繼儒評：《鼎鐫紅拂記》卷下，頁 27b，頁 334。
〔註 246〕〔明〕陳繼儒評：《鼎鐫紅拂記》卷下，頁 5a，頁 289。

的細微缺陷。

有關「道白」的評論，以語言是否符合「人物性格」的口吻爲原則：像是在第二十一齣外唱【北折桂令】「坐談間早辨龍蛇」，眉批道：「像豪傑吻」，〔註 247〕因爲此處的曲詞內容表達出虯髯客的「識時務者在乎俊傑」，他能有慧眼辨英雄，也願意豪爽的給予英雄各方面的支援，因此評點者以此處曲詞符合「豪傑口吻」，是有其原因，也可看出評點者對於人物語言要求要像「眞實口吻」，生旦淨丑各有其腔，針對各個腳色的「語言設計」都要能爲其設身處地琢磨安排。

除了稱讚曲詞的光景之妙和道白肖似人物口吻處，評點者也提出《紅拂記》的藝術特色在於「白簡，曲不媚」，稱讚劇作家的藝術技法高明。

像是在第二十三齣〈奸宄覬覦〉淨扮薛仁杲唱【清江引】「邊庭豪傑推雄猛，恣殺掠人奔命，怒發震雷霆，志決圖呑併，〔合〕長驅直入咸陽境」，此處眉批道：「白簡，曲不媚，俱是高手」〔註 248〕，可見評點者認同劇本的道白設計貴在「簡淨」，以及曲詞的「繁簡要求」，曲意「不可媚俗」，要能「求新」，才可使觀者有所感動。

比較有疑問的地方是在第十一齣〈隱賢依附〉李靖初見劉文靜時，李靖道：「情篤神交，禮隆傾蓋……先生上姓？何來？」劉文靜回答後，李靖則說：「久慕大名，幸得遠顧，必有教我。」此處眉批道：「姓也不知，神交怎的」，〔註 249〕提出觀者的疑問，爲何李靖不知劉文靜之名姓，又說久慕大名，此乃「賓白設計」的邏輯缺陷，不過並不妨礙閱讀理解的過程，但可從此處看出評點者是用心在「細讀」此劇。在第十二齣〈同調相憐〉虯髯客拿出下酒之物給李靖看。接著科白是「外取出人頭幷心肝介」，紅拂女見到人頭和心肝反而冷靜的提問：「此是何人？張兄爲何斬取其首？」此處眉批道：「俱足驚魄」，〔註 250〕可以看出評點者認爲此段的科白所呈現的效果，會帶給讀者／觀者「驚心動魄」的反應，且紅拂女鎭定反問虯髯客的情緒反應，也給讀者／觀者「驚訝」之感，因爲若是一般女子見此人頭與心肝必然是驚恐不已，而紅拂女卻能鎭定的提問，反顯其「俠氣」非凡。

〔註 247〕〔明〕陳繼儒評：《鼎鐫紅拂記》卷下，頁 7b，頁 294。
〔註 248〕〔明〕陳繼儒評：《鼎鐫紅拂記》卷下，頁 11b，頁 302。
〔註 249〕〔明〕陳繼儒評：《鼎鐫紅拂記》卷上，頁 15a，頁 257。
〔註 250〕〔明〕陳繼儒評：《鼎鐫紅拂記》卷上，頁 16b，頁 260。

（三）關目情節

以下將評點者評論《紅拂記》的關目巧妙分爲幾種情形討論：

評論有關戲劇性情節處，像是第三十二齣〈計就擒王〉扶餘國王派人用計假扮樵夫和漁夫，趁高麗國王問路時，假扶高麗王上船，其實趁機縛綁。此處眉批道：「計自奇妙」，〔註 251〕則是稱讚此處的「劇情設計」巧妙，有戲劇效果。

眉公評論情節安排部份的設計，舉例如第十齣〈俠女私奔〉旦唱【懶畫眉】：「郎言何事太驚疑」，眉批：「關目好」，〔註 252〕指此段紅拂女「喬裝」打差官員，紗帽籠頭着紫衣，來到李靖住處門口，以「憐君狀貌多奇異，願托終身效唱隨」爲由，訴出紅拂女對李靖的託付之求。此處「情節安排」奇特，「喬裝」情節很能吸引讀者／觀者注意。同樣在此齣旦唱【懶畫眉】「願托終身效唱隨」，眉公又寫下眉批曰：「千古第一嫁法」，〔註 253〕可見對於紅拂女出奔李靖，並非從傳統道學角度進行批判，以「俠人奇事」嘉許，以此爲「傳奇性」的情節設計。

值得注意的是在第二十九齣〈拜月同祈〉齣批：「《西廂》、《幽閨》、《紅拂》、《玉簪》、《金印》拜月保佑丈夫，但此篇祝願更爽朗些」，〔註 254〕將多劇中有拜月情節作一比較，此種比較式的評論，更可從中看出《紅拂記》的特色處，藉由「拜月祝願」情節比較五個劇作，突顯此劇情節設計之佳，文詞上有「爽朗簡淨」的風格。

有關評論人物的戲劇動作或是內心矛盾處，像是第十二齣〈同調相憐〉外唱【一江風】「那多嬌，窣地香雲繞，一室容光耀」，此時原本李靖是「上怒介」紅拂女做「搖手介」，接著以兩人同姓爲由，與虯髯客攀談，並介紹李靖認識一段劇情，眉批：「關目奇絕」，〔註 255〕所指的「奇絕」在於戲劇情節和人物細部動作的安排設定，能夠突顯出紅拂女的冷靜機智。

針對能發揮關鍵作用的戲劇細節處，眉公亦有所評點，像是在第十九齣小生唱【山坡羊】「急忙忙隨他來至」，知道樂昌公主消息後，感慨破鏡重圓的情景，此處眉批道：「鏡合人也合」，〔註 256〕可見評點者稱許此處以「鏡合」

〔註 251〕〔明〕陳繼儒評：《鼎鐫紅拂記》卷下，頁 24b，頁 328。
〔註 252〕〔明〕陳繼儒評：《鼎鐫紅拂記》卷上，頁 13a，頁 253。
〔註 253〕〔明〕陳繼儒評：《鼎鐫紅拂記》卷上，頁 13a，頁 253。
〔註 254〕〔明〕陳繼儒評：《鼎鐫紅拂記》卷下，頁 21b，頁 322。
〔註 255〕〔明〕陳繼儒評：《鼎鐫紅拂記》卷上，頁 16a，頁 259。
〔註 256〕〔明〕陳繼儒評：《鼎鐫紅拂記》卷下，頁 4b，頁 288。

的戲劇細節來帶出「人合」的結果。

評點者也多處使用「妙」、「奇」等字稱讚局部情節設計巧妙，如第十齣〈俠女私奔〉齣目旁有眉公的間批：「奇」。〔註 257〕第十齣〈俠女私奔〉生唱【懶畫眉】：「夜深誰個扣柴扉」，此處眉批：「情景妙」。〔註 258〕、都是針對戲曲情境的設計提出評論。

在第三十四齣〈華夷一統〉徐生唱【不是路】「金勒絲韁，柳外垂鞭拂短牆」接著旦貼合唱「是誰行，敢是鄰家女伴來相訪？」一段情節安排，徐生拿出「紅拂」爲証，要紅拂女猜李靖在何方，此處的「猜謎」情節，不直接道破，反吊人胃口。眉批道：「好關目」，〔註 259〕以此處劇情對白設計可提起觀者「好奇」之心。接著紅拂女唱【紅衲襖】「他莫不是未遭逢漂流轉異鄉」一段，徐生與紅拂女的一問一答設計，安排小生做「冷笑介」這樣引人猜疑的表情，眉批道：「□□謎處甚有光景，若陡然說破，便索然無味」，〔註 260〕評點者注意到此處情節設計和科介動作的「趣味性」。關目設計的巧處正在於此「不說破」、「有味」處，評點者也點出劇作家在此成功的運用這些藝術手法。

對結局的設計，眉公在全劇的總評說到：「好結局，各從散漫處收做一團」，〔註 261〕點出了作者在設定戲劇情境之後，結局必須注意要能夠使全劇的腳色自然的會合一堂，全劇的線索也要水到渠成的在此收合。評點者注意到傳奇中處理戲劇結局的手法，就是把全劇重要腳色和重要的線索作一完整的收束，這才是好的收場、大收煞的藝術手法。

（四）場上觀念

此劇評點內涵中比較沒有提及有關場上觀念的部份，故此處省略不論。

補充提出一點有關評點者閱讀時發現的漏洞，在第十八齣〈擲家圖國〉紅拂女說：「官人，看着與你私出西京，不道今日又同到此，司空既不追尋，我今日就與你同行也不妨了」，眉批道：「豈至此方同行」，〔註 262〕在此段賓白上，評點者畫上「刪號」，也是評點者就「觀者」的角度指出此處「戲劇語言」

〔註 257〕〔明〕陳繼儒評：《鼎鐫紅拂記》卷上，頁 12a，頁 251。
〔註 258〕〔明〕陳繼儒評：《鼎鐫紅拂記》卷上，頁 13a，頁 253。
〔註 259〕〔明〕陳繼儒評：《鼎鐫紅拂記》卷下，頁 28a，頁 335。
〔註 260〕〔明〕陳繼儒評：《鼎鐫紅拂記》卷下，頁 28a，頁 335。
〔註 261〕〔明〕陳繼儒評：《鼎鐫紅拂記》卷下，頁 30b，頁 340。
〔註 262〕〔明〕陳繼儒評：《鼎鐫紅拂記》卷下，頁 1a，頁 281。

的「邏輯缺陷」，因爲從開始到劇情進行的此處爲止，紅拂女和李靖都是「一路同行」的，評點者以爲這裡的「道白」是矛盾的。然而評點者其實並未更深入思考此處的道白問題，其實紅拂女要表達的是「在不知楊素是否要追究」的情形下，和李靖私奔同行是多所阻礙的，但是此時她「已知道楊素不再追究」，於是表達出「卸下心中擔憂」的一面，才會如此說話。可見得評點者有時因爲太遷就於「賓白的邏輯性」，反而忽略了腳色人物的「心理層面」因素。

總結以上，眉公在總評道：「三般出處，收作一周，奇思奇構。文不害繁，辭不借調，歌者更妙於流水□□，奇腸落落，雄氣勃勃，翻傳奇之局，如掀乾坤之猷，不有斯文，何伸豪興□乎？黃鐘大呂之奏，天地放膽文章也。」〔註263〕這齣戲的價值正在於「奇」的情節和「俠」的精神，說是翻傳奇之局，也是指突破一般傳奇中女子柔弱的形象，稱許紅拂女之俠氣。全劇設計結構奇巧，將三組人物的情節線最後收作一簇，注意到不同情節線的戲劇事件安排穿插緊密，以上從總評處也可見評點者十分稱讚《紅拂記》的藝術手法和《紅拂記》在當時傳奇中的藝術地位。

〔註263〕〔明〕陳繼儒評：《鼎鐫紅拂記》卷下，頁30b，頁340。

第五章　《六合同春》各劇的評點及批評價值（下）

本章接續要探討的陳評本包括：《鼎鐫玉簪記》〔註 1〕、《鼎鐫幽閨記》〔註 2〕、《鼎鐫繡襦記》〔註 3〕，以下依序〔註 4〕分析各劇的評點內涵並挖掘其價值所在。

第一節　《鼎鐫玉簪記》評點探析

《六合同春》所收的《鼎鐫玉簪記》卷首沒有序言，大連圖書館收藏的《鼎鐫陳眉公先生批評玉簪記》卷首有一篇序言，內容如下：

〔註 1〕〔明〕陳繼儒評：《鼎鐫玉簪記》上卷，收於北京大學圖書館編《不登大雅文庫珍本戲曲叢刊》（北京市：學苑出版社，2003 年），第 12 冊，頁 341～419。〔明〕陳繼儒評：《鼎鐫玉簪記》下卷，收於北京大學圖書館編《不登大雅文庫珍本戲曲叢刊》（北京市：學苑出版社，2003 年），第 13 冊，頁 1～70。

〔註 2〕〔明〕陳繼儒評：《鼎鐫幽閨記》二卷，收於北京大學圖書館編《不登大雅文庫珍本戲曲叢刊》（北京市：學苑出版社，2003 年），第 13 冊，頁 71～232。

〔註 3〕〔明〕陳繼儒撰：《鼎鐫繡襦記》二收於北京大學圖書館編《不登大雅文庫珍本戲曲叢刊》（北京市：學苑出版社，2003 年），第 13 冊，頁 233～391。

〔註 4〕此順序的安排是考慮到《不登大雅文庫藏珍本戲曲叢刊》（北京市：學苑出版社，2003 年《不登大雅文庫珍本戲曲叢刊》據「北京大學圖書館藏馬氏不登大雅文庫明蕭騰鴻刻本影印」）的收錄順序而定。收錄的《六合同春六種十二卷》分別見於第 11 冊（《鼎鐫西廂記》）、第 12 冊（《鼎鐫琵琶記》、《鼎鐫紅拂記》、《鼎鐫玉簪記》上卷）、第 13 冊（《鼎鐫玉簪記》下卷、《鼎鐫幽閨記》、《鼎鐫繡襦記》）。引用標示頁碼以《不登大雅文庫藏珍本戲曲叢刊》之頁碼爲準。

> 潘必正、陳妙常二人指腹爲婚，玉簪鸞墜，爲聘已定，夙世緣矣！無端虜馬南嘶，陳氏子母奔竄而中途分歧，妙常托身女貞觀中，自分頓洗清境，九品蓮台願化身矣。必正下第，拜謁姑娘，與妙常會於蓮池，對參傳情，而後一個旅館蕭條，一個佛堂冷清；一個心神恍惚，青燈何嘗親古史；一個情思飄渺，白晝懶去理殘經。情辭入手，出口推收，而一點靈犀，伊付詑矣。秋江一別，淒淒切切，情景如畫，林木振兮，行雲遏兮。余并爲品題，庶當六部鼓吹云。
> 雲間陳繼儒題。〔註5〕

從以上這段序文中，可見本劇劇情概述與情節分析及評點者對於《玉簪記》的評價：

評者稱讚在第二十四齣〈秋江送別〉中劇作家運用的敘事手法達到情景如畫的高度，稱此爲「情辭」，也就是發揮眞情的曲詞，達到感人淒切的效果。

在此齣的眉批中也有所稱許，陳妙常唱曲「霎時間雲雨暗」。眉批：「秋江哭別爲此本第一關情妙局」，〔註6〕稱此做爲第一的「關情妙局」，點出此處刻畫的人物「情感眞摯」，設計的情節巧妙；在此齣的齣批道：「全本妙處盡在此番離，情致好，關目好，調好，不減元人妙手」，〔註7〕評點者稱讚這段「離別」情節的設計安排，既能表現人物的深刻情感，也可看出劇作家關目設計的巧妙，曲調上也是安排得宜，可見得在陳眉公的心中，《玉簪記》的地位可稱得上「元人妙手」。

以下直接探析眉公的評語呈現的思想，並且將陳評本《玉簪記》和李評本作一比對，以看出兩者之間的關係。

一、《鼎鐫玉簪記》的評價與評點本比對

眉公在評點中特別以「奇」字稱許《玉簪記》之藝術價値，例如在《玉簪記》的總評處，眉公說道：

> 科套似散，而夫婦會合甚奇，母女相逢又奇。但傳情不及《西廂》，狀景不及《拜月》，而傳情狀景又不離《西廂》、《拜月》。〔註8〕

〔註5〕轉引自朱萬曙：《明代戲曲評點研究》，頁62。

〔註6〕〔明〕陳繼儒評：《鼎鐫玉簪記》上卷，收於北京大學圖書館編《不登大雅文庫珍本戲曲叢刊》（北京市：學苑出版社，2003年），第12冊，頁11b，總頁22。

〔註7〕〔明〕陳繼儒評：《鼎鐫玉簪記》上卷，頁14a，總頁27。

〔註8〕〔明〕陳繼儒評：《鼎鐫玉簪記》下卷，頁35a，總頁69。

三劇相比之下，《玉簪記》的價值在於情節設計——人物離散會合之傳奇性。《玉簪記》在「寫情」不如《西廂記》，在「寫景」不如《拜月亭》，然而「情景交融」的設計又與《西廂記》、《拜月亭》相似。

此劇優點在於能抓住「奇」的情節安排，此劇的價值也在其「傳奇性」的創作手法，評點者揭示了明清時期藝術思維的轉化過程中注重這種「尙奇之風」，傳奇將此種「奇的精神」附著於「常事」和「情理」之間，而非是鬼神式的怪誕尙奇。《玉簪記》的成功處便在於能從平常的人情物理中表現出「傳奇性」。

（一）評語內涵與陳眉公思想的比對

陳眉公許《玉簪記》的離合悲歡設計具有「傳奇性」，此處另外補充有關眉公戲劇評論中也提到戲劇巧妙處在「新」之觀點，與「傳奇性」作一呼應：

陳評本《異夢記》總批：

> 此記巧妙處在境界新，機緣巧，就中有許多情事聚散，如冷風岩煙，不可把捉。大凡劇場上看了前折便知後折等戲，極是嚼蠟。此獨脫盡蹊徑，所以一轟耳目，遂得立幟詞壇。〔註9〕

此段批語論及劇作如何脫套出新的問題，因爲新奇的情節設計安排，才能夠吸引觀者的耳目，劇場上若是看了前折，便可推論出後折，就成了劇場熟套，易使觀者厭倦。陳眉公也以爲《玉簪記》中設計陳母和陳妙常「先離後合」、陳妙常和潘必正「先合後離」的情節線是符合「新奇」的藝術設計。

在眉公創作觀中也以作品的「新奇」與否爲創作優劣標準，在〈墨屛雜著敘〉文中眉公曾提出創作要能「卓然獨立，不妄隨人姸媸」，〔註10〕也是希望作品能夠有獨具手眼之處，不傍門戶的說法，主張文章的「獨創性」，才能夠發揮到「眞」的境界。在另一篇文章〈顧學士瑞屛約言敘〉中，〔註11〕也提到「發今人之所未發者，必貴；發古人之所未發者，必傳」，強調脫套出新，發人之所未發的觀點，也反映出晚明時的藝文思潮，重視獨創的精神。以上舉眉公的文學觀，與其戲曲評點內涵中找出呼應之處，再從此相應處去觀察眉公之評點內涵和李卓吾之評點內涵是否也有相近的思想及前後影響的關係。

〔註9〕明代戲曲評點研究，頁86～87。
〔註10〕見《陳眉公先生全集》，卷十，頁6，〈墨屛雜著敘〉。
〔註11〕見《陳眉公先生全集》，卷八，頁7，〈顧學士瑞屛約言敘〉。

（二）同劇作其他評本比較：李評本與陳評本

本段將李卓吾評點本和陳眉公評點本《玉簪記》做簡單的評點比對，因爲兩個版本的評點本《玉簪記》齣數有所出入，故將齣數標示在齣批之後：

表 9　「師儉堂刊陳眉公評本」與「容與堂刊李卓吾評本」《玉簪記》齣批比較表

李評本《玉簪記》〔註 12〕	《鼎鐫玉簪記》〔註 13〕
（無批）	開局把全意挈起，文方不散漫。〔註 14〕 第二齣〈潘公遺試〉
（無批）	過橋想頭盡奇。〔註 15〕 第三齣〈兀朮南侵〉
貼白：「女娘，奴家欲留你在家安置」處。眉批：此婦因夫在家，不留陳姑住，引居女貞觀內，關目甚好。 第四齣〈投庵〉	下場詩「天教魔殺不評人」，眉批：離亂宛然。〔註 16〕 第四齣〈陳母遇難〉
（無批）	來路甚奇。〔註 17〕 第五齣〈避難投庵〉
（無批）	妙在不離不及間。〔註 18〕 第六齣〈于湖潛宿〉
（無批）	湊合見周密處。〔註 19〕 第七齣〈陳母投親〉
小旦唱曲「是非鐘聲外白雲孤」處。眉批：此姑眞心出家，故語多寂寞。妙，妙。 第八齣〈譚經〉	旦白俗氣之令人噴飯耳，去之更好。古本原無思母焚香，邇來創獲關目甚好。〔註 20〕 第八齣〈妙常思母〉
（無批）	眞是化工筆，不啻畫家矣。〔註 21〕

〔註 12〕此處參考朱萬曙先生在《明代戲曲評點研究》（頁 385～386）書末附錄資料〈李卓吾先生批評玉簪記〉，明代青頻館刻本，目前藏於上海圖書館。

〔註 13〕〔明〕陳繼儒評：《鼎鐫玉簪記》上卷，收於北京大學圖書館編《不登大雅文庫珍本戲曲叢刊》（北京市：學苑出版社，2003 年），第 12 冊，頁 341～419。

〔註 14〕〔明〕陳繼儒評：《鼎鐫玉簪記》上卷，頁 4a，總頁 351。

〔註 15〕〔明〕陳繼儒評：《鼎鐫玉簪記》上卷，頁 5a，總頁 353。

〔註 16〕〔明〕陳繼儒評：《鼎鐫玉簪記》上卷，頁 6b，總頁 356。

〔註 17〕〔明〕陳繼儒評：《鼎鐫玉簪記》上卷，頁 8b，總頁 360。

〔註 18〕〔明〕陳繼儒評：《鼎鐫玉簪記》上卷，頁 11b，總頁 366。

〔註 19〕〔明〕陳繼儒評：《鼎鐫玉簪記》上卷，頁 13a，總頁 369。

〔註 20〕〔明〕陳繼儒評：《鼎鐫玉簪記》上卷，頁 18a，總頁 369。

〔註 21〕〔明〕陳繼儒評：《鼎鐫玉簪記》上卷，頁 16a，總頁 375。

	第九齣〈西湖會友〉
（無批）	妙在風流不傷雅。〔註 22〕 第十一齣〈弈棋挑法〉
（無批）	既曰女貞觀，又曰女道姑，如何供釋伽阿羅漢，且說法華經？俱是禪家剃髮尼姑話頭，作者欠斟酌。〔註 23〕 第十二齣〈村郎鬧會〉
齣批：千絲萬想總徒勞耳，須要識得破。 第十三齣〈求配〉	到此方咬緊題目。〔註 24〕 第十三齣〈必正投姑〉
（無批）	似大扯淡，便於題外生枝節了。〔註 25〕 第十四齣〈村郎求配〉
（無批）	情景未妙。〔註 26〕 第十五齣〈茶敘芳心〉
陳妙常唱【朝元歌】「長清短清」處。眉批：饒幽人之致，但未必如此。 第十六齣〈寄弄〉	（無批）
（無批）	有此本不可無此段。〔註 27〕 第十七齣〈對操傳情〉
（無批）	彈琴害病的是相思家譜，卻離這套不得。〔註 28〕 第十八齣〈旅邸相思〉
陳妙常唱【繡帶兒】「難提起」處。眉批：有無窮之致。 第十九齣〈詞媾〉	（無批）
（無批）	情景語句大不及《西廂》。〔註 29〕 第二十齣〈辭媾私情〉
齣批：潘尼這番苦逼追隨，大拂其願，愈增離恨耳。 第二十二齣〈促試〉	這齣戲少不得。〔註 30〕 第二十二齣〈姑阻佳期〉
（無批）	無心阻佳期，□情逼赴試，題目中大主意，少不得這局段。〔註 31〕

〔註 22〕〔明〕陳繼儒評：《鼎鐫玉簪記》上卷，頁 23a，總頁 389。
〔註 23〕〔明〕陳繼儒評：《鼎鐫玉簪記》上卷，頁 25b，總頁 394。
〔註 24〕〔明〕陳繼儒評：《鼎鐫玉簪記》上卷，頁 28a，總頁 399。
〔註 25〕〔明〕陳繼儒評：《鼎鐫玉簪記》上卷，頁 30a，總頁 403。
〔註 26〕〔明〕陳繼儒評：《鼎鐫玉簪記》上卷，頁 30a，總頁 406。
〔註 27〕〔明〕陳繼儒評：《鼎鐫玉簪記》上卷，頁 33b，總頁 414。
〔註 28〕〔明〕陳繼儒評：《鼎鐫玉簪記》上卷，頁 38a，總頁 419。
〔註 29〕〔明〕陳繼儒評：《鼎鐫玉簪記》下卷，頁 6a，總頁 11。
〔註 30〕〔明〕陳繼儒評：《鼎鐫玉簪記》下卷，頁 8b，總頁 16。
〔註 31〕〔明〕陳繼儒評：《鼎鐫玉簪記》下卷，頁 10b，總頁 19。

	第二十三齣〈知情逼試〉
（無批）	陳妙常唱曲「霎時間雲雨暗」。眉批：秋江哭別爲此本第一關情妙局。〔註 32〕 齣批：全本妙處盡在此番離，情致好、關目好、調好，不減元人妙手。〔註 33〕 **第二十四齣〈秋江送別〉**
（無批）	題目關情，文亦肖題。〔註 34〕 **第二十五齣〈兩母思兒〉**
（無批）	但作商謎，更有含蓄，直說欠婉致。〔註 35〕 **第二十六齣〈香閣相思〉**
（無批）	題目雖俗稚，而□氣卻甚佳。〔註 36〕 **第二十七齣〈春官會試〉**
（無批）	此齣似蛇足。〔註 37〕 **第二十九齣〈金門獻策〉**
（無批）	前思母後思父，插入有理。此篇詞語大勝思母一折。〔註 38〕 **第三十齣〈月夜焚香〉**
（無批）	寫書各肖本題，且語韻亦老。〔註 39〕 **第三十一齣〈登第發書〉**
淨唱【皂羅袍】「子母經年分散」處。眉批：倏聚倏散，倏散倏聚，遇合甚奇。 **第三十四齣〈合慶〉**	（無批）
（無批）	生張二娘極有□□□。〔註 40〕 **第三十三齣〈接書會案〉**
（無批）	甚冷淡。〔註 41〕 **第三十四齣〈榮歸見姑〉**
（無批）	相見有許多好描情景，何不描出？〔註 42〕 **第三十五齣〈燈月迎婚〉**

〔註 32〕〔明〕陳繼儒評：《鼎鐫玉簪記》下卷，頁 11b，總頁 22。
〔註 33〕〔明〕陳繼儒評：《鼎鐫玉簪記》下卷，頁 14a，總頁 27。
〔註 34〕〔明〕陳繼儒評：《鼎鐫玉簪記》下卷，頁 15b，總頁 30。
〔註 35〕〔明〕陳繼儒評：《鼎鐫玉簪記》下卷，頁 17a，總頁 33。
〔註 36〕〔明〕陳繼儒評：《鼎鐫玉簪記》下卷，頁 20b，總頁 40。
〔註 37〕〔明〕陳繼儒評：《鼎鐫玉簪記》下卷，頁 23b，總頁 46。
〔註 38〕〔明〕陳繼儒評：《鼎鐫玉簪記》下卷，頁 26b，總頁 52。
〔註 39〕〔明〕陳繼儒評：《鼎鐫玉簪記》下卷，頁 27b，總頁 54。
〔註 40〕〔明〕陳繼儒評：《鼎鐫玉簪記》下卷，頁 29b，總頁 58。
〔註 41〕〔明〕陳繼儒評：《鼎鐫玉簪記》下卷，頁 30b，總頁 60。
〔註 42〕〔明〕陳繼儒評：《鼎鐫玉簪記》下卷，頁 33a，總頁 65。

（無批）	**總評：** 科套似散，而夫婦會合甚奇，母女相逢又奇。但傳情不及《西廂》，狀景不及《拜月》，而傳情狀景又不離《西廂》、《拜月》。 母女相見更勝。 陳眉公□言，人生四大姻緣，先合後離，傳奇妙本，先離後合，□圈□火戲而可以高眼思後一著。〔註 43〕

表格中畫底線的部份是兩者相似之處，藉由比較以上兩種評本可知：陳評本和李評本的評語並沒有明顯相似或是抄襲之處。除了在第九齣〈西湖會友〉的齣批：「眞是化工筆，不啻畫家矣」，引用了李卓吾的「化工說」之外。李評本的第二十四齣眉批「遇合甚奇」和陳評本的總評提到的「夫婦會合甚奇，母女相逢又奇」，兩者所見略同，其它部份兩者評語並無相關之處。

總結以上比較：陳評本在《玉簪記》的評點有其獨到之處，和李評本內容多不相似，不過還是可以發現陳眉公之藝術觀受李卓吾「化工說」的影響。

二、《鼎鐫玉簪記》的戲劇學觀點探析

（一）人物形象

劇中人物職業各有不同，職業也會影響腳色之形象塑造，舉例而言：像是潘必正之父潘威，任明經官，其語言風格自然會有官員之氣派。在第二齣，外扮潘威云：「夫人，我孩兒功名之事，每掛於懷」處，評點者注意到此處的口吻，眉批道：「勢頭亦自官樣」，〔註 44〕指出在設計潘威的語言中，注意到其「官員」的身分相應的口吻：「官樣」，此處也點出潘家和開封府同僚陳老曾經結下指腹姻緣，如今正無音訊，只好先命子前去春選徵賢，安排子弟赴京春選的口吻也符合其劇中的官員形象。

「慈母」形象的設計，可以陳妙常之母爲例，第七齣〈陳母投親〉，老旦唱【江兒水】「月墜胭脂冷，風搖翡翠狂，人歸何處菱歌唱，銀塘暮雨空凝望，兒郎貌比花相像，隔絕白雲靑嶂，把酒樽前，不覺玉淚臨風惆悵」，感嘆母子離散的惆悵憂傷，此處眉批道：「母念兒終朝極目」，〔註 45〕可見此處曲詞的設計成功，能深刻表達出慈母思子的感人形象，能符合眞實的情感反應。

〔註 43〕〔明〕陳繼儒評：《鼎鐫玉簪記》下卷，頁 35a，總頁 69。
〔註 44〕〔明〕陳繼儒評：《鼎鐫玉簪記》上卷，頁 1b，總頁 346。
〔註 45〕〔明〕陳繼儒評：《鼎鐫玉簪記》上卷，頁 16a，總頁 367。

至於不同「種族」影響的人物形象塑造，則可以第三齣〈兀朮南侵〉爲例：第三齣，淨扮兀朮云：「時下風高馬壯，不免教把都兒們整頓弓馬擄掠南朝」，此處眉批：「像番奴口吻」，〔註 46〕指出兀朮心中所想符合其「外族」身分，要入侵南朝爲的是搶得「金珠子女、糧餉貨物」獻給番主。可見眉公也注意到「種族」差異下的侵略心態有所不同。

「官家子弟」潘必正的形象，則強調其「主見」，像是第二齣生扮潘必正云：「若論功名之事，當遵嚴命，婚姻成否，何必掛懷」，眉批道：「自有主意」，〔註 47〕點出潘必正能尊親之命，赴試春選，但是指腹婚姻則不放在心上，有其主張和想法，也埋下伏筆表現出潘必正日後自由戀愛，勇於追求道姑陳妙常的個性。

「宗教信仰」的內容也會影響人物形象呈現，第十二齣〈村郎鬧會〉齣批：「既曰女貞觀，又曰女道姑，如何供釋伽阿羅漢，且說法華經？俱是禪家剃髮尼姑話頭，作者欠斟酌」，〔註 48〕此處點出作品中的設定矛盾處，於道觀中說的是佛經，與一開始設定宗教爲道教不符合。

「年紀」不同，表現出不同的人物情態，像是陳妙常年約二十，應該表現出少女情態才是，但是在第六齣旦扮道姑唱【鎖南枝】後第二支曲「穿蘿徑進鶴軒，我把秋波偷轉屏後邊，何處客臨軒，斂衽且相見」，接著旦白：「相公稽首」，眉批：「忒老氣不像」，〔註 49〕指的是陳妙常既是青春少女，爲何會有「斂衽相見」的情態，不似其年齡設定，但換角度思考也有可能是因爲陳妙常身處道觀，語言口氣自然會有所注意，特別表現穩重的一面，此處可能是評點者疏忽了。

要特別討論的是劇中女主角「陳妙常的形象設計」部分：

在第八齣〈妙常思母〉中陳妙常因與母離散，又無消息，夜間夢起母親更是愁悶思念。然此處眉公在齣批道：「旦白俗氣之令人噴飯耳，去之更好。古本原無思母焚香，邇來創獲關目甚好」，〔註 50〕一方面稱讚此處思母的情節設計好，另一方面認爲就陳妙常的性格而言，在此齣中的賓白太過俗氣，應該刪去，指的應該是陳妙常思母時感嘆自己並非男兒，否則必能出門尋親，

〔註 46〕〔明〕陳繼儒評：《鼎鐫玉簪記》上卷，頁 4b，總頁 352。
〔註 47〕〔明〕陳繼儒評：《鼎鐫玉簪記》上卷，頁 2a，總頁 347。
〔註 48〕〔明〕陳繼儒評：《鼎鐫玉簪記》上卷，頁 25b，總頁 394。
〔註 49〕〔明〕陳繼儒評：《鼎鐫玉簪記》上卷，頁 10b，總頁 364。
〔註 50〕〔明〕陳繼儒評：《鼎鐫玉簪記》上卷，頁 18a，總頁 369。

旦白：「娘你若生我是個男子漢，縱使兵戈擾亂，你我分散，就在那天涯海角，爲男子的也不怕程途遙遠，定要跟尋生死一處」、「可憐奴是個女流之輩，能說而不能行」、「古人云：生男莫生女，緩急非所益」，以陳妙常的身分和見識說出「女流之輩，能說不能行」這類的話屬俗氣老套，既然如此說法，爲何後來又能單身乘舟去追潘必正，前後自相矛盾了。所以評點者看出此處的賓白設計略有不符人物性格，因此批評其白「俗氣令人噴飯」，是可以理解的。

第三十齣〈月夜焚香〉旦唱【小桃紅】後第一支曲「身步雲梯事非容易，慮只慮五行顛倒命蹇時」陳妙常對於潘必正早赴會試懷著擔憂的心態，在殿試之期特別擺下香案拜月祈禱，此時少女心情必然是憂喜參半，一面是擔憂潘必正未得功名，羞愧落第不敢回來，另一方面又擔心潘必正得中後忘卻舊情另娶高門。此處眉批：「喜懼交至，自是常情」，〔註 51〕評點者以此處的人物心境「喜懼交至」，是屬「常情」，也點出戲劇中的感情屬於「眞實常態之情」，並非誇張不實際的，這點也符合陳眉公對於曲詞設計要符合「眞情」的標準。

在第三十三齣〈接書會案〉旦唱【一封書】後第一支曲「春風滿面含羞，怎言俗緣未斷」眉批：「卻肖嬌羞模樣」，〔註 52〕指出當陳妙常接到書信回報潘必正高中狀元，且將迎娶，道姑也安排將陳妙常移至張二娘院中，請二娘作媒成婚，以免空門遭人閒話，陳妙常此刻心情應是又羞又喜，唱詞中也刻畫出此種嬌羞情態，透過評點者的評語指出此處陳妙常的心境，可知此處的戲劇人物形象的刻畫細膩。

（二）曲白科諢

有關本劇曲詞設計巧妙之處，整理出下表，以便對照分析：

表 10　《鼎鐫玉簪記》評語表（有關「曲妙」）

曲詞內容	眉　批
第二齣老旦扮吳氏唱【一剪梅】後第一支曲「繡窗風雨促殘年」	眉批：「曲妙」〔註 53〕
第二十四齣〈秋江送別〉旦唱【紅衲襖】後第一支曲	眉批：「曲妙」〔註 54〕

〔註 51〕〔明〕陳繼儒評：《鼎鐫玉簪記》下卷，頁 25b，總頁 50。
〔註 52〕〔明〕陳繼儒評：《鼎鐫玉簪記》下卷，頁 29b，總頁 58。
〔註 53〕〔明〕陳繼儒評：《鼎鐫玉簪記》上卷，頁 1b，總頁 346。
〔註 54〕〔明〕陳繼儒評：《鼎鐫玉簪記》下卷，頁 12b，總頁 24。

「堆積相思是兩岸山」	
第二齣生扮潘必正唱【菊花新】，丑扮進安白：「抱琴聽月落，洗墨惹烟雲。受得燈窗苦，方成館閣人」	眉批：「絕妙詩句」〔註 55〕
第六齣〈于湖潛宿〉	齣批：「妙在不離不及間」〔註 56〕
第六齣，外念下場詩：「溪溜合松聲，殘霞弄晚晴」	眉批：「詩中有畫」〔註 57〕
第九齣〈西湖會友〉	齣批：「眞是化工筆，不啻畫家矣」〔註 58〕
第九齣眾唱【甘州歌】後第二支曲「湖烟乍起風，色冷山樹涼」	眉批：「妙畫」〔註 59〕
第九齣眾唱【甘州歌】後第一支曲「松濤路徑旋看雲深霧」	眉批：「這便是西湖妝景」〔註 60〕
第九齣眾唱【甘州歌】後第三支曲「留連山舍暝，燈火懸，天涯聚散各依然」	眉批：「無限風光感慨」〔註 61〕

從表中可知，評點者以爲好的曲詞能夠達到的境界是「化工」筆，可以在「不及不離」之間描繪出「情境」、「妙畫」、「妝景」，並且透過景物風光的刻畫，使觀者有所「感慨」。

關於曲詞所刻畫的戲劇氣氛，眉公在此齣中相關評語如下：

表 11　《鼎鐫玉簪記》評語表（有關「曲詞刻畫氣氛」）

曲詞內容	眉　批
第四齣，淨旦末合唱【皂角兒】「孤身遭變便死又難，念娘兒怎生割捨，地北天南」，眾扮番兵上驚散科	眉批：「似箇離亂氣象」〔註 62〕
第四齣〈陳母遇難〉下場詩「天教魔殺不許人」	齣批：「離亂宛然」〔註 63〕
第五齣，旦唱【宜春令】「烏衣巷燕落香泥紅塵路，鶯愁花雨悲啼」	眉批：「不盡感慨」〔註 64〕
第七齣淨唱【不是路】後曲「淚汪汪，故園兵火遭蜂嚷，	眉批：「數譜訴盡離愁」〔註 65〕

〔註 55〕〔明〕陳繼儒評：《鼎鐫玉簪記》上卷，頁 2a，總頁 347。
〔註 56〕〔明〕陳繼儒評：《鼎鐫玉簪記》上卷，頁 11b，總頁 366。
〔註 57〕〔明〕陳繼儒評：《鼎鐫玉簪記》上卷，頁 11b，總頁 366。
〔註 58〕〔明〕陳繼儒評：《鼎鐫玉簪記》上卷，頁 16a，總頁 375。
〔註 59〕〔明〕陳繼儒評：《鼎鐫玉簪記》上卷，頁 18a，總頁 379。
〔註 60〕〔明〕陳繼儒評：《鼎鐫玉簪記》上卷，頁 17b，總頁 378。
〔註 61〕〔明〕陳繼儒評：《鼎鐫玉簪記》上卷，頁 18a，總頁 379。
〔註 62〕〔明〕陳繼儒評：《鼎鐫玉簪記》上卷，頁 6a，總頁 355。
〔註 63〕〔明〕陳繼儒評：《鼎鐫玉簪記》上卷，頁 6b，總頁 356。
〔註 64〕〔明〕陳繼儒評：《鼎鐫玉簪記》上卷，頁 7a，總頁 357。
〔註 65〕〔明〕陳繼儒評：《鼎鐫玉簪記》上卷，頁 12b，總頁 368。

膝下嬌兒失雁行，孤身無倚」	
第二十五齣〈兩母思兒〉	齣批：「題目關情，文亦肖題」〔註 66〕

評點者強調要能將「離亂氣象」、「離愁」種種感情，透過曲詞的刻畫描摹，使戲劇中的氣氛也能感染觀者，給予感動，達到「題目關情，文亦肖題」的境界。

所以在描畫感情的時候，曲詞也必須注意不能離題。最好是能夠在入題之後，娓娓不迫的道出本齣題目要表現的眞情眞意，相關評點內容如下表所整理：

表 12　《鼎鐫玉簪記》評語表（有關「曲詞不離題」）

曲詞內容	眉　批
第三十齣〈月夜焚香〉，旦唱【下山虎】後第一支曲「鷹阻天邊絕彩雲」	眉批：「入題甚委蛇不迫」〔註 67〕
第三十一齣〈登第發書〉	齣批：「寫書各肖本題，且語韻亦老」〔註 68〕
第十一齣旦唱：【黃鶯兒】後第一支曲「換局更難饒，你熱心機我冷眼瞧，其間有路應難到」	眉批：「處處有意」〔註 69〕
第十一齣〈弈棋挑法〉	齣批道：「妙在風流不傷雅」〔註 70〕

能夠運用曲詞傳情達意，並且做到「處處有意」也就符合之前提出的「妙在不及不離間」的美感條件，既能有「情意」，又能表達出「風流」的情境，達到「不傷雅」的高度，表達出評點者對於傳奇寫作藝術手法的標準。

在本劇中，評點者也對部分曲詞所批評，大多集中在「情景」設計的部份，如下表所舉數例可見：

表 13　《鼎鐫玉簪記》評語表（有關「情景設計」）

曲詞內容	眉　批
第四齣旦唱【花落寒窗】後第一支曲「嘆人生	間批：「無味」〔註 71〕

〔註 66〕〔明〕陳繼儒評：《鼎鐫玉簪記》下卷，頁 15b，總頁 30。
〔註 67〕〔明〕陳繼儒評：《鼎鐫玉簪記》下卷，頁 25b，總頁 50。
〔註 68〕〔明〕陳繼儒評：《鼎鐫玉簪記》下卷，頁 27b，總頁 54。
〔註 69〕〔明〕陳繼儒評：《鼎鐫玉簪記》上卷，頁 21a，總頁 385。
〔註 70〕〔明〕陳繼儒評：《鼎鐫玉簪記》上卷，頁 23a，總頁 389。
〔註 71〕〔明〕陳繼儒評：《鼎鐫玉簪記》上卷，頁 5a，總頁 354。

萬事由天，又何須苦苦埋冤」	
第十五齣〈茶敘芳心〉	齣批：「情景未妙」〔註 72〕
第二十齣〈辭媾私情〉	齣批：「情景語句大不及《西廂》」〔註 73〕
第二十六齣〈香閣相思〉	齣批：「但作商謎，更有含蓄，直說欠婉致」〔註 74〕
第二十九齣〈金門獻策〉	齣批：「題目雖俗稚，而□氣卻甚佳」〔註 75〕

評點者以爲，要設計出感人的情景，必先考慮的是「味」的有無，也就是不可太過俗氣無味，也不可太過直接表示，在該婉致處懂得含蓄刻畫情景，即便是俗套題目，也能寫出使人嚼之有味的曲詞，以第四齣〈陳母遇難〉爲例，陳妙常唱「嘆人生」一段，則過於俗套且白，平淡無味，不似其身分所言。在第十五齣〈茶敘芳心〉中，潘必正與尼姑、香公說到之前建康太守張于湖曾與陳妙常鬥棋，以情語調戲被陳妙常作詞相拒一事，接著陳妙常上場，煮茶與潘必正，二人閒話空門生活，此處二人是在觀內交談，故眉批曰：「情景未妙」，指出道觀內調情並非是巧妙的場景設計。

有關本劇在賓白的設計，評點者也有所批評，如下表舉例：

表 14　《鼎鐫玉簪記》評語表（有關「賓白」）

賓白內容	眉　批
第四齣，旦云：「母親，自古道一富一貧乃見交情，一貴一賤交情乃見。我與你父喪家寒，況經年遠，此事不提起，只索苦守便了」	眉批：「老於世情」〔註 76〕
第十一齣，旦云「看棋枰過來，我與王相公下棋，一面看茶來喫」，淨云「是」，〔掇桌笑科〕旦云「你兩個不要不分皀白」	眉批：「亦趣」〔註 77〕
第十二齣，老旦唱【新水令】「風揚幡影似龍飛，焚寶篆瑞煙初起。敲鐘驚幻夢，說偈警沈迷。三寶皈依，三寶皈依。請大衆齊臨會」，老旦云「殿隱黃金相，雲開寶月容。分經來白馬，洗鉢起黃龍。志心三寶在，回首萬緣空。接引菩提路龍華起梵宮，自家觀主是也」。	眉批：「曲白都說禪不必用」〔註 78〕

〔註 72〕〔明〕陳繼儒評：《鼎鐫玉簪記》上卷，頁 31b，總頁 406。
〔註 73〕〔明〕陳繼儒評：《鼎鐫玉簪記》下卷，頁 6a，總頁 11。
〔註 74〕〔明〕陳繼儒評：《鼎鐫玉簪記》下卷，頁 17a，總頁 33。
〔註 75〕〔明〕陳繼儒評：《鼎鐫玉簪記》下卷，頁 23b，總頁 46。
〔註 76〕〔明〕陳繼儒評：《鼎鐫玉簪記》上卷，頁 5b，總頁 354。
〔註 77〕〔明〕陳繼儒評：《鼎鐫玉簪記》上卷，頁 21a，總頁 385。
〔註 78〕〔明〕陳繼儒評：《鼎鐫玉簪記》上卷，頁 23a，總頁 389。

第二十四齣〈秋江送別〉生云「那其間到其間，我那姑娘呵，惡話兒將人緊緊闌，狠心直送我到江關」，旦云「早晨叫我們送你上京，聽得一聲好不驚死人也，不知何人走漏消息，趕是你的口兒不緊以致痛洩如此」，生云「小生對著何人說來，本地風波痛腸難盡」。	眉批：「白好」〔註79〕

藉由以上評點可知，陳眉公以爲好的賓白，要能夠符合人物當下的眞實情感，像是在第二十四齣，潘必正說的「痛腸難盡」，便是符合此標準的賓白設計，因爲潘生在突然間被要求離開道觀，提早赴考，不在預期中的分離考驗感情。

賓白方面也重視趣味的營造，像是第十一齣陳妙常和張于湖下棋，此段中賓白便是陳妙常以「棋子的黑子白子」來諧義引申「皂白不分」，責罵香公。

至於陳妙常在賓白中流露的「老世情」，評點者也特別指出，顯示出評點者注意到陳妙常的家世背景影響的內在性格過於老成。在第十二齣則是指責道姑在曲白多在說禪，會使觀者有所厭倦，但是考慮到其身分爲道觀的道姑，所以說禪其實是符合其形象的，只是要考慮使用禪語的程度多寡，避免引起觀者的反感。

有關情景的安排，評點者則指出第三十五齣〈燈月迎婚〉的缺失，齣批：「相見有許多好描情景，何不描出」，應該在此齣中多設計曲詞科介，描畫情景，可惜太簡略帶過。

（三）關目情節

本劇的價值在於關目設計的「奇中生奇」，以下從幾處評點可知評點者的眼光獨到之處，挖掘出本劇的情節脈絡和關目設計奇巧處：

表15　《鼎鐫玉簪記》評語表（有關「關目」）

齣　數	曲詞內容	評　語
第二齣〈潘公遣試〉	第二齣老旦云：「數年前陳旺曾來問候我們…」外云：「夫人，如今春選徵賢，且把婚姻之事不要說起，只索打發孩兒進京前去如何」	眉批：「總脈發龍處。奇中生奇」〔註80〕

〔註79〕〔明〕陳繼儒評：《鼎鐫玉簪記》下卷，頁12b，總頁24。
〔註80〕〔明〕陳繼儒評：《鼎鐫玉簪記》上卷，頁2a，總頁347。

	末云：「只索打發孩兒赴京前去如何」老旦云：「甚好，甚好」	眉批：「空中生奇」〔註 81〕
		齣批：「開局把全意挈起，文方不散漫」〔註 82〕
第三齣〈兀朮南侵〉		齣批：「過橋想頭盡奇」〔註 83〕
第五齣〈避難投庵〉		齣批：「來路甚奇」〔註 84〕
第十七齣〈對操傳情〉	旦唱【朝元歌】「長情短情」…旦云「潘相公花陰深處，仔細行走」	眉批：「關目絕妙」〔註 85〕
		齣批：「有此本不可無此段」〔註 86〕
第二十齣〈辭姤私情〉	生唱【宜春令】「雲房靜竹徑斜」…生云「待我揭帳戲，看他如何回我，陳姑陳姑」	眉批：「關目好」〔註 87〕
	丑云「既然相公在此，你只叫我一聲」，旦云「教我叫你什麼」，丑云「隨你」，旦云「進安哥」，丑云「不好除下了哥字，添上相公二字」，旦云「難道是進安相公」	眉批：「關目未盡□妙」〔註 88〕
第二十二齣〈姑阻佳期〉		齣批：「這齣戲少不得」〔註 89〕
第二十三齣〈知情逼試〉		齣批：「無心阻佳期，□情逼赴試，題目中大主意，少不得這局段」〔註 90〕
第二十四齣〈秋江送別〉	旦唱【水紅花】後第一支曲「霎時間雲雨暗巫山悶」	眉批：「秋江哭別爲此本第一關目妙局」〔註 91〕
		齣批：「全本妙處盡在此番離，情致好關目好調好，不減元人妙手」〔註 92〕

〔註 81〕〔明〕陳繼儒評：《鼎鐫玉簪記》上卷，頁 2a，總頁 347。
〔註 82〕〔明〕陳繼儒評：《鼎鐫玉簪記》上卷，頁 4a，總頁 351。
〔註 83〕〔明〕陳繼儒評：《鼎鐫玉簪記》上卷，頁 5a，總頁 353。
〔註 84〕〔明〕陳繼儒評：《鼎鐫玉簪記》上卷，頁 8b，總頁 360。
〔註 85〕〔明〕陳繼儒評：《鼎鐫玉簪記》上卷，頁 35a，總頁 413。
〔註 86〕〔明〕陳繼儒評：《鼎鐫玉簪記》上卷，頁 35b，總頁 414。
〔註 87〕〔明〕陳繼儒評：《鼎鐫玉簪記》下卷，頁 4b，總頁 7。
〔註 88〕〔明〕陳繼儒評：《鼎鐫玉簪記》下卷，頁 5b，總頁 10。
〔註 89〕〔明〕陳繼儒評：《鼎鐫玉簪記》下卷，頁 8b，總頁 16。
〔註 90〕〔明〕陳繼儒評：《鼎鐫玉簪記》下卷，頁 10b，總頁 19。
〔註 91〕〔明〕陳繼儒評：《鼎鐫玉簪記》下卷，頁 11b，總頁 22。
〔註 92〕〔明〕陳繼儒評：《鼎鐫玉簪記》下卷，頁 14a，總頁 27。

第三十齣〈月夜焚香〉		齣批：「前思母後思夫，插入有理。此篇詞語大勝思母一折」〔註 93〕

從上表可看出評點者獨具慧眼，藉由評點一一指出本劇的情節設計巧妙處，從第二齣〈潘公遺試〉為開局，所有的情節線由此處拋出，灑下緊密的情節網，接著在第三齣〈兀朮南侵〉和第五齣〈避難投庵〉發展出陳家母女分散的情節，指出第十七齣〈對操傳情〉是本劇絕妙情節處，也是此劇不可少的重要關鍵，在第二十齣〈辭姤私情〉稱此關目的安排絕妙，藉由情景語言的設計，細膩準確的刻畫人物內心的情感，屬於本劇的核心場次。

還有第二十二齣〈姑阻佳期〉也是不可缺少的核心場次，評點者以「少不得」三字表示本齣戲在全劇中的核心地位，藉由他人阻礙以襯托出主角情感之眞摯深刻。評點者稱第二十三齣〈知情逼試〉屬於全劇中的「大主意」，也就是「核心」，藉著設計戲劇衝突達到本劇的情節高潮，才能襯托出第二十四齣〈秋江送別〉的情感深度，此齣也是評點者大力讚許之處，藉由離別的設計，更能突顯二人的眞情，稱其為「第一關目妙局」實不為過，且此齣設計上，曲詞賓白、關目曲調都屬佳作，在陳眉公心中「不減元人妙手」，可見其價值。

在第三十齣〈月夜焚香〉則點出與前面第八齣〈妙常思母〉可說是前後呼應，評點者又比對前後兩齣的曲詞內容，以第三十齣的曲詞更妙，並且在曲詞上有多處圈點，如旦唱【下山虎】後第一支曲「鷹阻天邊絕彩雲」、【後庭花慢】「想當初七絃琴」和【尾聲】「徹頭徹尾思量盡」，多用圈點符號將佳句標出。

至於本劇在破題之後的承題，主要是在第十三齣〈必正投姑〉，齣批道：「到此方咬緊題目」，可見評點者的眼光所見細密，藉由必正投姑此情節才能承上啓下，將前後情節作一連貫，扣緊題目血脈。

場次間的緊密流暢設計，也關係到人物的上下場調度，第七齣〈陳母投親〉齣批：「湊合見周密處」，評點者指出此處情節設計周密，在第六齣〈于湖借宿〉，才提到陳妙常，接著在第七齣就讓陳母上場投親潘家，第八齣又回到道觀中描繪陳妙常思母情景。所以第七齣的關目安排的確有其周密處。

評點者也有批評到在上半卷的小收煞處第十八齣〈旅邸相照〉，在丑云「東

〔註 93〕〔明〕陳繼儒評：《鼎鐫玉簪記》下卷，頁 26b，總頁 52。

人睡了，待我哄他一哄。」眉批：「煞局冷趣」，〔註94〕雖然潘必正害得相思病，但小收煞處應表現出最動人的情節跌宕，此處的齣批：「彈琴害病的是相思家譜，卻離這套不得」。〔註95〕相思的主題已經是確立的，但是要如何將此全部精神投入此主題，並且在收煞處做出波瀾跌宕，也是評點者注意的地方。

（四）場上觀念

在場上觀念方面的評論，評點者提出幾個要避免的幾個缺點：「題外生枝」、「蛇足」等。

例如第十四齣〈村郎求配〉齣批：「似大扯淡，便於題外生枝節了」，〔註96〕指出此處村郎的安排，過於節外生枝，是離題的枝節處；還有第二十七齣〈春官會試〉齣批道：「此齣似蛇足」，〔註97〕強調會試中的冗長細節可以省略。

有關劇中設計的瑕疵處，評點者也仔細指出，像是第十二齣旦唱【江兒水】「紫竹觀音坐」，眉批：「像個庵寺，不宜用觀」，〔註98〕因爲劇中道觀內有佛殿，內有紫竹觀音、十八羅漢等，曲詞和場景設定不相符。評點者也特別強調傳奇中的喜劇效果，例如在第十二齣淨唱【收江南】「彩雲飛，腸斷呵害殺我好難捱」，此處眉批道：「沒了癡騃子，作不得傳奇場果然」，〔註99〕藉由喜劇腳色來表現幽默趣味，是不可缺少的設計。

雖然《玉簪記》在明代後期講究辭藻格律的文人眼中，價值不高，〔註100〕不過這都是就文詞格律去評論此劇，而沒有考慮到舞台演出和戲劇效果；相對的，我們總結以上陳眉公評點的各方面評論，從眉公的評點內涵中可發現此劇的優點並不在文詞格律，而是關目設計的奇妙之處，如「先合後離」和「先離後合」兩種情節線的設計，是本劇的一大特色，藉由離合奇遇敷衍出一段風花雪月。評點者也比對本劇和《琵琶》、《西廂》的高下，雖然妝景、傳情皆不如前二者，但是本劇在〈秋江哭別〉一齣中的曲詞、賓白、關目設計，卻可稱上媲美「元人妙筆」，此齣的關目和曲詞設計之巧正是本劇價值所在。

〔註94〕〔明〕陳繼儒評：《鼎鐫玉簪記》上卷，頁37b，總頁418。
〔註95〕〔明〕陳繼儒評：《鼎鐫玉簪記》上卷，頁38a，總頁419。
〔註96〕〔明〕陳繼儒評：《鼎鐫玉簪記》上卷，頁30a，總頁403。
〔註97〕〔明〕陳繼儒評：《鼎鐫玉簪記》下卷，頁20b，總頁40。
〔註98〕〔明〕陳繼儒評：《鼎鐫玉簪記》上卷，頁24a，總頁391。
〔註99〕〔明〕陳繼儒評：《鼎鐫玉簪記》上卷，頁25a，總頁393。
〔註100〕像是祁彪佳也是在《遠山堂曲品》中列爲「能品」，說此劇是「著意填詞，摘其字句，可以唾玉生香」。

第二節　《鼎鐫幽閨記》評點探析

《六合同春》所收的《鼎鐫幽閨記》的卷首沒有序言。大連圖書館收藏的《鼎鐫陳眉公先生批評幽閨記》卷首有保留一篇序言，內容如下：

> 拜月亭中訴盡衷曲，千載流傳，共作一場勝話。余因品藻及之。有盡筆者，不盡情趣。
>
> 雲間陳繼儒題〔註 101〕

從此段序言中，可發現《拜月亭》的特長在於「情趣」的部份，這是評點者以其評點文字未能盡全描述其情趣之處。但從另一角度思考，評點者也會發現自己評論有所侷限，文字有時仍無法細膩的描摩出每個戲劇細節巧妙之處，這也是爲何多數評點者喜用「妙」、「奇」、「巧」、「好」等字來作爲眉批概括評論。

一、《鼎鐫幽閨記》的評價與評點本比對

在陳眉公的觀點中《幽閨記》有其特色值得評點一番，在總評裡，陳眉公道：「《拜月》曲都近自然，委是天造，豈曰人工」，〔註 102〕評點者稱讚《幽閨記》曲詞設計接近自然，爲巧妙處，並從關目情節處去評論此劇是「奇逢結局」，不是「人力」所爲，而是「天合」奇緣，在「悲歡離合」中又能注意到線索「起伏照應」處，在眉公的評價中，《幽閨記》在情節設計上是具有自然又奇巧的價值高度。

（一）評語內涵與陳眉公思想的比對

晚明時期，官場瀰漫腐敗之風，貪贓枉法的官員所在多有，陳眉公雖然早已隱退，脫離宦海，但是其內心仍對政治有所期許，期待能有廉潔耿介的官員，在〈好明辨〉一文中提到「君子之論人也，當於無過中求有過，不可於有過中求無過。且諫臣拼一死、擲一官，忍爲之過也乎哉」，〔註 103〕指出諫官的可貴在於盡責不求名，但求國泰民安，其行爲值得嘉許。在《鼎鐫幽閨記》評語，第四齣〈罔害皤良〉齣批道：「從來忠烈多如此，何勞千古漫唏噓」，〔註 104〕指出忠烈多爲小人所陷害，感嘆陀滿海牙爲奸臣聶賈列所害，劇中陀

〔註 101〕轉引自朱萬曙：《明代戲曲評點研究》，頁 92。

〔註 102〕〔明〕陳繼儒評：《鼎鐫幽閨記》下卷，收於北京大學圖書館編《不登大雅文庫珍本戲曲叢刊》（北京學苑出版社，2003 年），第 13 冊，頁 44a，總頁 231。

〔註 103〕〔明〕陳繼儒：《白石樵眞稿》附尺牘四卷（明崇禎丙子（1636 年）章台鼎刊本），現存台灣國家圖書館善本書室，卷三，〈好明辨〉，頁 213。

〔註 104〕〔明〕陳繼儒評：《鼎鐫幽閨記》上卷，頁 7b，總頁 88。

滿海牙罵聶賈列爲「腹中劍，口中蜜」，不顧生死也要進諫皇帝出征的態度，符合陳眉公心中嘉許的諫臣典範，也可從此處的感嘆見出評點者也意有所指，暗示當時政局亦是如此，故有此嘆。

在第十二齣〈山寨巡羅〉齣批道：「穿起賊衣衫，做起賊威勢，故術不可不慎也。孟子曰：居移氣」，〔註 105〕對應陀滿興福在此齣賓白說：「慌不擇路，飢不擇食，只得結集亡命，哨聚山林。靠高岡爲寨柵，依野澗作城濠。風高放火，無非劫掠莊農。月黑殺人，盡是傷殘民命」，評點者指出指陀滿興福的氣質因爲環境而改變，所以世人更應注意對環境有所謹慎，此處評語也是符合眉公的思想。

（二）同劇作的其他評本比較：李評本與陳評本

從《明代戲曲評點研究》中所整理的容與堂李評本《幽閨記》一共有十三條齣批，〔註 106〕將之與陳評本的二十條齣批相比，列表以便比較李評本和陳評本《幽閨記》齣批異同：

表 16　「師儉堂刊陳眉公評本」與「容與堂刊李卓吾評本」《幽閨記》齣批比較表

齣　數	李評本《幽閨記》〔註 107〕	《鼎鐫幽閨記》〔註 108〕
第四齣　〈罔害皤良〉	（無批）	從來忠烈多如此，何勞千古漫唏嘘。〔註 109〕
第七齣　〈文武同盟〉	從來君子不能用小人，小人亦復不能容君子，所以君子每每取禍，若今陀滿海牙從容商議，委曲調停，何至此也。奈何□□自家賢聖，他人奸佞，何拙爲君子一至此哉！所以僨天下事也，可嘆可嘆！	下場詩「此去願逢吉地」。眉批：一篇提綱挈領，妙在此折。〔註 110〕

〔註 105〕〔明〕陳繼儒評：《鼎鐫幽閨記》上卷，頁 23b，總頁 120。

〔註 106〕朱萬曙：《明代戲曲評點研究》，頁 96～97。

〔註 107〕朱萬曙：《明代戲曲評點研究》，頁 371～372。

〔註 108〕〔明〕陳繼儒評：《鼎鐫幽閨記》二卷，收於北京大學圖書館編《不登大雅文庫珍本戲曲叢刊》（北京學苑出版社，2003 年），第 13 冊，總頁 71～232。

〔註 109〕〔明〕陳繼儒評：《鼎鐫幽閨記》上卷，頁 7b，總頁 88。

〔註 110〕〔明〕陳繼儒評：《鼎鐫幽閨記》上卷，頁 15b，總頁 104。

第八齣　〈少不知愁〉	（無批）	旦唱【七娘子】「生居畫閣蘭堂裡」。**眉批**：亦少不得此一齣。〔註 111〕
第九齣　〈綠林寄跡〉	（無批）	無謔不成戲，無趣不成文，遊戲三昧，此篇有焉。〔註 112〕
第十一齣　〈士女隨遷〉	（無批）	下場詩「父母家鄉甚日歸」。**眉批**：短兵勁切，酷肖個中題目。〔註 113〕
第十二齣　〈山寨巡邏〉	（無批）	穿起賊衣衫，做起賊威勢，故術不可不愼也。孟子曰：居移氣。〔註 114〕
第十三齣　〈相泣路岐〉	（無批）	下場詩「最苦家尊去遠」**眉批**：妙在斬截處。〔註 115〕
第十五齣　〈番落回軍〉	（無批）	丑扮老漢上唸「天有不測風雲」。**眉批**：此齣亦少不得，點出王尙書來妙。〔註 116〕
第十六齣　〈違離兵火〉	（無批）	夫旦唱【滿江紅】、生小旦唱【滿江紅】後第二支曲，**眉批**：妙在一字不改，脫胎換骨全在此。〔註 117〕
第十七齣　〈曠野奇逢〉	（無批）	曲好白又好，關目大得趣。〔註 118〕
第十八齣　〈彼此親依〉	（無批）	失女而得女，非親卻是親。〔註 119〕
第二十齣　〈虎頭遇舊〉	（無批）	三譏兩促，婦望畏盜也哉。〔註 120〕
第二十一齣〈子母途窮〉	（無批）	□婆何□有此相逢。〔註 121〕
第二十二齣〈招商諧偶〉	如此女子難得難得，居常而失節者不知何如。	曲曲出奇，折折呈趣，諸情調都無此風流。〔註 122〕
第二十三齣〈和寇還朝〉	妙在不煩。	（無批）
第二十五齣〈抱恙離鸞〉	如此離別，想頭最奇。	（無批）
第二十六齣〈皇華悲遇〉	此齣關目極妙，全在不說出。	此齣關目極妙，全在不說出。〔註 123〕

〔註 111〕〔明〕陳繼儒評：《鼎鐫幽閨記》上卷，頁 15b，總頁 104。
〔註 112〕〔明〕陳繼儒評：《鼎鐫幽閨記》上卷，頁 19a，總頁 111。
〔註 113〕〔明〕陳繼儒評：《鼎鐫幽閨記》上卷，頁 22b，總頁 118。
〔註 114〕〔明〕陳繼儒評：《鼎鐫幽閨記》上卷，頁 23b，總頁 120。
〔註 115〕〔明〕陳繼儒評：《鼎鐫幽閨記》上卷，頁 24b，總頁 122。
〔註 116〕〔明〕陳繼儒評：《鼎鐫幽閨記》上卷，頁 25a，總頁 123。
〔註 117〕〔明〕陳繼儒評：《鼎鐫幽閨記》上卷，頁 26a，總頁 125。
〔註 118〕〔明〕陳繼儒評：《鼎鐫幽閨記》上卷，頁 29a，總頁 131。
〔註 119〕〔明〕陳繼儒評：《鼎鐫幽閨記》上卷，頁 30 b，總頁 134。
〔註 120〕〔明〕陳繼儒評：《鼎鐫幽閨記》上卷，頁 34a，總頁 141。
〔註 121〕〔明〕陳繼儒評：《鼎鐫幽閨記》上卷，頁 35b，總頁 144。
〔註 122〕〔明〕陳繼儒評：《鼎鐫幽閨記》下卷，頁 8a，總頁 159。
〔註 123〕〔明〕陳繼儒評：《鼎鐫幽閨記》下卷，頁 21a，總頁 185。

第二十八齣〈兄弟彈冠〉	曲與關目之妙，全在不費力氣，妙至此乎！	（無批）
第二十九齣〈太平家宴〉	（無批）	吞吐風雨之妙。〔註 124〕
第三十二齣〈幽閨拜月〉	此齣關目妙絕，曲亦妙。	傳奇中多有拜月，只它處拜月冷落，無此關目奇妙耳。〔註 125〕
第三十五齣〈詔贅仙郎〉	如此等曲都到見成田地，聖品重品。	【普賢歌】前道白，**眉批**：豈有中狀元而不識其名？即女不識，爺豈不識？當別換關目則可。〔註 126〕 **齣批**：貧窮則羞以爲婚，富貴即納他爲婿，冷暖之極，世情皆然，何笑此公。〔註 127〕
第三十六齣〈推就紅絲〉	此齣大少關目。 曲至此聖矣。	生唱【勝葫蘆】後第一支曲，**眉批**：招你什麼人？豈有做秀才不識尙書，中狀元又不識尙書，拐人兒女又被逐，今又招婿而不識那個王尙書？〔註 128〕 **齣批**：雖然此處說出，後段赴宴便無味。〔註 129〕
第三十七齣〈官媒回話〉	（無批）	所幸者二女未曾嫁，所喜者二人未曾婚。〔註 130〕
第三十八齣〈請偕伉儷〉	妙處在繁簡。	（無批）
第三十九齣〈天湊姻緣〉	敘事不繁，塡詞潔淨。	（無批）

上表中畫陰影網底者爲評語內容相同，畫底線的爲評語意思相近者。比較上表可以看出：在第二十六齣〈皇華悲遇〉的齣批：「此齣關目極妙，全在不說出」內容完全相同。意義相似的齣批有：第七齣，陳李二評同樣爲君子受小人陷害而感嘆；還有第三十二齣〈幽閨拜月〉李評說：「關目妙絕，曲亦妙」，陳評說得較仔細：「傳奇中多有拜月，只它處拜月冷落，無此關目奇妙耳」，可見二人所見略同處。其它評語則是各有不同，陳評本在此劇評點中有其別具新意之處，可見陳評本《幽閨記》受到李評本的影響較小。

〔註 124〕〔明〕陳繼儒評：《鼎鐫幽閨記》下卷，頁 24b，總頁 192。
〔註 125〕〔明〕陳繼儒評：《鼎鐫幽閨記》下卷，頁 30a，總頁 203。
〔註 126〕〔明〕陳繼儒評：《鼎鐫幽閨記》下卷，頁 34a，總頁 211。
〔註 127〕〔明〕陳繼儒評：《鼎鐫幽閨記》下卷，頁 35a，總頁 213。
〔註 128〕〔明〕陳繼儒評：《鼎鐫幽閨記》下卷，頁 36a，總頁 215。
〔註 129〕〔明〕陳繼儒評：《鼎鐫幽閨記》下卷，頁 36b，總頁 216。
〔註 130〕〔明〕陳繼儒評：《鼎鐫幽閨記》下卷，頁 38a，總頁 219。

二、《鼎鐫幽閨記》的戲劇學觀點探析

本劇的評點內涵中，較多是針對人物形象和曲白科諢、情節關目的部份，比較少論及的是有關場上觀念的討論。值得注意的是有關關目情節的評論部份，陳眉公有較多的闡發之處。

（一）人物形象

本劇人物形象轉變較大的，是從大將之子轉為盜賊的英雄人物：陀滿興福為代表，陀滿興福本為朝中大將陀滿海牙之子，在一開始的形象設定可參考第四齣陀滿海牙介紹其子「六韜三略皆能，有萬夫不當之勇」，後來因為其父陀滿海牙被小人陷害，滿門抄斬，陀滿興福逃亡落魄成盜，此時其形象由大將之子轉為盜匪人物，口氣也有所改變。在第十二齣〈山寨巡邏〉齣批：「穿起賊衣衫，做起賊威勢」，〔註 131〕評點者也指出此處陀滿興福的形象改變，已經是盜賊裝扮，具有盜賊的威勢形象。在第七齣〈文武同盟〉中，蔣世隆初見陀滿興福，唱【醉娘兒】「聽言此情實為可憫，覷著他貌英雄出備群」，接著說：「看此人一貌堂堂，後來必有好處」，從蔣世隆眼中已看出陀滿興福具有英雄氣概，此處眉批道：「眼裡有珠，胸中有鏡」，〔註 132〕評點者直接指出蔣世隆別具慧眼，認出陀滿興福非常人，有英雄風範，藉由他人眼中說出此人形態，這種第三人觀察手法使得陀滿興福的人物形象塑造相當成功，可以給觀者深刻的印象。

評點者除了稱讚陀滿興福的形象刻畫成功之外，也注意到蔣世隆的秀才形象，在第二十二齣蔣世隆白：「卻又來，別的便好權，做夫妻可是權得的。我也不問娘子別的，可曉得仁義禮智信，不要說仁義禮智，只說 ·個信字」，此處眉批：「好道學秀才，認得信字眞」，〔註 133〕藉由蔣世隆和王瑞蘭的對話刻畫其秀才的形象，評點者指出此處蔣世隆所呈現的是講「道學」的秀才口吻，符合本劇一開始設定的舉人形象。

關於官家小姐王瑞蘭的形象塑造，則可見第三十五齣〈詔贅仙郎〉旦唱【黃鶯兒】後第一支曲「口誦柏舟篇，更何心續斷絃」，此處眉批道：「太老氣非體」，〔註 134〕以為年方及笄的王瑞蘭，在此處表現太過老氣，不合

〔註 131〕〔明〕陳繼儒評：《鼎鐫幽閨記》上卷，頁 23b，總頁 120。
〔註 132〕〔明〕陳繼儒評：《鼎鐫幽閨記》上卷，頁 14a，總頁 101。
〔註 133〕〔明〕陳繼儒評：《鼎鐫幽閨記》下卷，頁 5a～5b，總頁 153～154。
〔註 134〕〔明〕陳繼儒評：《鼎鐫幽閨記》下卷，頁 34b，總頁 212。

其形象設定。同樣在此齣旦唱【高陽台】後第一支曲，白曰：「上告爹爹母親得知，孩兒已有丈夫，不敢從命」，眉批道：「老氣老氣，眞有柏舟之風」，〔註 135〕以柏舟之風稱許王瑞蘭心志堅定，不願改嫁，塑造其堅毅守節的形象。

（二）曲白科諢

有關曲白設計巧妙，評點者特別稱讚第十七齣和第二十二齣的設計：第十七齣〈曠野奇逢〉齣批：「曲好白又好，關目大得趣」，〔註 136〕曲詞旁多有圈點，且生旦互相問答的賓白也有圈點符號：「〔旦〕我只道是我母親，原來是個秀才。〔生〕我只道是我妹子，原來是一位娘子。〔旦〕呀，你不是我母親，如何叫我。〔生〕我自叫我妹子瑞蓮，誰來叫你」，此處藉由瑞蓮和瑞蘭名字音近而錯認的賓白設計，也是評點者稱許巧妙之處。

在第二十二齣〈招商諧偶〉齣批：「曲曲出奇，折折呈趣，諸情調都無此風流」，〔註 137〕評點者指出此處的曲詞「情調風流」、「出奇」、「呈趣」，藉由生旦二人在客店中的對話，刻畫出二人從「權作夫妻」到眞正的「拜堂夫妻」，中間二人相互辯白，呈現一種針鋒相對的趣味場景，而非一般的打情罵俏，可見其「呈趣」、「出奇」的曲詞設計，最後由店主出面協調，二人姻緣之事才能底定。

有關科諢巧妙，評點者特別稱許第九齣的盜賊們鬥嘴的戲謔設計：在第九齣〈綠林寄跡〉齣批道：「無謔不成戲，無趣不成文，遊戲三昧，此篇有焉」，〔註 138〕點出作品具有的「趣味性」在於此處的語言戲謔的賓白設計，賊子們鬥嘴的曲詞安排，讓應該是使人害怕的山賊也有了另一番趣味幽默的形象。

至於曲詞切題的設計，則以第十一齣〈士女隨遷〉為例，齣批道：「短兵勁切，酷肖個中題目」，〔註 139〕指的是蔣世隆、蔣瑞蓮唱【薄媚衮】「聽人報軍馬近城。國主遷都汴…」，接著又唱【薄媚衮】後第一支曲「聽街坊巷陌，唯聞得炒炒哀聲遍…」，藉由曲詞刻畫出此時兵荒馬亂，遷都時百姓亂逃的場景，曲詞的意境營造切中本齣題目，屬於成功的曲詞設計。

〔註 135〕〔明〕陳繼儒評：《鼎鐫幽閨記》下卷，頁 33b，總頁 210。
〔註 136〕〔明〕陳繼儒評：《鼎鐫幽閨記》上卷，頁 29a，總頁 131。
〔註 137〕〔明〕陳繼儒評：《鼎鐫幽閨記》下卷，頁 8a，總頁 159。
〔註 138〕〔明〕陳繼儒評：《鼎鐫幽閨記》上卷，頁 19a，總頁 111。
〔註 139〕〔明〕陳繼儒評：《鼎鐫幽閨記》上卷，頁 22b，總頁 118。

（三）關目情節

本劇從第七齣〈文武同盟〉開始將兩條情節線拉在一起：蔣世隆與陀滿興福的相遇和結拜，此齣的齣批稱讚此齣爲「一篇提綱挈領，妙在此折」，〔註 140〕接著第八齣〈少不知愁〉又拉出另一條情節線的主角：王瑞蘭，此齣齣批「亦少不得此一齣」。〔註 141〕此情節網到第十五齣〈番落回軍〉才算完整，將中都被番兵入侵後一片空城的景象刻畫逼真，並且埋下王尚書一線索，以見王尚書在朝中地位。

特別稱許的是本劇中的拜月情節設定，第三十二齣〈幽閨拜月〉，齣批道：「傳奇中多有拜月，只它處拜月冷落，無此關目奇妙耳」，〔註 142〕此處拜月之所以奇妙在於拜月者和聽者之間的對話、互動，並且藉此拜月的機會，也改變二人關係，使得主角關係逐漸清晰化。

細節設計的部份，則稱讚第二十六齣〈皇華悲遇〉，齣批道：「此齣關目極妙，全在不說出」。〔註 143〕貶斥第三十五齣〈詔贅仙郎〉【普賢歌】前道白，眉批：「豈有中狀元而不識其名？即女不識，爺豈不識？當別換關目則可」，〔註 144〕同樣此齣的齣批道：「貧窮則羞以爲婚，富貴即納他爲婿，冷暖之極，世情皆然，何笑此公。」則是以社會視角來評論此處情節中嫌貧愛富的社會現象。

第三十六齣〈推就紅絲〉生唱【勝葫蘆】後第一支曲，眉批：「招你什麼人？豈有做秀才不識尚書，中狀元又不識尚書，拐人兒女又被逐，今又招婿，而不識那個王尚書？」〔註 145〕先是提出質疑爲何招親時，雙方並未認出，接著在此齣齣批：「雖然此處說出，後段赴宴便無味」，〔註 146〕評點者點出要在此處說出狀元原是熟人，便會讓後來的情節懸疑趣味減低，這樣就達不到「趣」的戲劇效果。

有趣的關目設計還有在第十七齣〈曠野奇逢〉，齣批道：「曲好白又好，關目大得趣」，〔註 147〕評點者也稱讚出此處關目設計的巧趣，安排不認識的二人因錯認而巧遇，一路同行。第十八齣〈彼此親依〉，齣批道：「失女而得女，

〔註 140〕〔明〕陳繼儒評：《鼎鐫幽閨記》上卷，頁 15b，總頁 104。
〔註 141〕〔明〕陳繼儒評：《鼎鐫幽閨記》上卷，頁 15b，總頁 104。
〔註 142〕〔明〕陳繼儒評：《鼎鐫幽閨記》下卷，頁 30a，總頁 203。
〔註 143〕〔明〕陳繼儒評：《鼎鐫幽閨記》下卷，頁 21a，總頁 185。
〔註 144〕〔明〕陳繼儒評：《鼎鐫幽閨記》下卷，頁 34a，總頁 211。
〔註 145〕〔明〕陳繼儒評：《鼎鐫幽閨記》下卷，頁 36a，總頁 215。
〔註 146〕〔明〕陳繼儒評：《鼎鐫幽閨記》下卷，頁 36b，總頁 216。
〔註 147〕〔明〕陳繼儒評：《鼎鐫幽閨記》上卷，頁 29a，總頁 131。

非親卻是親」，〔註148〕藉由音近產生的錯認，同樣也發生在另一人身上，王世隆的親妹因此被蔣母錯認爲女，評點者指出這樣的「非親」卻由誤會「得親」的設計也是本劇關目安排奇巧處。

在第三十七齣〈官媒回話〉情節設計中，請官媒邀請狀元到府相認，藉由蔣瑞蓮認出蔣世隆，再回報瑞蘭。此齣的齣批道：「所幸者二女未曾嫁，所喜者二人未曾婚」，〔註149〕指出此處的喜劇效果在於：二女不願被逼嫁，二男也不願被逼婚，最後透過此齣中的巧計安排，認出舊人一對，使雙雙對對終成婚姻大事，這裡的巧計安排，在場上明說：外唱【滴溜子】「明日裏，明日裏，小設酒筵」，雖然當事人不知道此計安排，但是觀者已然清楚事件發展，也好奇酒筵上當事人的反應爲何，這就造成「戲劇懸念」的設計，使觀者有所期待，故評點者以觀者角度出發，才會說「所幸者二女未曾嫁」這樣的主觀話語，表現此處身爲觀者的期待。

（四）場上觀念

本劇在第十三齣〈相泣路岐〉是安排簡單的小場，刻畫王瑞蘭和王母兩人逃難途中，一路相扶相泣的情景，此齣的齣批道：「妙在斬截處」，〔註150〕可看出評點者稱讚這樣的過場處理是簡潔適中的。

總結以上所言，本劇的劇末總評道出陳眉公稱許此劇巧妙之處：

> 《拜月》曲都近自然，委是天造，豈曰人工。妙在悲歡離合、起伏照應，線索在手，弄調如無。興福遇蔣，一奇也，及伏下賊寨逢迎、文武並贅；曠野兄妹離而夫妻合，及伏下拜月緣由。商店夫妻離而父子合驛舍，而子母夫妻俱合。又進前曠野之離、商店兄弟合，又起下文武團圓、夫妻兄妹總成奇逢結局。豈曰人力，蓋天合也，命曰《天合記》。〔註151〕

以「天合」機緣的巧妙發出讚嘆，稱讚本劇安排的奇逢情節，前後情節有高低起伏，情節線所有能毫不紊亂，前後呼應，在悲歡離合間設計出三奇：興福遇蔣、曠野兄妹離夫妻合、商店夫妻離父子合與子母夫妻俱合，前後三奇的設計絲毫不有人工之感，反覺自然無造假處，這便是本劇情節設計的藝術

〔註148〕〔明〕陳繼儒評：《鼎鐫幽閨記》上卷，頁30 b，總頁134。
〔註149〕〔明〕陳繼儒評：《鼎鐫幽閨記》下卷，頁38a，總頁219。
〔註150〕〔明〕陳繼儒評：《鼎鐫幽閨記》上卷，頁24b，總頁122。
〔註151〕〔明〕陳繼儒評：《鼎鐫幽閨記》下卷，頁44a～44b，總頁231～232。

手法高明之處，能自然巧妙的安排聚散離合的種種線索。

值得一提的是，在《鼎鐫紅拂記》第二十九齣〈拜月同祈〉齣批，眉公曾經比較過五劇作《西廂》、《幽閨》、《紅拂》、《玉簪》、《金印》的「拜月」情節設境之巧，最後陳眉公以《紅拂記》的「祝願更爽朗些」稱許之，像這樣的比較評論，也是眉公在戲曲評點上的特色，《玉簪記》的拜月是陳妙常爲夫祈禱早日得功名平安歸來，而《幽閨記》第三十二齣〈幽閨拜月〉的拜月也同樣是王瑞蘭爲夫祈禱，前後者曲詞各有佳處，皆能表達相思之情，情景交融的設計各有優點。

第二節　《鼎鐫繡襦記》評點探析

一、《鼎鐫繡襦記》的評價與評點本比對

以下要探討的是《鼎鐫繡襦記》的評語和眉公思想相應處，並且整理本劇的齣批以看出眉公對此劇整體的評價爲何，以便進行後續分析。

（一）評語內涵與陳眉公思想的比對

在第二齣〈正學求君〉鄭儋對鄭元和說：「孩兒，讀書利益，本欲開心，不可凌忽長者，不務實學，惟事虛文，不宜徒恃能文，忽欺傲慢，而淪於不肖焉耳，不可如此」，眉批：「眞讀書方法」。〔註 152〕關於讀書方法的討論，眉公也在〈太虛初稿序〉中說到「學最富，故有倚天拔地之精神」，眉公十分強調讀書論學的重要，已經在第一章有所討論，此不多贅述，可見此處眉批中，評點者是認同劇中人鄭儋提出的讀書的方法，所言確有見的。第十五齣齣批道：「惜李大媽是個婦人耳，若是個做官的更會賺鈔」，〔註 153〕此處評點者不只諷刺娼婦使計賺鈔，更以此諷刺官員也會藉機賺鈔，符合眉公思想中對於社會黑暗的反諷和不滿。第二十八齣〈教唱蓮花〉齣批道：「全是箴砭語，誤認做嘲罵語」，〔註 154〕也點出本劇主旨箴砭，不在嘲罵，與眉公在《琵琶記》齣批說「嘲罵譜」可做映襯，眉公藉著「嘲罵」二字點出劇作的創作主旨，

〔註 152〕〔明〕陳繼儒撰：《鼎鐫繡襦記》，上卷，收於北京大學圖書館編《不登大雅文庫珍本戲曲叢刊》（北京市：學苑出版社，2003 年），第 13 冊，頁 2a，總頁 239。

〔註 153〕〔明〕陳繼儒撰：《鼎鐫繡襦記》，上卷，頁 29b，總頁 294。

〔註 154〕〔明〕陳繼儒撰：《鼎鐫繡襦記》，下卷，頁 14a，總頁 341。

以《琵琶記》主旨在嘲罵諷刺不孝蔡伯喈，以《繡襦記》主旨在箴砭浪蕩子弟鄭元和。從齣批中也可判斷出是屬於眉公的風格類型評語。

（二）同劇作評本比較：《鼎鐫繡襦記》與《陳眉公先生批評繡襦記》

關於《李卓吾先生批評繡襦記》是否爲李卓吾評點，已有鄭振鐸先生指出是由葉晝僞作，故此處不作李評與陳評本比對。〔註 155〕以《陳眉公先生批評繡襦記》〔註 156〕和《鼎鐫繡襦記》做比對，以便看出前後出版的內容差別：兩者版式相同，皆爲白口，四周單欄，單魚尾，版心書有大題在上（陳眉公批評琵琶記）小題在下（卷之某），半葉十行，每行字數 26 字。小字雙行，字數 25 字。眉批在上欄，小字，一行四字。下欄是曲文。書品寬大，字畫橫平豎直，撇捺直挺，字形略爲方正，方塊字。正文卷端題：「雲間陳眉公陳繼儒評」、「一齋敬止余文熙閱」、「書林慶雲蕭騰鴻梓」。

兩者不同的是：《陳眉公先生批評繡襦記》卷首有余文熙作序，且多了〈汧國傳〉〔註 157〕。可以看出，是《鼎鐫繡襦記》翻印《陳眉公先生批評繡襦記》的版，但是圖畫和字跡部分模糊，《鼎鐫繡襦記》的版心沒有「師儉堂」三字。

〔註 155〕鄭振鐸先生在《劫中得書記》中推測：「頗疑李卓吾只評《琵琶》、《玉合》、《紅拂》數種，其後初刻、二刻、三刻云云，皆爲葉晝所僞作，故合刻數種，殆皆爲翻刻本。」

〔註 156〕明末書林蕭騰鴻刊本。國家圖書館善本書室收藏。框高 22.5 公分，寬 14.5 公分。每半葉 10 行，科白小字雙行，每行大小皆 26 字。單欄白口，欄內刻有眉批，版心上端刻書目，中刻卷次葉數，其下刻「師儉堂板」四字。書前有序及目錄，目錄分上下，上卷止於第二十齣，下卷終於第四十一齣。圖十一幅，每圖雙面，上刊劉素明、蔡汝佐寫。是書插畫繪刻俱精，堪與《琵琶記》、《牡丹亭》相媲美。

題署爲「雲間眉公陳繼儒評、潭陽𢞇韋蕭鳴盛校、一齋敬止余文熙閱、書林慶雲蕭騰鴻梓」。卷首有余文熙所撰的〈繡襦記序〉，首卷目錄之後是唐代白行簡撰、陳眉公評點過的〈附汧國傳〉，記李娃與鄭生相戀始末。眉批爲明體字，小字，一行四字。齣末有手書體齣批，在卷末有總評式的文字，爲手書體。插圖散見於各齣之間。

〔註 157〕傳中有幾處批語頗有理論價值：例如「將行，乃盛其服玩車馬之飾，計其京師薪儲之費。」（間批：驕奢必至淆佚，埋伏得好）「食頃，有一人控大宛，汗馬流馳至曰：姥遇暴疾頗甚，殆不識人，宜速歸。娃謂姨曰：方寸亂矣，某騎而前去，當令返乘，便與郎偕來。」（眉批：敘處太煩，似非高手）傳末的總評：「述亞仙應答言詞□好餘，未免繁□不合宜。」

以下附上本劇陳眉公齣批內容，以便後文討論：

表 17　《鼎鐫繡襦記》齣批

	《鼎鐫繡襦記》齣批
第一齣	（無批）
第二齣	劈頭入手，就在來興上著神。〔註 158〕
第三齣	個秀才無見識無學問的，真是在三家村裡住。〔註 159〕
第四齣	只顧模擬亞仙嬌媚獻笑態度，與元和伉儷情致，有何張本？〔註 160〕
第五齣	有子弟科舉的整日在家，以夢說夢都是如此。〔註 161〕
第六齣	無學問而得科奈底眞是件應舉公生。〔註 162〕
第七齣	（無批）
第八齣	有這墜鞭顧盼一出，方好引入相見眷戀處。〔註 163〕
第九齣	曲中盡見描寫，只鄭與李敘情處欠通，幾語不類貴介公子口吻。〔註 164〕
第十齣	邇來此人只做得幾句粗俗話，輒□矜生珠玉琳琅甚□，互相哄□洪睡垓中叢□無好來□，免不得此樣子。〔註 165〕
第十一齣	忠□直諫不□謂非良友。〔註 166〕
第十二齣	□來□吏之子必不夭折，即父母苦備嘗心，上天玉成以大用之耳，爲半疑半信，張□世損子□哲。〔註 167〕
第十三齣	如此親如此教法不愧法門伎倆。〔註 168〕
第十四齣	知音撞著知音，千里駒不殺五花馬更待何時。〔註 169〕

〔註 158〕〔明〕陳繼儒撰：《鼎鐫繡襦記》，上卷，頁 4b，總頁 244。
〔註 159〕〔明〕陳繼儒撰：《鼎鐫繡襦記》，上卷，頁 6a，總頁 247。
〔註 160〕〔明〕陳繼儒撰：《鼎鐫繡襦記》，上卷，頁 9a，總頁 253。
〔註 161〕〔明〕陳繼儒撰：《鼎鐫繡襦記》，上卷，頁 10a，總頁 255。
〔註 162〕〔明〕陳繼儒撰：《鼎鐫繡襦記》，上卷，頁 12b，總頁 260。
〔註 163〕〔明〕陳繼儒撰：《鼎鐫繡襦記》，上卷，頁 14b，總頁 264。
〔註 164〕〔明〕陳繼儒撰：《鼎鐫繡襦記》，上卷，頁 16b，總頁 268。
〔註 165〕〔明〕陳繼儒撰：《鼎鐫繡襦記》，上卷，頁 19b，總頁 274。
〔註 166〕〔明〕陳繼儒撰：《鼎鐫繡襦記》，上卷，頁 22b，總頁 280。
〔註 167〕〔明〕陳繼儒撰：《鼎鐫繡襦記》，上卷，頁 24a，總頁 283。
〔註 168〕〔明〕陳繼儒撰：《鼎鐫繡襦記》，上卷，頁 25b，總頁 286。此處齣批採用明體字，並非使用陳眉公的手書體，而且第十四齣的齣目有缺漏，懷疑此二處可能是書商重新翻印時漏刻。
〔註 169〕〔明〕陳繼儒撰：《鼎鐫繡襦記》，上卷，頁 28a，總頁 291。

第十五齣	惜李大媽是個婦人耳，若是個做官的更會賺鈔。〔註170〕
第十六齣	這小廝亦□尙以奴僕看他，爲忠臣義士，不□推此心而□之耳。〔註171〕
第十七齣	設計極巧，只是太毒。〔註172〕
第十八齣	（無批）
第十九齣	生出這段分離，想法絕巧。〔註173〕
第二十齣	妝腔化調眞是瞞人耳目。〔註174〕
第二十一齣	瘦□煙花□□風柳。〔註175〕
第二十二齣	寄正旋于偏鋒。〔註176〕
第二十三齣	借路令人莫測，文家僑致。〔註177〕
第二十四齣	誰知風塵裡□□傲霜節。〔註178〕
第二十五齣	情義並到，可泣可歌。〔註179〕
第二十六齣	箴砭至此，苦口矣苦矣。〔註180〕
第二十七齣	談眞之景，不覺落寞〔註181〕
第二十八齣	全是箴砭語，誤認做嘲罵語。〔註182〕
第二十九齣	此篇二意一試貞二傳橋極意與。〔註183〕
第三十齣	妝出嚴慈情狀，甚似，甚似。〔註184〕
第三十一齣	煙花破浪，卻文院烟花取償。〔註185〕

〔註170〕〔明〕陳繼儒撰：《鼎鐫繡襦記》，上卷，頁29b，總頁294。
〔註171〕〔明〕陳繼儒撰：《鼎鐫繡襦記》，上卷，頁31a，總頁297。
〔註172〕〔明〕陳繼儒撰：《鼎鐫繡襦記》，上卷，頁33a，總頁301。
〔註173〕〔明〕陳繼儒撰：《鼎鐫繡襦記》，上卷，頁37a，總頁309。
〔註174〕〔明〕陳繼儒撰：《鼎鐫繡襦記》，上卷，頁39a，總頁313。
〔註175〕〔明〕陳繼儒撰：《鼎鐫繡襦記》，下卷，頁4b，總頁322。
〔註176〕〔明〕陳繼儒撰：《鼎鐫繡襦記》，下卷，頁5b，總頁324。
〔註177〕〔明〕陳繼儒撰：《鼎鐫繡襦記》，下卷，頁7a，總頁327。
〔註178〕〔明〕陳繼儒撰：《鼎鐫繡襦記》，下卷，頁8b，總頁330。
〔註179〕〔明〕陳繼儒撰：《鼎鐫繡襦記》，下卷，頁11b，總頁336。
〔註180〕〔明〕陳繼儒撰：《鼎鐫繡襦記》，下卷，頁12b，總頁338。
〔註181〕〔明〕陳繼儒撰：《鼎鐫繡襦記》，下卷，頁13a，總頁339。
〔註182〕〔明〕陳繼儒撰：《鼎鐫繡襦記》，下卷，頁14a，總頁341。
〔註183〕〔明〕陳繼儒撰：《鼎鐫繡襦記》，下卷，頁17a，總頁347。
〔註184〕〔明〕陳繼儒撰：《鼎鐫繡襦記》，下卷，頁18b，總頁350。
〔註185〕〔明〕陳繼儒撰：《鼎鐫繡襦記》，下卷，頁24a，總頁361。

第三十二齣	大是天理人性，決不容已，決不可少。〔註 186〕
第三十三齣	文有煞處放鬆，此是放鬆處，亦是收煞處。〔註 187〕
第三十四齣	方像口雅正規□。〔註 188〕
第三十五齣	要這一抄，方足旌貞。〔註 189〕
第三十六齣	這樣雅調，亦理合該如此，文之有斟酌處。〔註 190〕
第三十七齣	（無批）
第三十八齣	（無批）
第三十九齣	（無批）
第四十齣	以武將之以文守之□不踰禮。〔註 191〕
第四十一齣	（無批）
齣末總評	□女一片苦心愛母之憂□□，卻不是一亡冷眼嘆世也。愛河痴戀總是苦海，好色不悛終是乞骨，父母所擯，卑田所收，下賤窟裡養出狀元，終是不成人品，種種現出地獄，□為癡□設捧心者慈悲佛哉。又日千古□語，卻是一部戒律。又曰關目極可觀之中，討出嬌嬈，方許讀此妙曲。〔註 192〕

二、《鼎鐫繡襦記》的戲劇學觀點探析

在陳眉公對《繡襦記》的評點中，著墨較多的是人物形象和情節關目的部份，有關場上觀念的評論則幾乎沒有，以下一一分析其評點內涵。

（一）人物形象

首先按照身分、地位來做區分，分析眉公對此劇的人物形象的評點內涵：

忠僕／惡僕形象：來興。

舉例如：第二齣〈正學求君〉鄭儋問來興：「我且問你，大相公一向在學中，勤惰何如」，眉批：「來興較能識好人」，〔註 193〕後來鄭儋派來興陪鄭元和一同去請秀才樂道德，鄭儋問三家村是個小地方怎麼會有秀才可請，來興則回答：「十室之邑，必有忠信之人，三家之村，豈無文德之士焉」，此處眉批

〔註 186〕〔明〕陳繼儒撰：《鼎鐫繡襦記》，下卷，頁 25a，總頁 363。
〔註 187〕〔明〕陳繼儒撰：《鼎鐫繡襦記》，下卷，頁 27a，總頁 367。
〔註 188〕〔明〕陳繼儒撰：《鼎鐫繡襦記》，下卷，頁 29b，總頁 372。
〔註 189〕〔明〕陳繼儒撰：《鼎鐫繡襦記》，下卷，頁 31a，總頁 375。
〔註 190〕〔明〕陳繼儒撰：《鼎鐫繡襦記》，下卷，頁 32b，總頁 378。
〔註 191〕〔明〕陳繼儒撰：《鼎鐫繡襦記》，下卷，頁 37a，總頁 387。
〔註 192〕〔明〕陳繼儒撰：《鼎鐫繡襦記》，下卷，頁 39a，總頁 391。
〔註 193〕〔明〕陳繼儒撰：《鼎鐫繡襦記》，上卷，頁 2a，總頁 239。

又道：「來興言更不凡」，〔註 194〕將來興的形象往上提昇。第二齣的齣批也點出：「劈頭入手，就在來興上著神」，〔註 195〕與後來的來興形象批評可呼應對照。第三齣〈僞儒樂聘〉丑唱【秋夜月】「人稱大叔眞豪氣，長多少面皮，壯多少面皮」，眉批：「也像來興意思」，〔註 196〕以此處曲詞描畫出來興那種大宅府第的僕奴的味道。有關來興的語言設計有不妥之處，例如在第三齣〈僞儒樂聘〉丑唱【大迓鼓】「你且學而時習之，莫矜誇脣舌，言愼樞機，若使妄爲些子事，空勞讀數行書，蹈規循矩沒是非」，眉批：「如何也講道學」，〔註 197〕以爲僕奴身分不該有這類道學口吻。還有第三齣，來興找到樂道德陪伴鄭元和趕考，卻對樂道德說：「盡意哄他嫖賭，將來要與我八刀」，唱【大迓鼓】後第一支曲「你哄他尋花問柳，博奕啣杯」，和樂道德兩人合作要設計鄭元和，一副惡僕嘴臉的刻畫，此處眉批：「切中時悟膏肓」〔註 198〕、「這都是供狀」，〔註 199〕批評來興在此處的設計陷害；與後來第十六齣〈鬻賣來興〉，在來興賣身當盤纏此段道白，眉批到：「來興是眞義人，眞丈夫」，〔註 200〕稱許來興此處的眞義。第十四齣〈試馬調琴〉裡，來興說不該殺五花馬煮湯：「五花馬終日騎，何曾有半個錢與他，那騙錢的到不殺，歹殺那省錢的，相公好癡！」眉批：「這來興也不俗」，〔註 201〕稱許來興此處的有見識不流俗之言。在第二十一齣〈墮計消魂〉中來興勸鄭元和早日回鄉，眉批道：「忠臣思故國」，〔註 202〕接著唱「你帶月行來蒲身露濕」，感嘆鄭元和身穿破衣願以自身衣服交換，眉批道：「僕有替袍意，令人酸心」，〔註 203〕此處來興規勸鄭元和的忠僕形象和第三齣簡直判若兩人，評點者關注到劇本人物性格設定前後矛盾的闕漏。

慈母形象：虞氏。舉例如：第二齣〈正學求君〉貼唱【漁家燈】「我孩兒學已成……慮只慮孱弱身軀，怎跋涉水遠山長」，眉批道：「像爲母的說

〔註 194〕〔明〕陳繼儒撰：《鼎鐫繡襦記》，上卷，頁 4a，總頁 243。
〔註 195〕〔明〕陳繼儒撰：《鼎鐫繡襦記》，上卷，頁 4b，總頁 244。
〔註 196〕〔明〕陳繼儒撰：《鼎鐫繡襦記》，上卷，頁 4b，總頁 244。
〔註 197〕〔明〕陳繼儒撰：《鼎鐫繡襦記》，上卷，頁 5b，總頁 246。
〔註 198〕〔明〕陳繼儒撰：《鼎鐫繡襦記》，上卷，頁 5b，總頁 246。
〔註 199〕〔明〕陳繼儒撰：《鼎鐫繡襦記》，上卷，頁 5b，總頁 246。
〔註 200〕〔明〕陳繼儒撰：《鼎鐫繡襦記》，上卷，頁 31a，總頁 297。
〔註 201〕〔明〕陳繼儒撰：《鼎鐫繡襦記》，上卷，頁 28a，總頁 291。
〔註 202〕〔明〕陳繼儒撰：《鼎鐫繡襦記》，下卷，頁 4b，總頁 322。
〔註 203〕〔明〕陳繼儒撰：《鼎鐫繡襦記》，下卷，頁 3b，總頁 320。

話」。〔註 204〕將虞氏擔憂鄭元和身體孱弱的母親形象描摹生動。

嚴父形象：鄭儋。舉例如：第五齣〈載裝遣試〉鄭儋唱【催拍】後第一支曲「丈夫學飛黃遠馳，肯待兔終朝守株，不見男子生時，不見男子生時，弧矢懸門，四遠揚輝，莫效兒曹，戀別牽衣」，眉批道：「卻像勉子話」，〔註 205〕表達傳統父執輩對於子孫的期許和勉勵口吻，曲詞的設計符合其形象。第三十二齣外唱【醉翁子】「聽取，當不得庭前，反哺慈烏月夜啼」，眉批道：「鐵心亦摧折」，〔註 206〕點出嚴父形象因爲獨子過世，老妻哀哭而有所轉變。

僞儒形象：樂道德。舉例如：第三齣〈僞儒樂聘〉淨扮樂道德唱【秋夜月】「假喫虧見利渾忘義，者也之乎全不濟」，眉批道：「若世儒還不肯說出自己無學問矣，縱多奸狡卻有老實」，〔註 207〕間批：「這句無著落，老實話」，〔註 208〕評點者點出樂道德的奸狡形象。後來樂道德又轉求來興借鋪蓋以撐場面時說：「老弟……都是大帽子鋪門面說話，望你作成……壯觀一壯觀，這都是外面鋪張的事〔自指科〕我的鋪張能事儘在此」，此處眉批道：「畫露腳手」，〔註 209〕突顯樂道德的僞儒形象和好面子、愛鋪張的個性，此處評點者稱讚刻畫樂道德此人物的戲劇動作設定和賓白安排。第六齣〈結伴毘陵〉淨白：「不要忙，人夫都在袖中藏」處，眉批道：「這袖比近來蘇樣的又大幾百倍，不然五十名夫如何藏得」，〔註 210〕因爲樂道德將來興打點要爲公子送行的人夫一百人賣掉五十人，換得銀錢藏在袖子裡，還欺騙公子已經點齊一百名人夫，後被公子發現才又改口說是因爲被催趕急了，藉口「盤纏不曾帶得一些，因此賣幾名人夫做盤纏」，評點者指出此處的樂道德行爲正表現其小人心態的貪小便宜，和鄭元和的大方不計較形象相互對比。評點中也指出樂道德的窮酸落魄行狀，像是在第十齣淨唱【出隊子】「浮生如寄浮生如寄」，眉批道：「像落魄書生形狀」。〔註 211〕在第七齣〈長安稅寓〉的齣末，樂道德要提議帶鄭元和去勾欄耍樂一番，樂道德說：「公子，就到勾欄裡，尋個婊子

〔註 204〕〔明〕陳繼儒撰：《鼎鐫繡襦記》，上卷，4a，總頁 243。
〔註 205〕〔明〕陳繼儒撰：《鼎鐫繡襦記》，上卷，9b，總頁 254。
〔註 206〕〔明〕陳繼儒撰：《鼎鐫繡襦記》，下卷，24b，總頁 362。
〔註 207〕〔明〕陳繼儒撰：《鼎鐫繡襦記》，上卷，4b，總頁 244。
〔註 208〕〔明〕陳繼儒撰：《鼎鐫繡襦記》，上卷，4b，總頁 244。
〔註 209〕〔明〕陳繼儒撰：《鼎鐫繡襦記》，上卷，5a，總頁 245。
〔註 210〕〔明〕陳繼儒撰：《鼎鐫繡襦記》，上卷，12a，總頁 259。
〔註 211〕〔明〕陳繼儒撰：《鼎鐫繡襦記》，上卷，17a，總頁 269。

耍一耍」。小生說：「學生自幼不離書館，玩逸之情少見，樂兄可望乞指引」。此處眉公寫下眉批：「原來風流子弟只是學成的」，〔註 212〕評點者爲鄭元和的風流做了翻案，以鄭元和的個性而言，若非樂道德哄騙引誘也不可能有機會到勾欄嫖賭，可見得評點者已經注意到在本劇中樂道德是引領鄭元和進入勾欄的關鍵人物。後來在第八齣的齣末，鄭元和初見李亞仙後，詢問樂道德如何再見李亞仙，樂道德回答：「所喜者都是富家官宦，若要動他半點芳心，須是不惜黃金百兩」，眉批道：「樂道德就做媒了」，〔註 213〕此處評點者也再度將樂道德的腳色定位成「做媒人」，也就是使生旦見面的關鍵人，促使劇情發展的作用人物，雖然一開始哄騙鄭元和尋花問柳，最後還是在第四十齣〈幫宦重媒〉爲其鄭元和向李亞仙說媒，首尾影響著劇情發展。

妓女形象。舉例如：本劇中有許多處評論到妓女形象的設定問題，包含：李大媽和賈二媽，銀箏和李亞仙，從這些眉批中可看出評點者對於同樣都是妓女形象的設定有不同的意見。像是在第四齣〈厭習風塵〉旦唱【一翦梅】「裙襯弓鞋入繡房」，小旦接唱：「朝雲暮雨爲誰忙」，眉批道：「曲不像亞仙，口吻畢竟有些不屑煙花的意纔好」，〔註 214〕但是此處評點者忽略了銀箏和亞仙都是勾欄女子，有些煙花口吻也是正常。後面李亞仙白曰：「身雖墮於風塵，而心每懸於霄漢，未知何日得遂從良之願」，此處眉批道：「白像」，〔註 215〕肯定李亞仙道白符合其人物性格，表露出李亞仙的從良心願。接著旦唱【黑麻序】「堪傷，有色無香」，眉批道：「總是偃蹇，風塵意態」，〔註 216〕也是稱讚此處刻畫李亞仙的風塵意態形象成功。

值得討論的是在第四齣的齣批：「只顧模擬亞仙嬌媚獻笑態度，與元和伉儷情致，有何張本？」〔註 217〕但是此處評點者並未考慮到李亞仙本爲妓院勾欄內的女子，表露出獻笑情態也是無可厚非的，此處的風塵形象刻畫與後來和鄭元和的相戀深情的形象並不會相互矛盾。在第十三齣李亞仙和賈二媽說不能對鄭元和使計坑陷：「好說，這事不是我行的，眼前出於無奈，要顧終身

〔註 212〕〔明〕陳繼儒撰：《鼎鐫繡襦記》，上卷，13a，總頁 261。
〔註 213〕〔明〕陳繼儒撰：《鼎鐫繡襦記》，上卷，14a，總頁 263。
〔註 214〕〔明〕陳繼儒撰：《鼎鐫繡襦記》，上卷，6b，總頁 248。
〔註 215〕〔明〕陳繼儒撰：《鼎鐫繡襦記》，上卷，6b，總頁 248。
〔註 216〕〔明〕陳繼儒撰：《鼎鐫繡襦記》，上卷，8a，總頁 251。
〔註 217〕〔明〕陳繼儒撰：《鼎鐫繡襦記》，上卷，10a，總頁 253。

事業，怎做得那冷熱人，把人坑陷」，眉批道：「具大慈悲」，〔註 218〕此處認同李亞仙賓白營造的慈悲形象，正好與娼婦賈二媽成對比，接著賈二媽唱【憶多嬌】「他初到時我把甜話兒」，教李亞仙如何假意使計趕走鄭元和，此處眉批道：「只說得你娼家前話，說不得亞仙的話」，〔註 219〕將賈二媽的語言稱爲娼家話，與亞仙話可做映襯，評點者也注意到兩位人物同樣都是娼妓卻有不同的語言設計之處皆能符合其形象設定和性格安排。在第十五齣〈套促纏頭〉更直接批判了妓女的貪財可恨處，李亞仙唱【繞地遊】後，李大媽詢問鄭元和能否再拿出更多銀兩，李亞仙說鄭元和已經傾囊與他，接著李大媽道「他既沒有了打發他去吧」，此處眉批道：「只重錢財，不重人，眞可恨」，〔註 220〕表達了評點者強烈的批評只重財的人物性格，與李亞仙相比，李大媽和賈二媽正是這類只重財不重人的娼婦，而李亞仙則是重人重才不重財的奇女。第二十四齣中李亞仙唱【泣顏回】「堅貞立志脫風塵」，表示自己的心志堅貞，此處眉批點出：「風塵乃見堅貞」，〔註 221〕與其他風塵女子相比，更能突顯李亞仙的深情志堅。

公子形象：鄭元和。舉例如：第九齣〈逑叶良儔〉齣批：「曲中盡見描寫，只鄭與李敘情處欠通，幾語不類貴介公子口吻」，〔註 222〕仔細觀察此齣的曲文，生唱【錦堂月】後白：「小生在此，非但求屋而已，欲酬仰慕之私」。旦云：「男女之際，大欲存焉，情苟相得，雖父母之命，不能止也。賤妾固陋，若不棄嫌，須薦君子之枕席」。生云：「愁小生沒福」。接著生唱【僥僥令】「願作廝養家僮從呼喚，攜枕抱衾裯，敢自由」，此處眉批道：「寒酸」，〔註 223〕批評鄭元和身爲公子，不該出此寒酸之語。第二十一齣，生白：「我借你館中一宿，明日早行，行路辛苦，有酒看一壺來」，眉批：「只知吃了使去，不知還店錢，乃是公子意」。〔註 224〕後來離開酒館，淨云：「不要偷了我的酒壺去」，生云：「酒壺在桌上，自家仔細」，眉批道：「公子非偷酒壺者」，〔註 225〕也是注意到公子形象的塑造。第二十三齣〈得覓知音〉齣首，鄭元和對店主說：「多

〔註 218〕〔明〕陳繼儒撰：《鼎鐫繡襦記》，上卷，24b，總頁 284。
〔註 219〕〔明〕陳繼儒撰：《鼎鐫繡襦記》，上卷，25a，總頁 285。
〔註 220〕〔明〕陳繼儒撰：《鼎鐫繡襦記》，上卷，28b，總頁 292。
〔註 221〕〔明〕陳繼儒撰：《鼎鐫繡襦記》，下卷，7b，總頁 328。
〔註 222〕〔明〕陳繼儒撰：《鼎鐫繡襦記》，上卷，16b，總頁 268。
〔註 223〕〔明〕陳繼儒撰：《鼎鐫繡襦記》，上卷，16a，總頁 267。
〔註 224〕〔明〕陳繼儒撰：《鼎鐫繡襦記》，下卷，1b，總頁 316。
〔註 225〕〔明〕陳繼儒撰：《鼎鐫繡襦記》，下卷，1b，總頁 316。

蒙店主收養在家…今日便死，自作自受，只是我爹娘年紀老矣，只生我一身，日夜望我中舉榮歸，誰死在他鄉呵」，眉批道：「良心勃勃發現」，〔註226〕指出鄭元和因爲重病思念父母，此時鄭元和的態度有所轉變，評點者指出這是「良心」發現，其實鄭元和本性善良，並非拋棄父母之人，只是受到環境矇蔽。第三十一齣，生唱【沽美酒】「鵝毛雪滿空飛」，眉批：「像個乞兒曲」，〔註227〕此處評點者注意到鄭元和的公子形象轉變爲「乞兒」形象，曲詞帶有乞兒口吻。第三十一齣，生唱【醉太平】「繞前門後街…與乞兒繡一副合歡帶，與乞兒攜手上陽臺，這個不是挾貧的奶奶」，眉批：「眞是乞兒骨，不離乞兒骨」，〔註228〕評點者重複以「乞兒骨」來形容鄭元和，可見此處曲詞刻畫人物形象肖似乞兒。第三十三齣，生唱【江兒水】後第一支曲「你聽紅樓，猶把笙歌按到金樽，秉燭通宵宴」，眉批：「慣了乞兒骨」，〔註229〕批評鄭元和仍未改乞兒習氣。後面直到鄭元和決心悔悟，立志赴試，唱【川撥棹】「明日別朝金殿，把胸中經濟展」，表示自己立誓要奪得功名，眉批道：「切莫露出十字街頭，叫爹爹奶奶腳手」，〔註230〕評點者注意到此處鄭元和形象的轉變，從落魄乞兒轉爲有志書生。在第三十五齣〈卻婚受僕〉，鄭元和公開拒絕曾學士的招親，白云：「學生與李亞仙有婚姻之約，老先生所知也者，現盟言在耳，豈可相背」，眉批道：「老實」，〔註231〕指出鄭元和的性格老實，不會背信忘義。

（二）曲白科諢

眉批中多處提到「畫情」、「畫景」稱讚曲詞的設計融合情景，具有畫意：第四齣眾唱【漿水令】「夜深沈漏聲響，想花神春夢悠揚」，將曲院中賞花作樂的景象描摹如畫，此處眉批道：「曲亦畫情」。〔註232〕第六齣〈結伴毘陵〉下場詩的評點「西崦遙看日已曛，暮雲低處路將昏。隔江人散魚鰕市，空谷傳聲鳥鵲村」，眉批道：「畫出一幅晚景」，〔註233〕也是稱讚曲詞中的情景交融技巧。第九齣〈逑叶良儔〉生唱【鎖南枝】「鶯花市，燕子樓」，眉批道：「一

〔註226〕〔明〕陳繼儒撰：《鼎鐫繡襦記》，下卷，6a，總頁325。
〔註227〕〔明〕陳繼儒撰：《鼎鐫繡襦記》，下卷，19a，總頁351。
〔註228〕〔明〕陳繼儒撰：《鼎鐫繡襦記》，下卷，19b，總頁352。
〔註229〕〔明〕陳繼儒撰：《鼎鐫繡襦記》，下卷，26a，總頁365。
〔註230〕〔明〕陳繼儒撰：《鼎鐫繡襦記》，下卷，27a，總頁367。
〔註231〕〔明〕陳繼儒撰：《鼎鐫繡襦記》，下卷，30a，總頁373。
〔註232〕〔明〕陳繼儒撰：《鼎鐫繡襦記》，上卷，8b，總頁252。
〔註233〕〔明〕陳繼儒撰：《鼎鐫繡襦記》，上卷，12b，總頁260。

幅遊春圖，不過如此」，〔註 234〕評點者將此處的曲詞情景比作遊春圖來形容。此外評點者也會特別注意到曲詞駢麗的設計：像是第二齣生唱【榴花泣】「鳳皇雛準擬朝陽，烏鵲情恐難終養」，眉批道：「駢驪之盛」，〔註 235〕點出此處文辭駢驪的部份，雖然評點者主張「文簡曲不媚」，不過此處駢驪的曲辭設計還是受到稱許的。

有關劇中人物曲白設計的「相似」評論，評點者認爲應該符合劇中人物設定的聲口，像是在第三十一齣〈襦護郎寒〉，對於小生和眾人唱蓮花落的段落，【醉太平】後第二支曲「叫着那個官人們娘子們，有甚麼喫不盡的饅頭皮兒，包子嘴兒，蔴餅屑兒，饊子股兒共饞饞」，句句曲詞刻畫出乞兒嘴臉，逼眞肖似，將一群乞兒討食，走唱蓮花落的情景似眞，所以在此處眉批以「大似大似！」〔註 236〕四個字來稱讚。第三十齣的齣批：「妝出嚴慈情狀，甚似，甚似！」〔註 237〕評點者也稱讚鄭父、母在此齣的曲詞賓白的設計表現能夠「似眞」、有「情狀」。以上可以看出評點者衡量戲曲創作的標準在於「眞」、「似」、「肖」，這也是其評點可見的理論價值。

關於曲詞的境界評論，第三十二齣〈追奠亡辰〉可見，鄭母唱【錦堂月】「無穴埋屍何時瞑目…不念我鬢著秋霜，反爲你魂消夜雨」，感嘆鄭元和屍骨流落異鄉，表達心中愁思悽楚傷子之情，此處眉批道：「山空秋月冷」，〔註 238〕以詩句的意境點出此處曲詞的情景傷懷，用「冷」字更能具體化的寫出此處的情景設計特色。

劇情和曲詞內容搭配是否合理的討論，在第五齣〈載裝遣試〉鄭母將夢境中神人賦詩內容轉告鄭父「萬丈龍門只一跳，月中丹桂連根拗。去時荷葉小如錢，歸來必定蓮花落。不知主何凶吉」，眉批道：「夢便急更煩猜一猜」，〔註 239〕指出此處的夢境是個預告、伏筆，暗示之後的情節發展。接著生上唱【少年遊】「地底轟雷，看潛龍奮鱗甲高飛」曲末，生和貼合唱「慶豐登民無饑餒」此句旁有間批：「何涉」，〔註 240〕指此處的唱詞「慶豐

〔註 234〕〔明〕陳繼儒撰：《鼎鐫繡襦記》，上卷，14b，總頁 264。
〔註 235〕〔明〕陳繼儒撰：《鼎鐫繡襦記》，上卷，3b，總頁 242。
〔註 236〕〔明〕陳繼儒撰：《鼎鐫繡襦記》，下卷，20b，總頁 354。
〔註 237〕〔明〕陳繼儒撰：《鼎鐫繡襦記》，上卷，18b，總頁 350。
〔註 238〕〔明〕陳繼儒撰：《鼎鐫繡襦記》，下卷，24a，總頁 361。
〔註 239〕〔明〕陳繼儒撰：《鼎鐫繡襦記》，上卷，9a，總頁 253。
〔註 240〕〔明〕陳繼儒撰：《鼎鐫繡襦記》，上卷，9a，總頁 253。

登民無饑餒」與上下情節無關，因爲此曲主要是表達鄭元和志向遠大，氣勢英發。

（三）關目情節

伏筆的安排會影響到全劇的情節設計，舉例如第四齣〈厭習風塵〉齣目旁有間批：「題目好」，指的是情節伏筆的安排巧妙，此齣中李亞仙告訴銀箏：「古之王后，尚且親織玄紘，我是煙花，豈可不事女工」，眉批道：「生出這個繡羅襦意，是一線牽動全傳」，〔註 241〕點出此處的設計是爲後面第三十一齣的〈襦護郎寒〉埋下伏筆。第八齣齣批道：「有這墜鞭顧盼一齣，方好引入相見眷戀處」，〔註 242〕評點者認爲此齣與接下來的劇情做緊密結合，是個重要的引發情節。

細節設計的部份也要仔細考慮合理性，舉例如在第五齣〈載裝遣試〉鄭父對鄭元和說出神人託夢的內容，此段細節的設計也是伏筆之一，暗指鄭元和後來賣唱連花落事，此處眉批：「此意只宜背地裡說則可，對元和說出，絕無此理」，〔註 243〕可見評點者以爲此處情節安排不合理，不該當面告訴元和夢境，日後再說出來才能有所映證。第五齣鄭儋唱曲「丈夫學飛黃遠馳」，要鄭元和別有所掛念，而鄭元和此時也表達出不捨心情，此處鄭元和的科介是「生作悲科」，旁邊小字間批：「關目好」，〔註 244〕稱讚此處的細節安排，人物動作設定切中情景。第八齣〈遺策相挑〉，鄭元和唱【駐雲飛】「緩鞚絲韁，爲惜殘紅滿地香」做墜鞭科，接著趁機偷覷李亞仙，眉批：「關目都好」，〔註 245〕指此處的細節動作設計符合鄭元和的官宦子弟身分。

第三十三齣〈剔目勸學〉齣批道：「文有煞處放鬆，此是放鬆處，亦是收煞處」，〔註 246〕評點者指出文章此處李亞仙以釵剃眼，以激勵鄭元和讀書心志，亞仙傷心欲落髮出家，元和悔悟決心赴試，轉變二人命運的關鍵也在此處，此處的情節設計是全劇的放鬆處，也是收煞處，這裡的收煞的是要準備作收場，俱有波瀾起伏的情節，使觀者印象深刻，可見此出剔目情節爲全劇重心。

〔註 241〕〔明〕陳繼儒撰：《鼎鐫繡襦記》，上卷，9a，總頁 253。
〔註 242〕〔明〕陳繼儒撰：《鼎鐫繡襦記》，上卷，4b，總頁 264。
〔註 243〕〔明〕陳繼儒撰：《鼎鐫繡襦記》，上卷，10a，總頁 255。
〔註 244〕〔明〕陳繼儒撰：《鼎鐫繡襦記》，上卷，9b，總頁 254。
〔註 245〕〔明〕陳繼儒撰：《鼎鐫繡襦記》，上卷，3b，總頁 262。
〔註 246〕〔明〕陳繼儒撰：《鼎鐫繡襦記》，下卷，17a，總頁 367。

評點者以爲曲文有不雅可刪處，舉例如：第四齣〈厭習風塵〉此段演李亞仙與崔尚書、曾學士於院中飲酒品花。品花時的對白內容輕浮不雅，陳眉公在此處做了「刪號」，並且在眉批上給予批評。像是崔尚書說：「你卻閱人多矣，所以人之長短，你多曉得。」，且回答：「長短都在你口裏」，〔註 247〕還有後來陳亞仙和崔尚書，以海棠花「垂絲」比喻人作爲調笑題材，崔尚書將垂絲比做自己，陳亞仙回答：「你要學這樣標致，再不能勾了」，〔註 248〕崔尚書說：「我不像他標致。像垂絲一般軟了」，亞仙回答：「你腰間須軟，背上還硬」，〔註 249〕崔尚書將曾學士比爲「鐵梗」，問亞仙喜歡何者之比，亞仙回答：「我愛的是鐵梗」，〔註 250〕崔尚書說「這丫頭只喜歡硬的」，諸如此類的調情語言處都劃上了刪號，此處眉批道：「應答處都賤，這樣關目，崔老曾老道則可，若亞仙亦娼，此終無脫離之日矣，不像，不像」，〔註 251〕評點者直接說出這種關目設計的缺點，調笑對白部分的設計破壞亞仙的形象。

（四）場上觀念

本劇有關場上觀念部份，評點內涵並未論及，故此處省略討論。

值得一提的是，評點者多處用了「地獄」來評論曲詞呈現的情景，最後在齣末總評也有提到「地獄」二字，反覆出現的提醒讀者，此劇呈現的種種地獄都具備著箴砭的效果，種種地獄包含了：第二十一齣，末唱【玉胞肚】「勸君休要喪溝渠」，接著店主要請鄭元和用早膳，鄭元和道：「昨日到今，水米不曾打牙哩」，此處眉批道：「一一現出餓鬼地獄」〔註 252〕；第三十一齣，生唱【沽美酒】「有哪個官人每穿破了的棉襖，戴破了的舊帽，殘羹剩飯捨些與小乞兒」，鄭元和唱蓮花落，沿街叫唱，此處眉批道：「又現出一重地獄」。〔註 253〕這種種地獄都是關目情節設計之處，更能突顯出鄭元和的落魄窘困，顯出劇情起伏迭宕。

總結以上，可以發現評點者在《繡襦記》此齣的評點特色在於挖掘本劇的創作主旨在於「箴砭」、「戒律」，而且使用許多「眞」、「似」等評論語言，

〔註 247〕〔明〕陳繼儒撰：《鼎鐫繡襦記》，上卷，7a，總頁 250。
〔註 248〕〔明〕陳繼儒撰：《鼎鐫繡襦記》，上卷，7a，總頁 250。
〔註 249〕〔明〕陳繼儒撰：《鼎鐫繡襦記》，上卷，7a，總頁 250。
〔註 250〕〔明〕陳繼儒撰：《鼎鐫繡襦記》，上卷，7a，總頁 250。
〔註 251〕〔明〕陳繼儒撰：《鼎鐫繡襦記》，上卷，7a，總頁 250。
〔註 252〕〔明〕陳繼儒撰：《鼎鐫繡襦記》，下卷，4a，總頁 321。
〔註 253〕〔明〕陳繼儒撰：《鼎鐫繡襦記》，下卷，19a，總頁 351。

表現出對於曲白刻畫人物形象的藝術手法；在關目方面，評點者注意到「收煞」處的設計，在關目情節上也注意到「伏筆」的安排，還有前後人物心境的轉變、同樣是妓女的不同形象人物，刻畫口吻的差別等，都是評點者在此劇評點中別具慧眼之處。

第六章　結論：陳評系統的理論貢獻

本論文藉由整理陳眉公評點的六個劇本，爬梳其戲劇觀，並且找出其戲曲評點價值。第一章的焦點在文學評點溯源與陳眉公曲評本背景，探討了戲曲評點的溯源和陳評本的發展背景。因爲戲曲創作的蓬勃和演出的興盛，刺激晚明書坊刊刻戲曲牟利，文人爲書坊提供大量戲曲劇本、評點本，所以當時出現了競相刊刻戲曲劇本、戲曲評點本的興盛局面。而且明代的戲曲評點大多集中在萬曆前期到明末的七十年之間，在明代中葉戲曲理論活躍，戲曲創作和戲曲表演藝術發展的背景下進入繁盛階段，當時的刻書出版事業也是興盛的重要背景因素。進而討論到明代陳眉公戲曲評點本之背景，書商、文人積極參與戲曲評點，和書坊合作出版戲曲評點本，藉由名人批評的旗號以吸引讀者，更甚者有僞盜之風。戲曲評點作爲一種新的批評型態在晚明日漸成熟，因爲戲曲評點的出現更加豐富明代的戲曲理論，評點家對於戲曲文本的藝術手法有不少總結和闡述，接著針對陳眉公的曲評本進行批評形式和批評視角的探究。

在第二章裡展開針對陳眉公曲評本批評形式和批評視角的討論：研究陳眉公曲評本評點的組成要素，一是評點的形式：符號和評語。二是陳評本中使用的批評視角。本章將陳眉公評點本中運用的符號、評語形式作一分析。從中得到的結論是：藉由這些批評的形式要素和多重視角中可以發現，評點能夠深入淺出，從表面到深層，從概括到細緻的去分析文本，這點正是戲曲評點本的批評優勢。這些評點形式組合起來能提供給讀者更宏觀的批評視野；並且可以由多重視角的開展，讓讀者閱讀戲曲評點本的同時，也能欣賞不同視角帶來的感受。綜合上述，戲曲本身是綜合藝術，所以戲曲文學批評的視角也是綜合多元的，從人物形象、關目情節、曲白科諢、音樂曲牌等等，隨著評點者本身的背景和價值觀而有所著重，還有評點者的主觀意識，而發展出的讀者立場和社會文化視角。這些都是構築戲曲評點理論思想的重要內容。

第三章和第四章則是以陳眉公評點的《六合同春》中所收之曲評本爲範圍：《鼎鐫西廂記》、《鼎鐫琵琶記》、《鼎鐫紅拂記》、《鼎鐫玉簪記》、《鼎鐫幽閨記》、《鼎鐫繡襦記》，依序分析各劇評點內涵及挖掘其理論價值。藉由評點本的評價、比對，和探析評點內容，爬梳其中呈現眉公戲劇學觀點，包括人物形象的塑造、曲白科諢的營造、關目情節的安排、場上觀念的有無等，並與眉公思想相互照應比對是否相符，或有他人僞作的可能，比對判斷評語是否有因襲或是僞造的可能。最後回到全劇的主題思想探討陳眉公呈現的戲劇理論面貌、獨具慧眼處。以下是各劇評點之重點：

《西廂記》：評點著重在結構和語言居多，至於針對思想部份較少。雖然眉公在齣批的部分有受到李評本的影響，不過也可見眉公是肯定李評本的觀點。但是眉公也有自己的獨創之處，不全然是受他人影響，特別是針對劇中紅娘性格塑造的稱許，可見其眼光。且在眉批處可以看出眉公獨具慧眼處，處處留心「關目」、「奇」、「趣」、「畫」、「景」等觀點，還重視人物在不同情境下的性格營造，以及將「情痴」比喻爲「藥和病」的關係，還有以詩句去比喻全齣戲的意境風格等，這都是陳評本《西廂記》具有理論價值的地方。

《琵琶記》：眉公以「畫」爲比喻，將《琵琶》和《西廂》的特色做了鮮明的對比，牡丹花和梅花兩種花是象徵濃淡與清幽的兩種風格主題，而艷妝美人和白衣大士則是表達華麗鮮豔和樸素簡淨的兩種文字色彩。不但可看出眉公的習慣，使用化以畫爲喻的評論方式，也可看出此二劇的藝術風格有所不同。眉公的《琵琶記》評點在全劇風格上注意到了此劇的「悲劇色彩」，在評論內容中也抓住「罵」的精神加以評論，清楚的掌握了此作品的「悲怨」風格。對於關目的設計、曲詞的營造也多所琢磨，分析可知眉公的批評是頗有見地。

《紅拂記》：眉公在總評道：「三般出處，收作一周奇思奇構。文不害繁，辭不借調……翻傳奇之局，如掀乾坤之猷…黃鐘大呂之奏，天地放膽文章也。」本劇價值正在於「奇」的情節和「俠」的精神，「一翻傳奇之局」，指突破一般傳奇中女子柔弱的形象，稱許紅拂女之俠氣。全劇設計結構奇巧，將三組人物的情節線最後收作一簇，注意到不同情節線的戲劇事件安排穿插緊密，像是紅拂女和樂昌公主為患難之交的設定，使得前後的離合互相映照，劇情起伏處又能注意到細節安排的戲劇效果，像是紅拂女的喬裝私奔和齣末紅拂女與徐生的猜謎問答。從總評處也可見評點者十分稱讚《紅拂記》的藝術手法和《紅拂記》在當時傳奇中的藝術地位。

《玉簪記》：在第二十四齣〈秋江送別〉中評點者大力稱讚劇作家運用的敘事手法達到「情景如畫」的高度，稱此為「情辭」，也就是發揮真情的曲詞，具有感人淒切的效果，在此齣的眉批中也有所稱許，眉批道：「秋江哭別為此本第一關情妙局」，稱此為第一的「關情妙局」，點出此處刻畫的人物「情感真摯」，設計的情節巧妙，此齣的齣批道：「全本妙處盡在此番離，情致好關目好調好，不減元人妙手」，評點者稱讚這段「離別」情節的設計安排，既能表現人物的深刻情感，也可看出劇作家關目設計的巧妙，曲調上也是安排得宜，可見得在陳眉公的心中，《玉簪記》的地位可稱得上「元人妙手」。

《幽閨記》：《拜月亭》的特長在於「情趣」的部份，這也是評點者以其評點文字未能盡全描述其情趣之處。但從另一角度思考，評點者也發現自己評論有所侷限，在於文字有時仍無法細膩的描摹出每個戲劇細節巧妙之處，這也是為何多數評點者喜用「妙」、「奇」、「巧」、「好」等字來作為眉批內容。總評裡，陳眉公道：「《拜月》曲都近自然，委是天造，豈曰人工」，評點者稱讚《幽閨記》曲詞設計接近自然，為巧妙處，並從關目情節處去評論此劇是「奇逢結局」，不是「人力」所為，而是「天合」奇緣，在「悲歡離合」中又能注意到線索「起伏照應」處，在眉公的評價中，《幽閨記》在情節設計上是具有自然又奇巧的價值高度。

《繡襦記》：評點者在《繡襦記》此齣的評點特色在於挖掘本劇的創作主旨在於「箴砭」、「戒律」，而且使用許多「真」、「似」等評論語言，表現出對於曲白刻畫人物形象的藝術手法；在關目方面，評點者注意到「收煞」處的設計，在關目情節上也注意到「伏筆」的安排，還有前後人物心境的轉變、同樣是妓女形象，在不同人物身上如何刻畫不同口吻的差別等，都是評點者在此劇評點中別具慧眼之處。值得一提的是，評點者多處用了「地獄」來評論曲詞呈現的情景，在齣末總評也提到「地獄」二字，此劇呈現的種種地獄具備箴砭效果，種種地獄都是關目情節設計之處，更能突顯出鄭元和的落魄窘困，顯出劇情起伏迭宕。

綜合上述所言，以下簡單歸結本論文中所見眉公評語的風格與特色：

一、陳眉公戲曲評點本的評語風格

整理眉公評語，可發現其風格特色，以下分六點綜述：

第一是眉公在評語多用精煉簡短文字，短語更能深刻點出戲劇細節之精神處，如「神」、「妙」、「眞」、「絕」、「厭」、「好」、「曲好」、「白好」、「關目」、「不通」、「可刪」等。

第二是眉公喜用畫面式的批評話語，像是「畫意」、「畫境」、「眞是畫」、「一幅……畫」、「情景」等。

第三是眉公在評論內容中往往帶有濃厚的個人情緒和個人主觀於其中，評點者會隨著劇中情節起伏而喜怒哀樂，並且將這種觀者的主觀情緒反應在評論內容中，厭惡劇中人則痛罵不已，敬佩劇中人則激賞有加。

第四是在文人眼光下的鑑賞會特別著重在詩文和佳句的文辭優美處，或是特別用詩句來評論戲劇情景，引用詩句的意境描摹戲劇情境，屬於印象式的評論風格。

第五則是眉公在評論內容中會隨著劇情演進，特別關注戲劇人物的形象發展，面對劇中人隨著環境不同的事件發展，可從評點內容中看出其形象塑造的不同階段；以及不同關目之間的照應配合處和設計巧妙、與眾不同的「題目」、「關目」、「主題」。

第六是眉公的評語中可看出受李卓吾評點本的影響，部分評語的語意相似，但也可視作陳眉公和李卓吾之思想有部分相近處。

二、陳評本內涵反應陳眉公戲劇學觀點

由陳評系統中的《六合同春》爲考察範圍，其反映了眉公思想中的戲劇學觀點：首先，在題詞和總評中，可以看出眉公的「眞情觀」，主張情理調合，藉由文學作品表現世間眞情。另一是讀者觀念，將評點的詮釋內容視爲是讀者的再度創造，藉由評點作品挖掘出作品更多的美學意涵。

至於陳評本的眉批評與內涵，則可稱作「曲意鑑賞派」式的評論。評論重點多發揮在人物形象和曲白文詞兩者上。在人物方面，陳眉公要求人物塑造的形象要符合「眞」的要求，欣賞「眞情」的發揮，人物形象刻畫要能符合自然、眞實的原則，不可造作誇張。從陳眉公對於戲劇人物提出的評語內涵，也可知道評點者關注到人物的發展和內心情感世界是否相符。

在曲白文詞方面，寫詞、描景都要能切中主題，情景交融，繁簡得宜，不可過於用典，使人覺得繁冗，或是太粗文不雅，使觀者不悅。也要求插科打諢能有「趣」的效果，人物道白要符合前後劇情發展的邏輯，不可無中生有，太過扯淡。至於關目情節討論的評語份量雖然不多，但是評點者已經注意到關目情節設計的技巧：像是劇情要有收煞處也有放鬆處，以「奇」的情節爲佳，場景有熱鬧處，也要能在冷處不落寞，也注意到情節彼此的連接和轉換處設計是否成功呼應題旨，細節的埋伏照應能否掌握不偏離題旨。比較少提及的是，眉公對於場上演出的部份，眉公以爲劇情若是過於冗長則應做修剪刪除的評論，以簡淨明朗爲佳。

因此從陳眉公評點的戲劇學角度看其內涵，可知與眉公的思想主張是相符合的，他肯定「至情」、「眞情」，以及「奇巧」的文學思想。藉由評點本發揮己見，挖掘劇作家的創作手法、敘事技巧，使眉公評點的戲劇學觀點，可做爲補充陳眉公文學理論，也可視爲是明代評點文學發展的一部份：眉公的戲曲評點不只是著重於曲意鑑賞，也能對關目情節的設計經營有所發揮，這也是其評點的理論價值。

三、陳評本研究展望

由於本論寫作過程中，尚有許多陳眉公戲曲評點本和李卓吾評點本，及其他相關評點本未能親見比較，希望未來能有機會蒐集到其他相關劇作的評點本，將陳評系統做更完整的考證分析，以見陳評系統的全貌。

並且結合江南各地書坊評點本特色比較，在研究中融入城市文化、書坊、版畫、文人交游等議題，期望能對研究明清戲曲評點發展史上能有所貢獻，進而可以爲明代戲曲評點本的藝術價值做出歷史定位和前後影響的系譜整理、研究。

主要參考文獻

一、古　籍

1.〔明〕王實甫、陳繼儒評：《鼎鐫陳眉公先生批評西廂記》二卷，附釋義二卷，蒲東詩一卷，錢塘夢一卷（〔明〕書林蕭騰鴻刊本，約西元 17 世紀），現藏台灣國家圖書館善本書庫

2.〔明〕呂天成撰、吳書蔭校注：《曲品校注》（北京市：中華書局出版社，1990 年）

3.〔明〕屠隆撰：《陳眉公考槃餘事》（上海市：上海古籍出版社，1997 年《續修四庫全書》據「復旦大學圖書館藏明萬曆沈氏尚白齋刻陳眉公訂正秘笈本」影印

4.〔明〕陳與郊撰：《麒麟罽》（《古本戲曲叢刊》第二集第二函影印北京圖書館藏明刊本）

5.〔明〕陳繼儒撰：《陳眉公先生全集》（〔明〕明崇禎間（1628～1644）華亭陳氏家刊本，約西元 17 世紀），六十卷附年譜一卷，現藏台灣國家圖書館善本書室

6.〔明〕陳繼儒撰：《陳眉公集》明萬曆乙卯（43 年，1615 年）吳昌史氏刊修補本，現藏台灣國家圖書館

7.〔明〕陳繼儒撰：《六合同春》六種，十二卷（西廂記—琵琶記—紅拂記—玉簪記—幽閨記—繡襦記）（北京市：學苑出版社，2003 年《不登大雅文庫珍本戲曲叢刊》據「北京大學圖書館藏馬氏不登大雅文庫明蕭騰鴻刻本影印」）

8.〔明〕陳繼儒撰：《第七才子琵琶記》（上海市： 掃葉山房，1929 年「石印本」）

9.〔明〕陳繼儒撰：《陳眉公集》（上海市：上海古籍出版社，2002 年《續修四庫全書》影印「上海圖書館藏明萬曆 43 年史兆斗刻本影印」），17 卷

10.〔明〕陳繼儒撰：《陳眉公四種：太平清話、偃曝餘談、眉公羣碎錄、枕譚》（台北市：廣文書局，1968 年）
11.〔明〕陳繼儒撰、胡紹棠選注：《陳眉公小品》（北京市：文化藝術出版社，1996 年）
12.〔明〕劉還初撰：《李丹記》（《古本戲曲叢刊》第五集第一函影印上海圖書館藏明刊本）
13.〔明〕錢希言：《戲瑕》收在《四庫全書存目叢書・子部雜家類》（台南：莊嚴文化，1995 年）
14.〔明〕闕名：《丹桂記》（《古本戲曲叢刊》初集影印北京圖書館藏明刊本）
15.〔清〕金聖嘆：《增像第六才子書》（台北市：新文豐出版社，1979 年）
16.〔清〕姚華：《菉猗室曲話》收在任中敏編：《新曲苑》冊三，（台北市：台灣中華書局，1970 年）
17.〔清〕錢謙益、錢陸燦輯：《列朝詩集小傳》（上海市：上海古籍出版社，1983 年）

二、專　書

1. 吴梅：《霜崖曲跋》收在任中敏編：《新曲苑》冊三，（台北市：台灣中華書局，1970 年）
2. 姚華：《菉猗室曲話》（卷二），收錄在任中敏編：《新曲苑》冊三，（台北市：台灣中華書局，1970 年）
3. 傳田章編：《明刊元雜劇西廂記目錄》（東京市：東京大学東洋學文化研究所附属東洋文献センタ-刊行委員会，1970 年）
4. 張棣華：《善本劇曲經眼錄》（台北市：文史哲出版社，1976 年）
5. 陳萬益：《金聖歎的文學批評考述》（台北市：國立台灣大學文史叢刊出版，1976 年）
6. 屈萬里、昌彼得同撰：《圖書版本學要略》（台北市：華岡出版社，1978 年）
7. 金聖嘆著：《增像第六才子書》（台北市： 新文豐出版社，1979 年）
8. 徐朔方：《晚明曲家年譜》（浙江省：浙江古籍出版社，1983 年）
9. 蔣星煜：《西廂記罕見版本考》（東京市：東京不二株式會社出版社，1984 年）
10. 秦學人，侯作卿編著：《中國古典編劇理論資料匯輯》（北京市：中國戲劇出版社，1984 年）
11. 新文豐出版公司編輯部編：《古籍版本鑿定叢談》（台北市：新文豐出版社，1984 年）

12. 姜亮夫纂定，陶邱英校：《歷代人物年里碑傳綜表》（台北市：文史哲出版社，1985 年）
13. 王安祈：《明代傳奇之劇場及其藝術》（台北市：台灣書局出版社，1986 年）
14. 陳多、葉長海選著：《中國歷代劇論選注》（湖南省：湖南文藝出版社，1987 年）
15. 葉朗：《中國小說美學》（台北市：里仁出版社，1987 年）
16. 夏寫時：《論中國戲劇批評》（山東市：齊魯書社出版社，1988 年）
17. 陳萬益：《晚明小品與明季文人生活》（台北市：大安出版社，1988 年）
18. 侯百朋：《琵琶記資料匯編》（北京市：書目文獻出版社，1989 年）
19. 張秀民：《中國印刷史》（上海市：上海人民出版社，1989 年）
20. 蔡毅編著：《中國古典戲曲序跋彙編》（濟南：齊魯書社，1989 年）
21. 李惠綿：《戲曲要籍解題》（台北市：正中書局出版社，1991 年）
22. 袁震宇、劉今明著；王運熙、顧易生主編：《明代文學批評史》（上海市：上海古籍出版社，1991 年）
23. 郭英德：《明清文人傳奇研究》（台北市：文津出版社，1991 年）
24. 陳平原著：《中國小說敘事模式的轉變》（台北市：久大文化出版社，1991 年）
25. 王永炳：《琵琶記研究》（台北市：學海出版社，1992 年）
26. 帕瑪／嚴平：《詮釋學》（台北市：桂冠出版社，1992 年）
27. 郭英德：《痴情與幻夢：明清文學隨想錄》（台北市：錦繡出版社，1992 年）
28. 黃霖：《近代文學批評史》（上海市：上海古籍出版社，1993 年）
29. 林鶴宜：《晚明戲曲劇種及聲腔研究》（台北市：學海出版社，1994 年）
30. 侯雲舒：《明清戲劇理論之結構概念研究》（高雄市：中山大學，1994 年）
31. 王運熙、顧易生主編：《中國文學批評通史（伍）明代卷》（上海市：上海古籍出版社，1996 年）
32. 黃仕忠：《琵琶記研究》（廣州市：廣東高等教育出版社，1996 年）
33. 楊殿珣編：《中國歷代年譜總錄》（北京市：書目文獻出版社，1996 年）
34. 楊義：《中國敘事學》（北京市：北京大學出版社出版，1996 年）
35. 謝水順：《福建古代刻書》（福建市：福建人民出版社，1997）
36. 吳梅編著 ：《南北詞簡譜》（台北市： 學海出版社，1997 年）
37. 李修生主編：《古本戲曲劇目提要》（北京市：文化藝術出版，1997 年）
38. 高辛勇講演：《修辭學與文學閱讀》（北京市：北京大學出版社，1997 年）

39. 郭英德編著：《明清傳奇綜錄 》（石家莊市：河北教育出版社，1997 年）
40. 蔣星煜：《西廂記的文獻學研究》（上海市：上海古籍出版社，1997 年）
41. 蔣星煜：《桃花扇研究與欣賞》（上海市：上海古籍出版社，1997 年）
42. 謝水順：《福建古代刻書》（福建市：福建人民出版社，1997 年）
43. 孫琴安：《中國評點文學史》（上海市：上海社會科學院，1999 年）
44. 郭英德：《明清傳奇史》（南京市：江蘇古籍出版社，1999 年）
45. 維托·曼古埃爾（Alberto Manguel）著；吳昌杰譯：《閱讀地圖》（台北市：台灣商務出版社，1999 年）
46. 周心慧主編：《新編中國版畫史圖錄》第一冊（北京市：學苑，2000 年）
47. 程華平：《中國小説戲曲理論的近代轉型》（上海市：華東師範大學出版社，2001 年）
48. 劉道廣等著：《性別.政治與集體心態 中國新文化史》（台北市：麥田出版社，2001 年）
49. 譚帆：《中國小説評點研究》（上海市 ：華東師範大學出版社，2001 年）
50. 任繼愈主編，趙前著：《中國版本文化叢書：明本》（南京市：江蘇古籍出版社，2002 年）
51. 朱萬曙：《明代戲曲評點研究》（合肥市：安徽教育出版社，2002 年）
52. 李建盛：《理解事件與文本意義 文學詮釋學》（上海市：上海世紀出版集團譯文出版社，2002 年）
53. 陳芳：《清代戲曲研究五題》（台北市：里仁書局出版社，2002 年）
54. 羅麗容：《清人戲曲序跋研究》（台北市：里仁書局出版社，2002 年）
55. 任繼愈主編，黃鎮偉著：《中國版本文化叢書：坊刻本》（南京市：江蘇古籍出版社，2003 年）
56. 吳曉鈴舊藏：《綏中吳氏藏抄本稿本戲曲叢刊》（北京市：學苑出版社,，2003 年）
57. 林鶴宜：《規律與變異：明清戲曲學辨疑》（台北市：里仁書局出版社，2003 年）
58. 金英淑：《琵琶記版本流變研究》（北京市：中華書局出版社，2003 年）
59. 華瑋：《明清婦女之戲曲創作與批評》（台北市：中央研究院中國文哲研究所，2003 年）
60. 華瑋：《明清婦女之戲曲創作與批評》（台灣：中國文哲研究所，2003 年）
61. 方志遠：《明代城市與市民文學》（北京市：中華書局，2004 年）
62. 高木森：《中國繪畫思想史》（台北市：三民，2004 年）
63. 任繼愈主編，韋力著：《中國版本文化叢書：批校本》（南京市：江蘇古籍出版社 出版社，2004 年）

64. 鄔國平：《竟陵派與明代文學批評》（上海市：上海古籍，2004 年）
65. 錢存訓著；鄭如斯編訂：《中國紙和印刷文化史 Chinese paper and printing:a cultural history eng》（桂林市：廣西師範大學出版社，2004 年）
66. 方正耀著，郭豫適審訂：《中國古典小說理論史》（上海市：華東師範大學出版社，2005 年）
67. 王瓊玲：《晚明清初：戲曲之審美構思與其藝術呈現》（台北市：中國文哲研究所，2005 年）
68. 何宗美：《明末清初文人結社研究續編》（北京市：中華書局出版社，2005 年）
69. 華瑋主編：《湯顯祖與牡丹亭》（台北市：中央研究院中國文哲研究所，2005 年）
70. 黃卓越 ：《明中后期文學思想研究》（北京市：北京大學出版社，2005 年）
71. 蔡鎮楚：《中國文學批評史》（北京市：中華書局，2005 年）
72. 譚帆，陸煒：《中國古典戲劇理論史修訂版》（上海市：華東師範大學，2005 年）
73. 王雨：《王子霖古籍版本學文集》（上海市：上海古籍出版社，2006 年）
74. 汪超宏：《明清曲家考》（北京市：中國社會科學出版社，2006 年）
75. 南柄文、何孝榮：《明代文化研究》（北京市：人民出版社，2006 年）
76. 徐朔方，孫秋克：《明代文學史》（杭州：浙江大學出版社，2006 年）
77. 曹萌：《中國古代戲劇的傳播與影響》（北京市：中國社會科學出版社，2006 年）
78. 潘榮勝主編：《明清進士錄》（北京市：中華書局，2006 年）
79. 韓結根：《明代徽州文學研究》（上海市：復旦大學，2006 年）
80. 元鵬飛：《戲曲與演劇圖像及其他》（北京市：中華書局出版社，2007 年）
81. 陳旭耀：《現存明刊《西廂記》綜錄》（上海市：上海古籍出版社，2007 年）
82. 蔣星煜：《西廂記的文獻學研究》（上海市：上海人民出版社，2008 年）

三、期刊論文

1. 王德勇：〈我國古代文學評點中的人物塑造理論〉，《古代文學理論研究》第 12 期（1987 年），頁 295～303。
2. 余德餘：〈金聖歎小說戲曲評點理論的文藝心理學價值〉，《北方論叢》第 6 期，總第 98 期（1989 年），頁 76～81。
3. 林衡勛：〈試論明清評點派的典型思想〉，《古代文學理論研究》第 12 期（1987 年），頁 304～318。

4. 孫琴安：〈試論中國評點文學的兩個來源〉，《遼寧大學學報（哲學社會科學）》第 5 期，總第 153 期（1998 年），頁 67～71。
5. 徐立：〈金聖嘆的評點風格〉，《華南師範大學學報（社會科學）》第 4 期，總第 56 期（1985 年），頁 79～85。
6. 譚帆：〈小說評點的萌興：明萬曆年間小說評點述略〉，《文藝理論研究》第 6 期，總第 89 期 （1996 年），頁 87～94。
7. 譚帆：〈論《西廂記》的評點系統〉，《河北師院學報（哲學社會科學），元曲研究專號》第 2 期（1990 年），頁 59～66。
8. 趙紅娟：〈淩濛初評點《幽閨記》及與沈璟交遊考〉，《浙江社會科學》（杭州市：浙江社會科學雜誌社）第 6 期（2004 年，11 月），頁 187～189。
9. 大木康：〈從出版文化的進路談明清敍事文學〉，《中國文哲研究通訊》（台市：中央研究院中國文哲研究所）（2007 年，9 月），頁 175～178。
10. 王璦玲：〈「忖度予心，百不失一」——論《桃花扇》評本中批評語境之提示性與詮釋性〉，《中國文哲研究集刊 》（台北市：中央研究院中國文哲研究所）第 26 期（2005 年，3 月），頁 161～212。
11. 王璦玲：〈「爲孝子、義父、貞婦、淑女別開生面」——論毛聲山父子《琵琶記》評點之倫理意識與批評視域〉，《中國文哲研究集刊 》（台北市：中央研究院中國文哲研究所）第 28 期（2006 年，3 月），頁 1～49。
12. 王璦玲：〈文學批評與「理想的讀者」〉，《人文與社會科學簡訊》（台北市：國科會人文與社會科學處）第 8 卷第 3 期（2007 年 6 月），頁 2。
13. 王璦玲：〈曲盡眞情，由乎自然——論李贄《琵琶記》評點之哲學視野與批評意識〉，《中國文哲研究集刊》（台北市：中央研究院中國文哲研究所）第 27 期（2005 年，9 月），頁 45～89。
14. 王璦玲：〈評點、詮釋與接受——論吳儀一之《長生殿》評點〉，《中國文哲研究集刊 》（台北市：中央研究院中國文哲研究所）第 23 期（2003 年，9 月），頁 71～128。
15. 王璦玲：〈導言：有關「明清敍事理論與敍事文學」研究之開展--從近年敘事學研究之新趨談起〉，《中國文哲研究通訊》（台北市：中央研究院中國文哲研究所）第 17 卷第 3 期（2007 年，9 月），頁 113～126。
16. 田根勝：〈戲曲評點與明清文藝思潮〉，《藝術百家》（江蘇省南京市：江蘇省文化藝術研究所）第 3 期（2004 年，3 月），頁 13～16。
17. 田根勝：〈戲曲評點與明清文藝思潮〉，《藝術百家》（江蘇省南京市：江蘇省文化藝術研究所）第 3 期，總第 77 期（2004 年），頁 13～16。
18. 朱萬曙：〈明代《西廂記》的評點系統〉，《南京大學學報（哲學、人文科學、社會科學版）》（江蘇省南京市：南京師範大學）第 38 卷第 3 期（2001 年，3 月），頁 111～117。

19. 朱萬曙：〈明代《西廂記》的評點系統〉，《南京大學報（社會科學版）》第3期第38卷，總第141期（2001年，1月），頁116～122。
20. 吳承學：〈評點之興——文學評點的形成和南宋的詩文評點〉，《文學評論》第1期（1995年，1月），頁24～33。
21. 林宗毅：〈晚明《西廂記》評點的發展及其與時代思潮的關係〉，《國立編譯館館刊》（台北市：國立編譯館）第27卷第1期（1998年，6月），頁227～252。
22. 侯美珍：〈明清士人對「評點」的批評〉，《中國文哲研究通訊》（台北市：中央研究院中國文哲研究所）第14卷第3期（2004年，9月），頁223～248。
23. 侯雲舒：〈清代戲曲評點家關於敘事技法的三項討論〉，《第七屆清代學術研討會論文集》（高雄市：國立中山大學中國文學系）（2002年，3月），頁807～823。
24. 侯雲舒：〈戲曲評點作品中的敍事觀〉，《民俗曲藝》（台北市：財團法人施合鄭民俗文化基金會）第139期（2003年，3月），頁97～145。
25. 侯雲舒：〈戲曲評點作品中關於人物質素的幾點討論 〉，《中正大學中文學術年刊 》（台灣嘉義縣：國立中正大學中國文學系）第5期（2003年，12月），頁1～10。
26. 俞爲民：〈古代戲曲理論研究的新成就——評朱萬曙《明代戲曲評點研究》〉，《藝術百家》（江蘇省南京市：江蘇省文化藝術研究所）第3期（2003年，3月），頁135～136。
27. 孫秋克：〈論戲曲評點的特點、歷史發展和理論建樹〉，《雲南藝術學院學報 》（雲南：雲南藝術學院）（2004年，2月），頁58～62。
28. 孫書磊：〈陳繼儒批評《琵琶記》版本流變及其眞僞辨正〉，《戲劇藝術》（上海：上海戲劇學院）第3期（2008年），頁87～93。
29. 袁媛：〈從「山人」到「逸士」論陳繼儒多重身份變化中的心靈位置〉，《北京化工大學學報》（社會科學版）（寧夏回族自治區銀川市：寧夏社會科學院）第1期，總第61期（2008年），頁42～46。
30. 張靜秋：〈論晚明大山人陳繼儒的文化性格及其形成原因〉，《中國文化月刊》（台灣台中市：中國文化月刊雜誌社）第248期 （2001年，11月 ），頁50～68。
31. 陳剛：〈金聖嘆的文學接受理論初探——以其戲曲小説評點爲例〉，《寧夏社會科學》（寧夏回族自治區銀川市：寧夏社會科學院）第5期（2005年，5月），頁141～145
32. 曾凡盛：〈金聖嘆詩學理論初探〉，《株洲師範高等專科學校學報》（湖南：株洲師範高等專科學校學報編輯部）第6卷第3期（2001年，6月），頁23～26。

33. 華瑋：〈《才子牡丹亭》作者考述——兼及〈笠閣批評舊戲目〉的作者問題〉，《中國文哲研究集刊》（台北市：中央研究院中國文哲研究所）第 13 期（1998 年，9 月），頁 1～35。
34. 華瑋：〈性別與戲曲批評——試論明清婦女之劇評特色〉，《中國文哲研究集刊》（台北市：中央研究院中國文哲研究所）第 9 期（1996 年，9 月），頁 193～232。
35. 黃霖 ：〈評譚帆《中國小說評點研究》〉，《中國文哲研究集刊》（台北市：中央研究院中國文哲研究所）第 22 期（2004 年，3 月），頁 314～316。
36. 黃霖：〈最早的中國戲曲評點本〉，《復旦學報》（上海市：復旦大學復旦學報社會科學版編輯部）第 2 期（2004 年），頁 39～46。
37. 黃霖：〈論容與堂本《李卓吾先生批評北西廂記》〉，《復旦學報（社會科學版）》（上海市：復旦大學復旦學報社會科學版編輯部）第 2 期（2002 年），頁 119～125。
38. 楊玉成：〈小眾讀者：康熙時期的文學傳播與文學批評〉，《中國文哲研究集刊》（台北市：中央研究院中國文哲研究所）第 19 期（2001 年，10 月），頁 55～108。
39. 楊玉成：〈後設詩歌：唐代論詩詩與文學閱讀 〉，《淡江中文學報》（台北縣：淡江大學中文系漢學研究中心）第 14 期（2006 年，6 月），頁 63～132。
40. 楊玉成：〈劉辰翁：閱讀專家〉，《國文學誌》（彰化市：彰化師範大學國文學系）第 3 期（1999 年，6 月），頁 198～248。
41. 楊玉成：〈閱讀世情：崇禎本《金瓶梅》評點〉，《國文學誌》（彰化市：彰化師範大學國文學系）第 5 期（2001 年，12 月），頁 115～157。
42. 葛成民：〈論李卓吾、金聖嘆對《水滸》的評點〉，《河北學刊》（河北：河北省社會科學院）（1998 年，4 月），頁 96～100。
43. 賈文勝：〈陳繼儒仕隱生活及心態淺論〉，《浙江社會科學》（寧夏回族自治區銀川市：寧夏社會科學院）第 4 期（2007 年，7 月），頁 201～205。
44. 廖肇亨：〈淫辭豔曲與佛教：從《西廂記》相關文本論清初戲曲美學的佛教詮釋〉，《中國文哲研究集刊》（台北市：中央研究院中國文哲研究所）第 26 期（2005 年，3 月），頁 127～160。
45. 蒲彥光：〈傳統評點學試探〉，《中國海事商業專科學校學報》（台北市：中國海事專科學校）93 學年度（2005 年，2 月），頁 167～190。
46. 么書儀：〈《西廂記》在明代的「發現」〉，《文學評論》（北京市：中國社會科學院文學研究所），第 5 期（2001 年），頁 120～127。

四、論文集論文

1. 顏天佑　:〈試論李漁評《金批西廂》的曲論史意義　〉,《明清戲曲國際研討會論文集》(台北市:中國文哲研究所,1998 年)
2. 王璦玲　:〈明清傳奇戲劇敘述中之語言使用與結構形成〉,《傳承與創新—中央研究院中國文哲研究所十周年紀念論文集》(台北市:中國文哲研究所,1999 年)
3. 李惠綿:〈戲曲「關目」論之興起與發展〉,《宋元文學學術研討會論文集》(台北市:東吳大學中文系,2001)
4. 李惠綿:〈戲曲「關目」論之興起與發展〉,《宋元文學學術研討會論文集》(台北市:東吳大學中文系出版,2002 年 3 月)
5. 王璦玲:〈〈評點、詮釋與接受:論吳儀一之《長生殿》評點〉,Poetic Thought and Hermeneutics in Traditional China: A Cross-Cultural Perspective〉(New Haven: Yale University,2003 年,5 月)
6. 王璦玲:“Commentary, Interpretation and Reception: Wu Yiyi’s Commentary on Hong Sheng’s Changshengdian.”,A Special Panel on Ming-Qing Literature and Though (New Haven: Yale University,2004 年,11 月)
7. 華瑋主編:《湯顯祖與牡丹亭》(台北市:中央研究院中國文哲研究所,2005 年)
8. 南華大學文學系主辦:《傳播、交流與融合:明代文學、思想與宗教國際學術研討會論文集》(南投:南華大學文學系出版:新文豐發行,2005 年)
9. 朱萬曙:〈明人對《牡丹亭》的評點批評及其傳播功用〉,《湯顯祖與牡丹亭(上)》(台北市:中國文哲研究所,2005 年)
10. "Stephen H. West 奚如穀著,孫曉靖 譯:〈論《才子牡丹亭》之《西廂記》評注〉,《湯顯祖與牡丹亭(上)》(台北市:中國文哲研究所,2006 年)
11. 江巨榮:〈《才子牡丹亭》對理學賢文的哲學、歷史和文學批判〉,《湯顯祖與牡丹亭(上)》(台北市:中國文哲研究所,2006 年)
12. 根ケ山徹:〈徐肅穎刪潤《玉茗堂丹青記》新探〉,《湯顯祖與牡丹亭(上)》(台北市:中國文哲研究所,2006 年)
13. 商偉:〈一陰一陽之謂道——《才子牡丹亭》的評注話語及其顛覆性〉,《湯顯祖與牡丹亭(上)》(台北市:中國文哲研究所,2006 年)
14. 大木康:〈晚明出版文化的成就及其影響〉,《文獻學國際研討會,再造與衍義》會議論文(台北市:中研院文哲所,2007 年)

五、學位論文

1. 陳芳英：《明代劇學研究》（台北市：國立台灣大學中國文學研究所博士論文，1982 年）
2. 李國俊：《繡襦記及其曲譜之研究》（台北市：中國文化大學中國文學研究所碩士論文，1984 年）
3. 李春燁：《毛聲山評點琵琶記研究》（高雄市：國立中山大學中國文學研究所碩士論文，1995 年）
4. 王秀珍：《論陳繼儒與晚明思潮的互動關係》（台北市：東吳大學中國文學研究所碩士論文，1996 年）
5. 林宗毅：《「西廂學」四題論衡》（台北市：台灣大學中國文學系研究所博士論文，1997 年）
6. 侯雲舒：《古典劇論中敘事理論研究》（新竹市：清華大學中國文學所博士論文，2001 年）
7. 陳欣怡：《明末在野知識份子經世致用精神之表現——以陳繼儒爲討論中心》（台北市：淡江大學中國文學碩士，2001 年）
8. 楊曉菁：《陳繼儒及其小品研究》（台北市：台北市立師範學院應用語言文學研究所碩士論文，2001 年）
9. 周淩雲：《《繡襦記》研究》（南京市：南京師範大學中國古代文學碩士論文，2004 年）
10. 柯香君：《明代戲曲發展之群體現象研究》（彰化市：國立彰化師範大學國文學系博士論文，2006 年）
11. 翁碧慧：《明代戲曲「湯評本」研究》（台北市：台灣大學中國文學研究所碩士論文，2008 年）
12. 陳慧珍：《明代《牡丹亭》批評與改編之研究》（台北市：台灣大學中國文學研究所博士論文，2008 年）
13. 涂柏辰：《清閑與戒懼——晚明山人陳繼儒及其形象變遷》（台北市：台灣大學歷史學研究所碩士論文，2008 年）

書　影

圖 3　《六和同春》書影

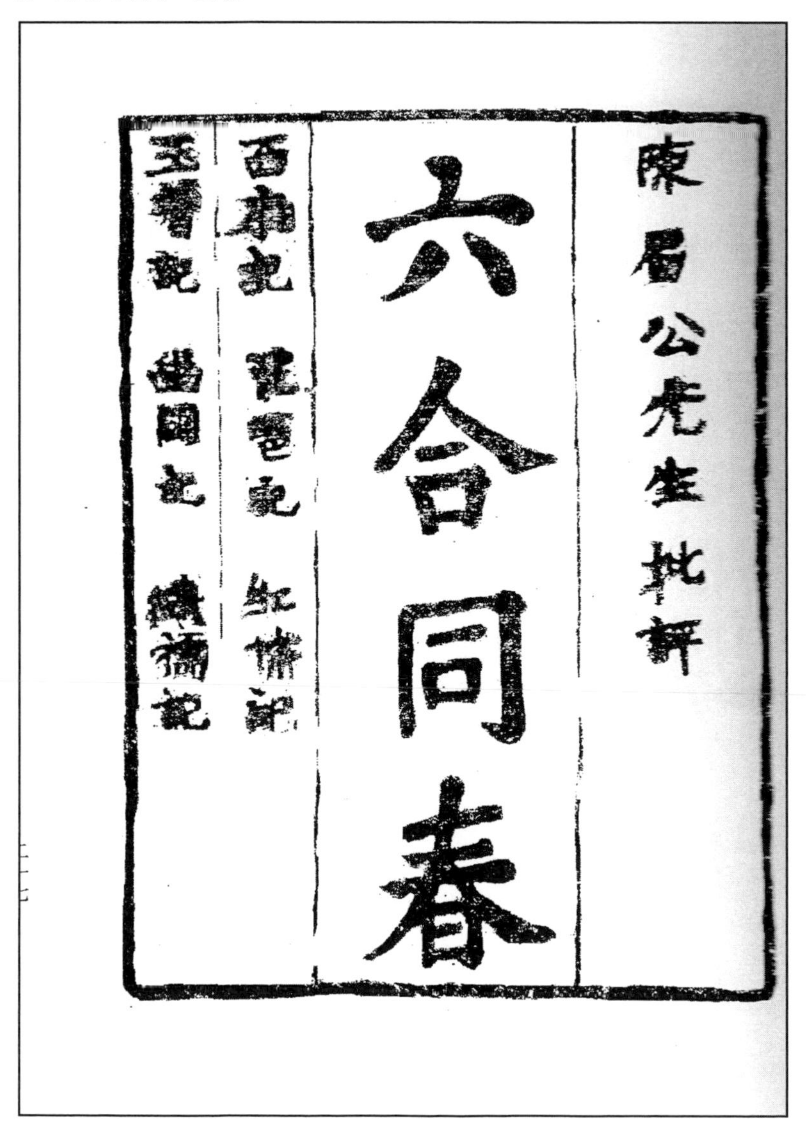

陳眉公先生批評

六合同春

西廂記　琵琶記　紅拂記

玉簪記　幽閨記　繡襦記

圖 4　《鼎鐫陳眉公先生批評西廂記》卷首書影

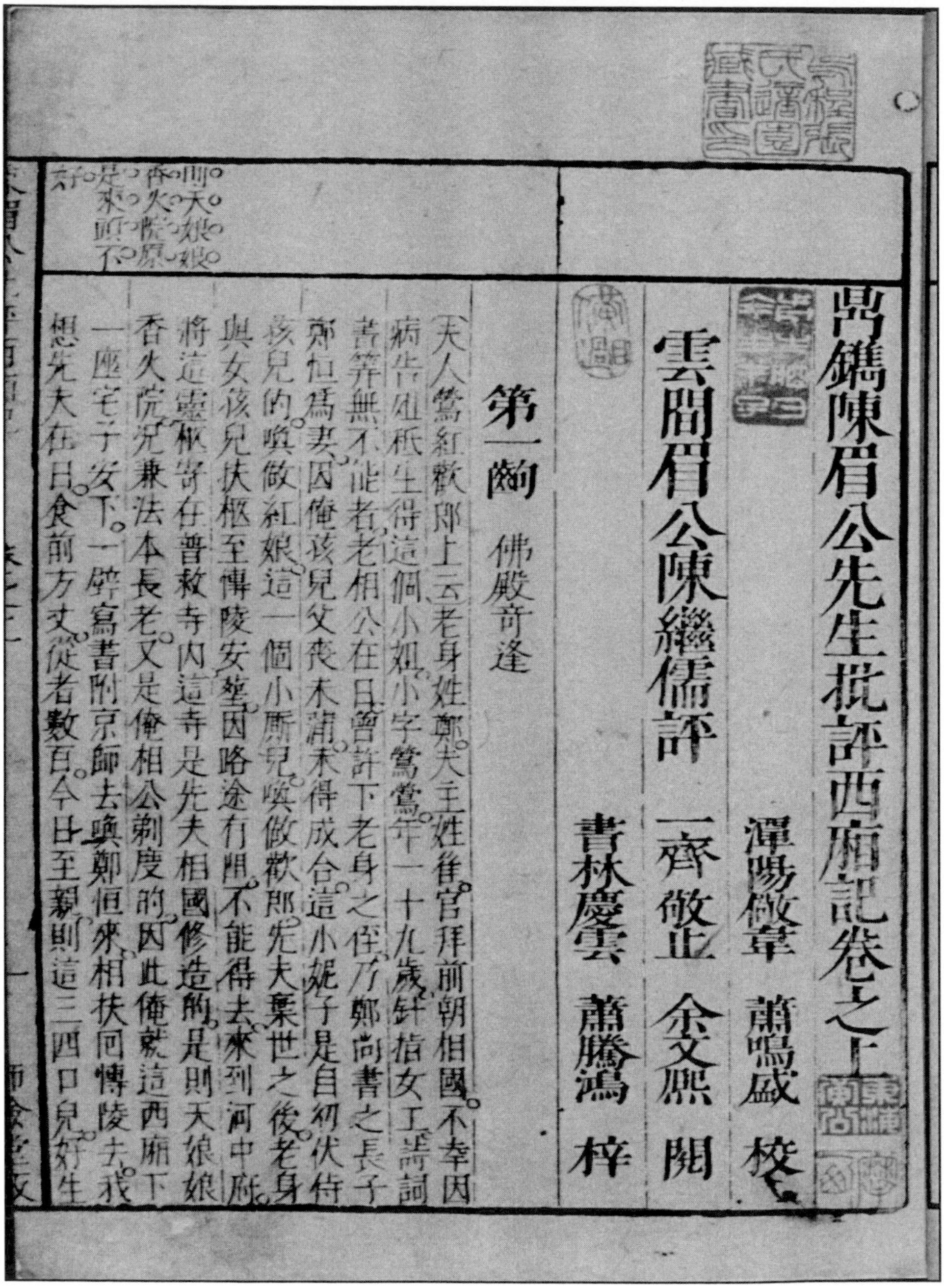

則天娘娘香火院是來頭不好

鼎鐫陳眉公先生批評西廂記卷之上

潭陽做韋　蕭鳴盛　校

雲間眉公陳繼儒評　一齋敬止　余文熙　閱

書林慶雲　蕭騰鴻　梓

第一齣　佛殿奇逢

〔夫人鶯紅歡郎上云〕老身姓鄭夫主姓崔官拜前朝相國不幸因病告殂祇生得這個小姐小字鶯鶯年一十九歲針指女工詩詞書筭無不能者老相公在日曾許下老身之侄乃鄭尚書之長子鄭恒爲妻因俺孩兒父喪未滿未得成合這小妮子是自幼伏侍孩兒的喚做紅娘這一個小廝兒喚做歡郎先夫棄世之後老身與女孩兒扶柩至博陵安葬因路途有阻不能得去來到河中府將這靈柩寄在普救寺內這寺是先夫相國修造的是則天娘娘香火院況兼法本長老又是俺相公剃度的因此俺就這西廂下一座宅子安下一壁寫書附京師去喚鄭恒來相扶回博陵去我想先夫在日食前方丈從者數百今日至親則這三四口兒好生

圖 5　《鼎鐫陳眉公先生批評繡襦記》卷首書影

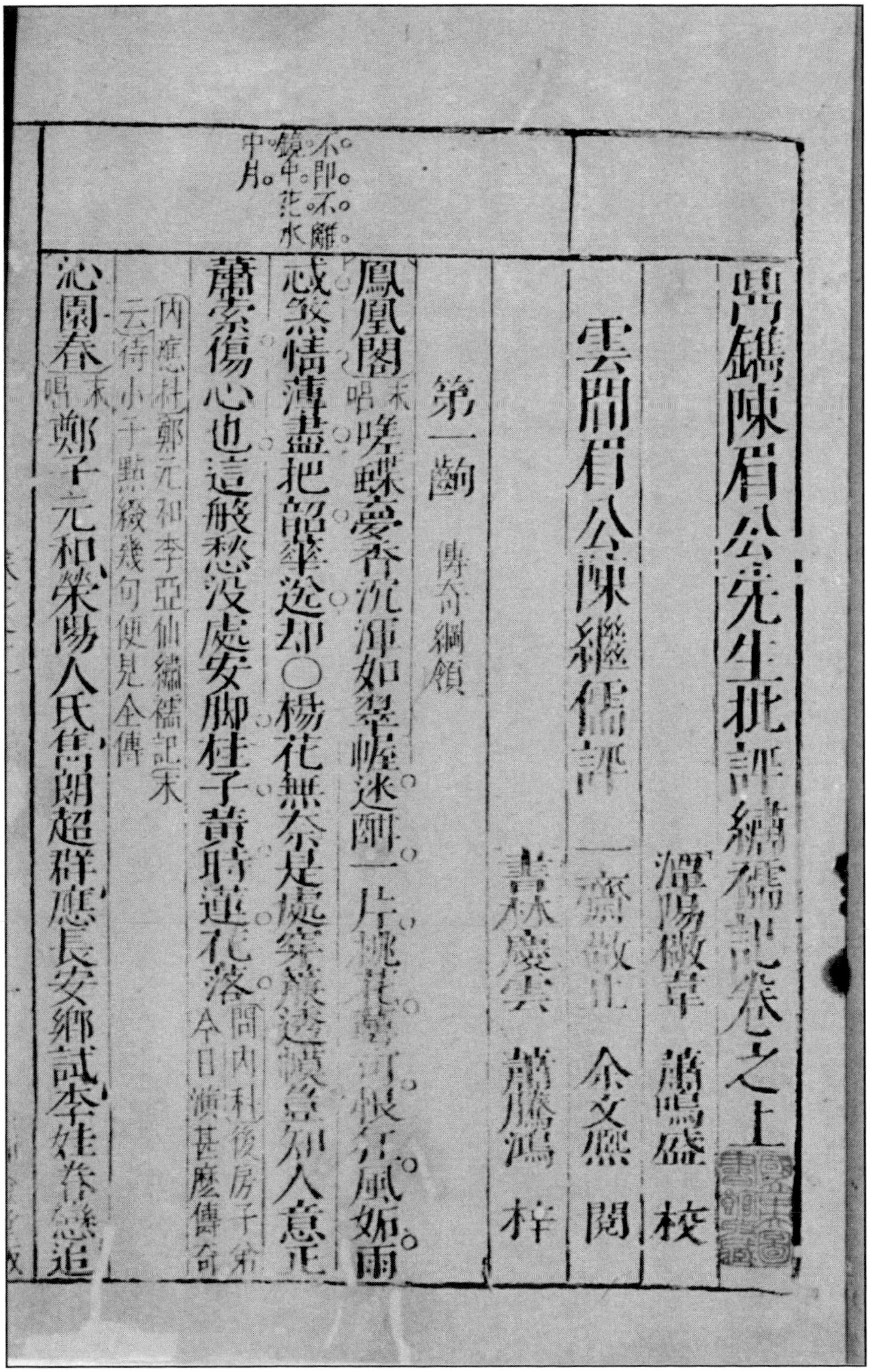

鼎鐫陳眉公先生批評繡襦記卷之上

潭陽儆韋　蕭鳴盛　校

雲間眉公陳繼儒評

一齋敬止　余文熙　閱

書林慶雲　蕭騰鴻　梓

不即不離鏡中花水中月

第一齣　傳奇綱領

鳳凰閣（末唱）嘆蹀憂香沉渾如翠幄迷鬧一片桃花薄命恨狂風妒雨減殺情薄盡把韶華送却〇楊花無奈是處穿簾透幕豈知人意正蕭索傷心也這般愁沒處安腳桂子黃時蓮花落（問內科）後房子弟今日演甚麼傳奇（內應科）鄭元和李亞仙繡襦記（末）云待小子點綴幾句便見全傳

沁園春（末唱）鄭子元和滎陽人氏售朗超群應長安鄉試李娃眷戀追

圖 6　《鼎鐫陳眉公先生刪潤批評西廂記》封面書影

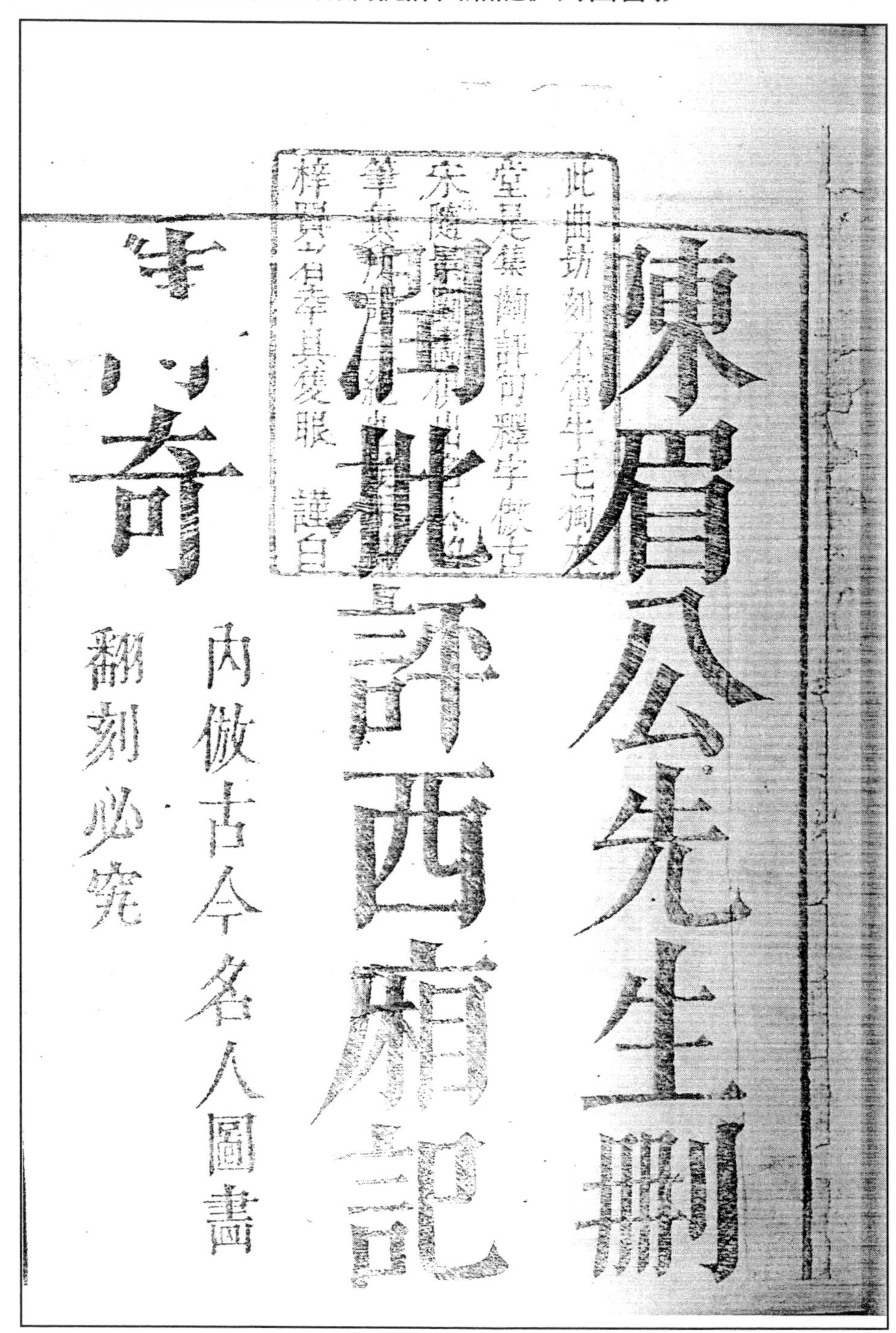

圖 7　《第七才子琵琶記》書影一

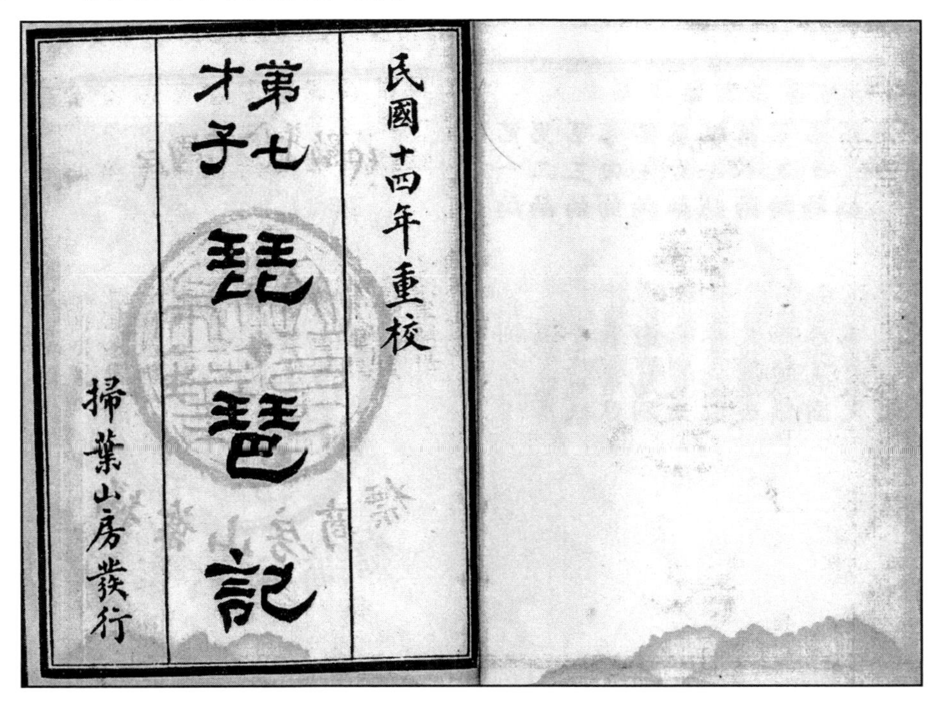

民國十四年重校

第七才子琵琶記

掃葉山房發行

圖 8　《第七才子琵琶記》書影二

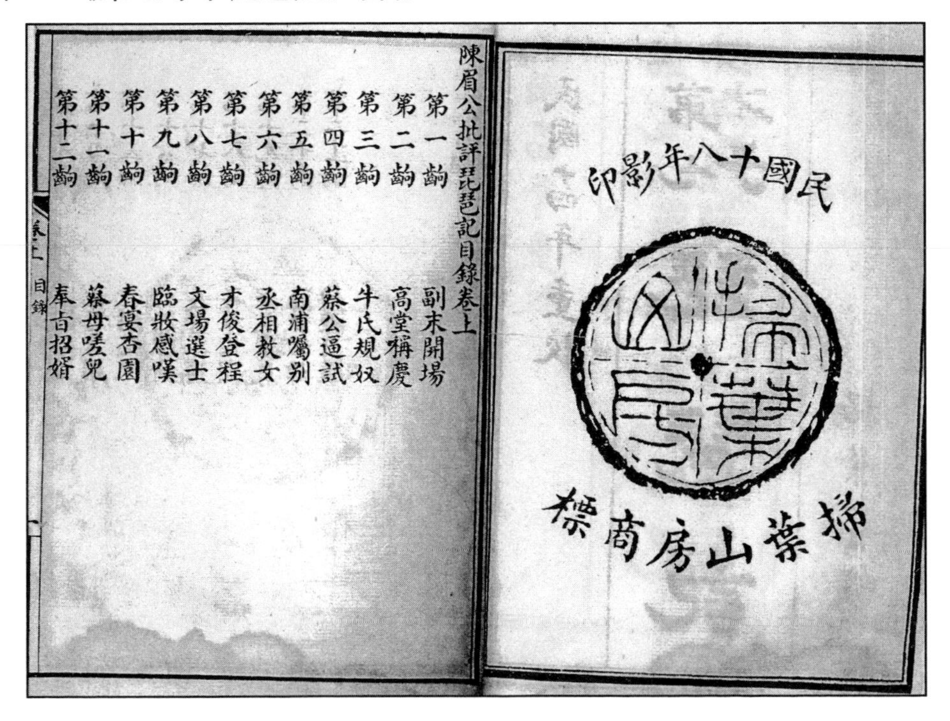

陳眉公批評琵琶記目錄卷上

第一齣　副末開場
第二齣　高堂稱慶
第三齣　牛氏規奴
第四齣　蔡公逼試
第五齣　南浦囑別
第六齣　丞相教女
第七齣　才俊登程
第八齣　文場選士
第九齣　臨妝感嘆
第十齣　春宴杏園
第十一齣　蔡母嗟兒
第十二齣　奉旨招婿

卷上　目錄

民國十八年影印

掃葉山房商標

圖 9　《陳眉公先生批評西廂記》卷上頁首

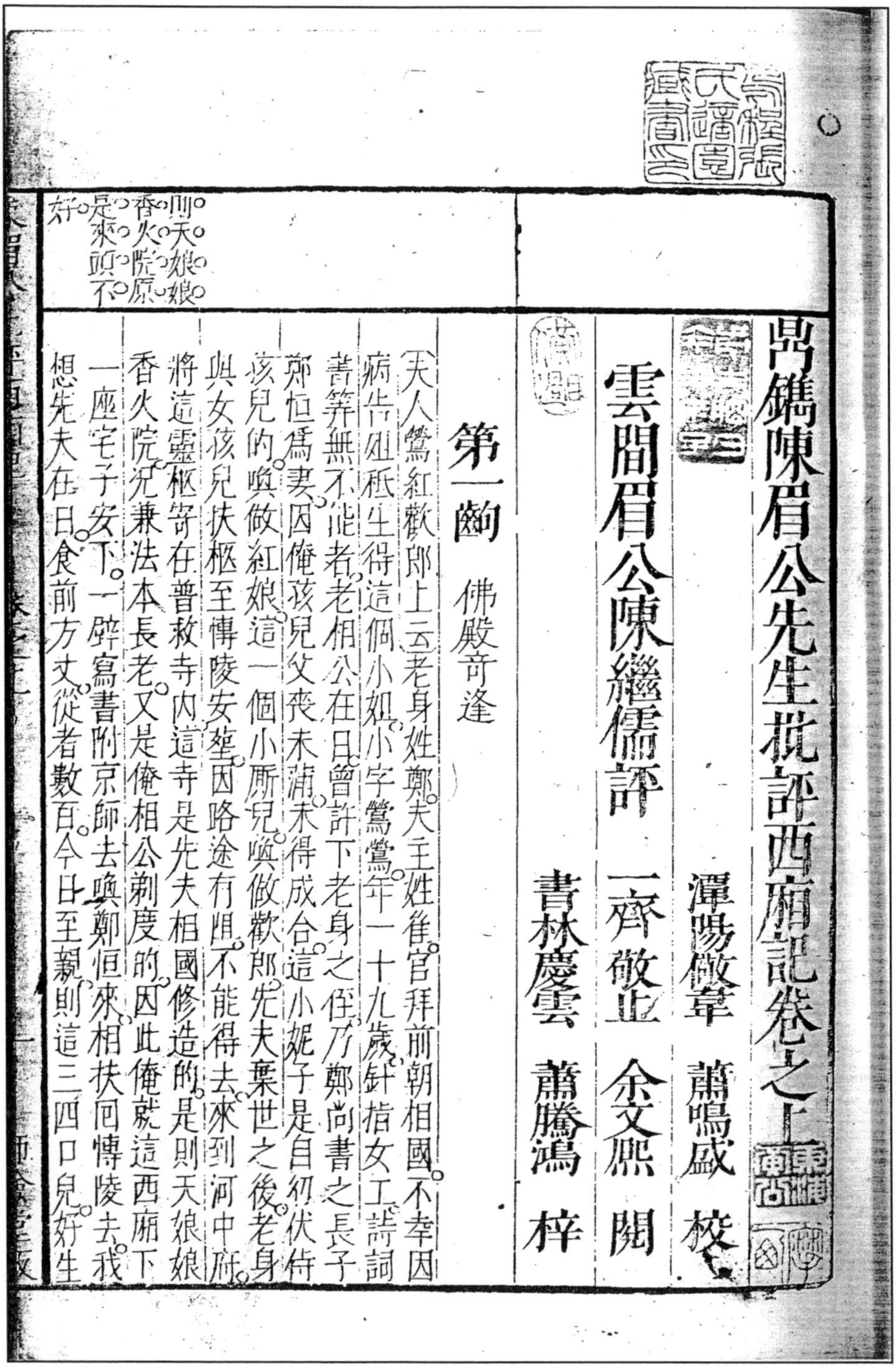

則天娘娘香火院原是來頭不好

鼎鐫陳眉公先生批評西廂記卷之上

潭陽儆韋　蕭鳴盛　校

雲間眉公陳繼儒評　一齋敬止　余文熙　閱

書林慶雲　蕭騰鴻　梓

第一齣　佛殿奇逢

夫人鶯紅歡郎上云老身姓鄭夫主姓崔官拜前朝相國不幸因病告殂祇生得這個小姐小字鶯鶯年一十九歲針指女工詩詞書筭無不能者老相公在日曾許下老身之侄乃鄭尚書之長子鄭恒為妻因俺孩兒父喪未滿未得成合這小妮子是自幼伏侍孩兒的喚做紅娘這一個小厮兒喚做歡郎先夫棄世之後老身與女孩兒扶柩至博陵安葬因路途有阻不能得去來到河中府將這靈柩寄在普救寺內這寺是先夫相國修造的是則天娘娘香火院況兼法本長老又是俺相公剃度的因此俺就這西廂下一座宅子安下一壁寫書附京師去喚鄭恒來相扶回博陵去我想先夫在日食前方丈從者數百今日至親則這三四口兒好生

圖 10　《陳眉公先生批評西廂記》第一齣齣批

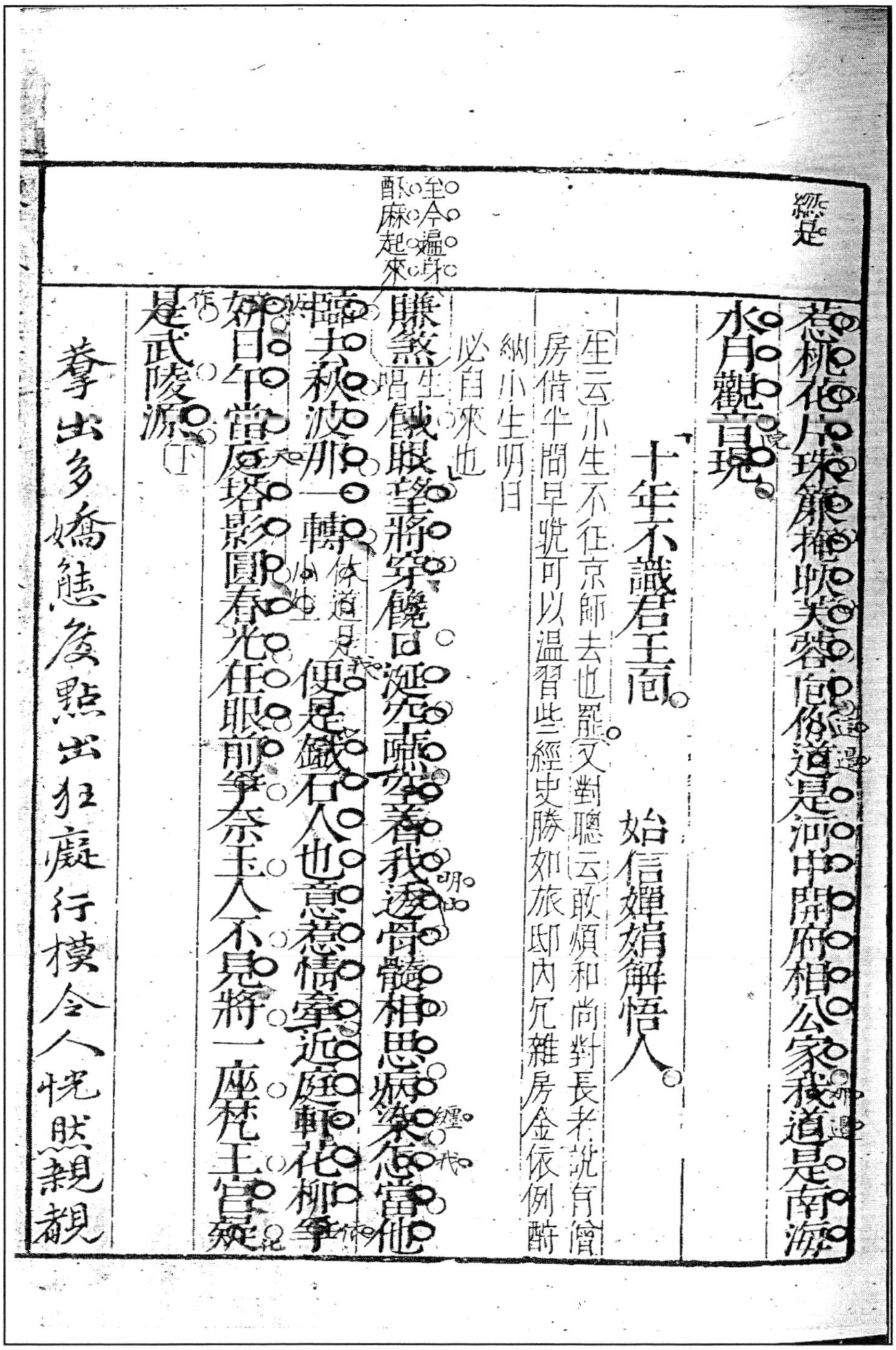

總是

全今遍身酥麻起來

惹桃花片，珠簾掩映芙蓉面。你道是河中開府相公家，我道是南海水月觀音現。

十年不識君王面，始信嬋娟解悟人。

〔生云〕小生不往京師去也罷。〔又對聰云〕敢煩和尚對長老說，有僧房借半間，早晚可以溫習些經史，勝如旅邸內冗雜，房金依例酬納，小生明日必自來也。

〔賺煞〕〔生唱〕餓眼望將穿，饞口涎空嚥，空着我透骨髓相思病染，怎當他臨去秋波那一轉。便是鐵石人也意惹情牽。近庭軒花柳爭妍，日午當庭塔影圓。春光在眼前，爭奈玉人不見，將一座梵王宮疑是武陵源。〔下〕

拏出多嬌態度點出狂癡行模令人恍然親覩見

圖 11　《陳眉公先生批評西廂記》總評一

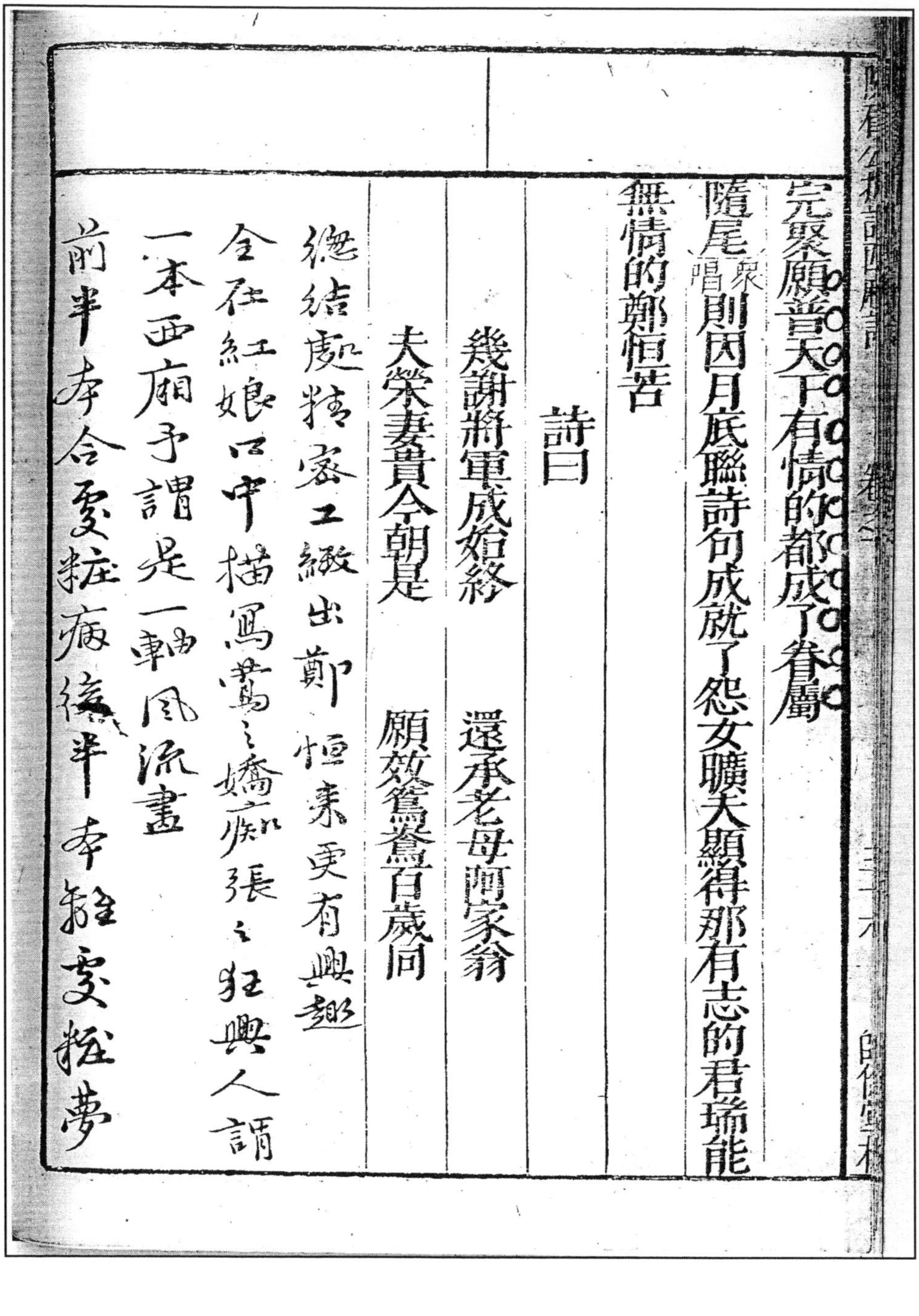

完聚願普天下有情的都成了眷屬

隨尾【眾唱】則因月底聯詩句成就了怨女曠夫顯得那有志的君瑞能

無情的鄭恒苦

詩曰

幾謝將軍成始終　還承老母通家翁

夫榮妻貴今朝是　願效鴛鴦百歲同

總結處精密工緻出鄭恒來更有興趣

全在紅娘口中描寫鶯鶯之嬌癡張之狂興人請

一本西廂可謂是一軸風流畫

前半本合變粧夜後半本雖變粧夢

圖 12 《陳眉公先生批評西廂記》總評二

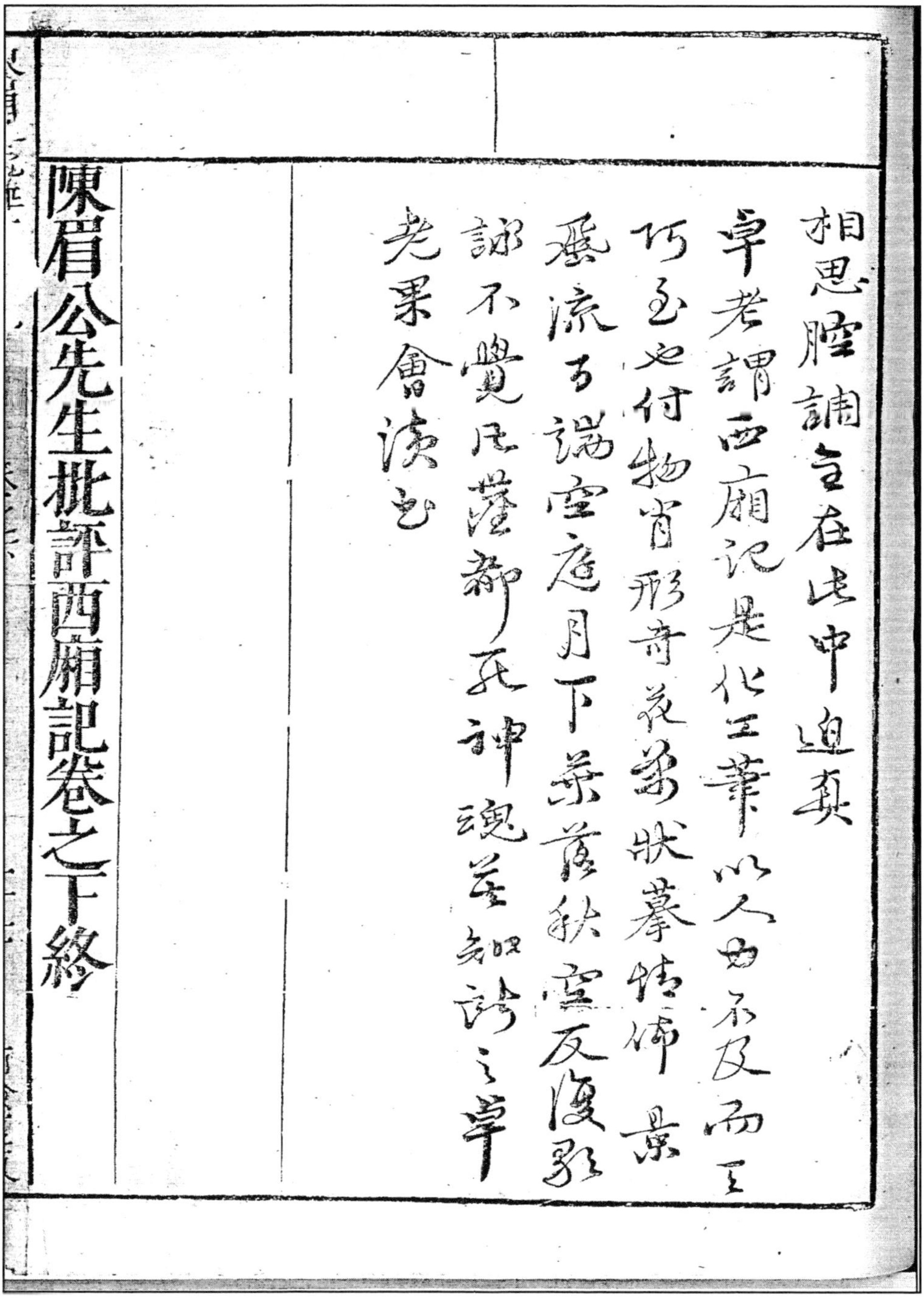

相思腔調自在此中追真
卓老謂西廂記是化工筆以人力不及而工
巧也付物肖形奇花萬狀摹情佛景
處流可端空庭月下黃葉秋窗反復歌
詠不覺風塵都死神魂若知誠之卓
老果會讀也

陳眉公先生批評西廂記卷之下終

圖 13　《陳眉公先生批評西廂記》第一齣插圖-刻工慶雲

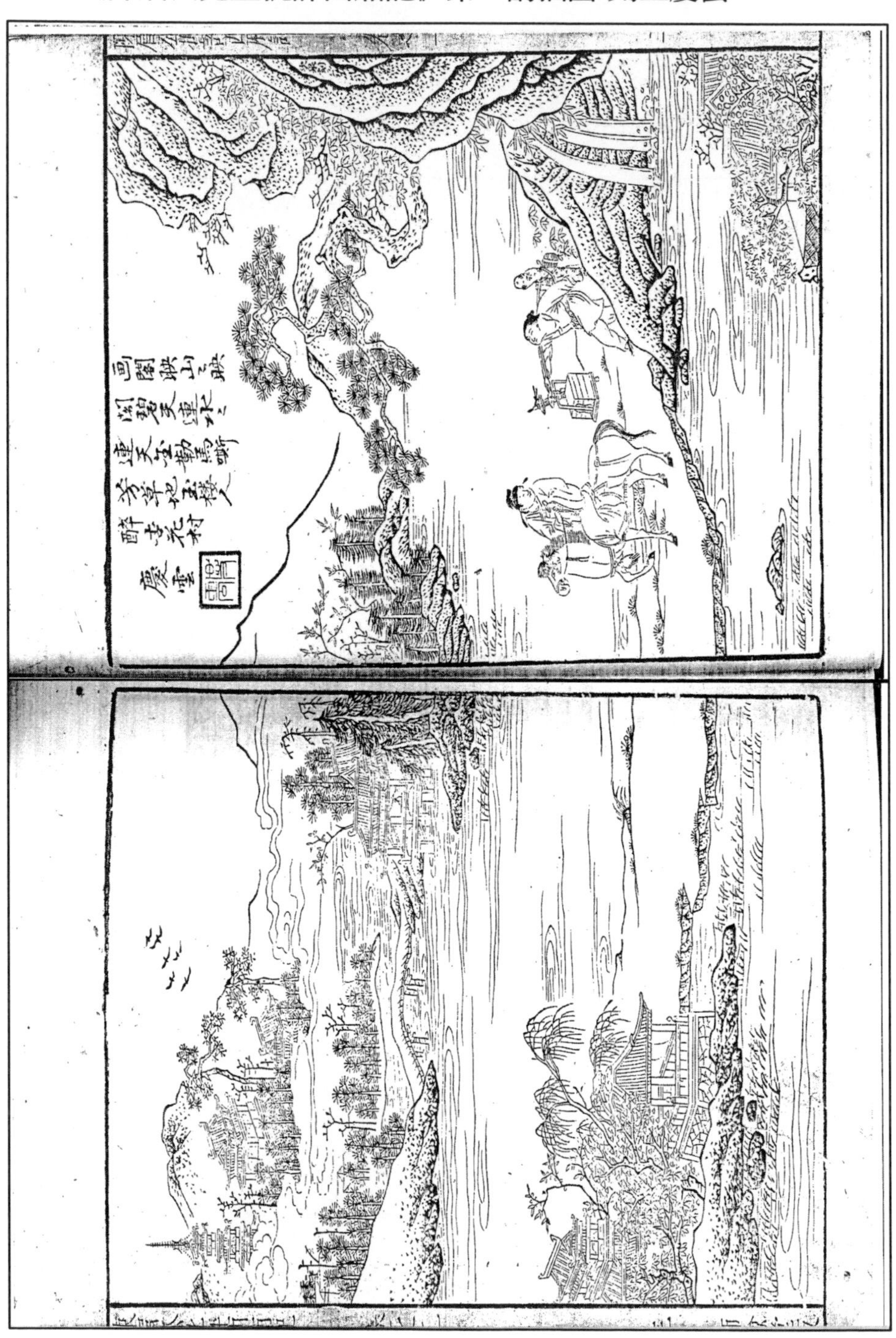

圖 14 《鼎鐫陳眉公先生批評琵琶記》卷首書影

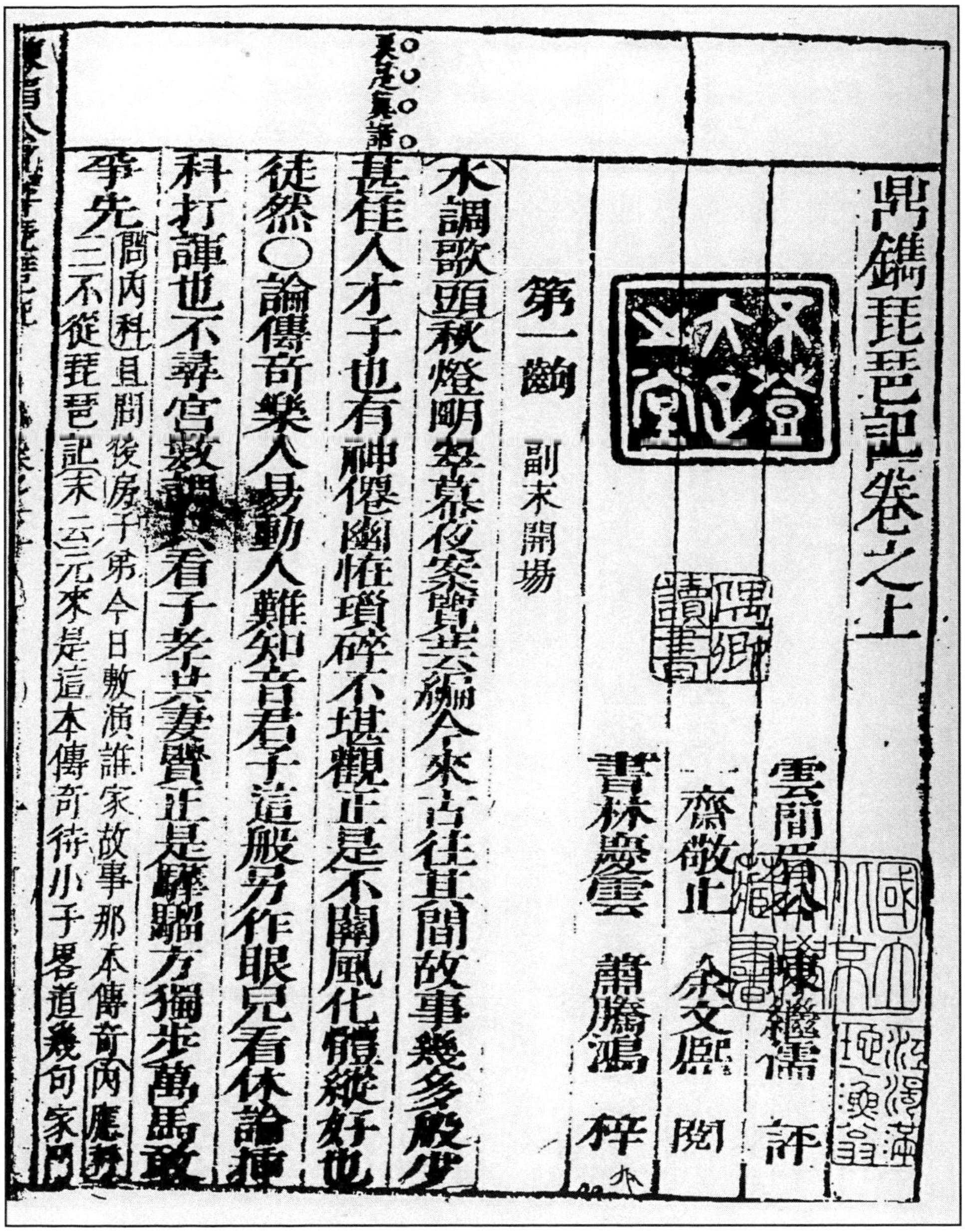

鼎鐫琵琶記卷之上

雲間眉公陳繼儒 評

一齋敬止 余文熙 閱

書林慶雲 蕭騰鴻 梓

第一齣 副末開場

【水調歌頭】秋燈明翠幕，夜案覽芸編。今來古往，其間故事幾多般。少甚佳人才子，也有神仙幽怪，瑣碎不堪觀。正是不關風化體，縱好也徒然。○論傳奇，樂人易，動人難。知音君子，這般另作眼兒看。休論插科打諢，也不尋宮數調，只看子孝共妻賢。正是驊騮方獨步，萬馬敢爭先。【問內科】且問後房子弟，今日敷演誰家故事，那本傳奇。【內應科】三不從琵琶記。【末云】元來是這本傳奇。待小子略道幾句家門

圖 15　《鼎鐫陳眉公先生批評玉簪記》卷首書影

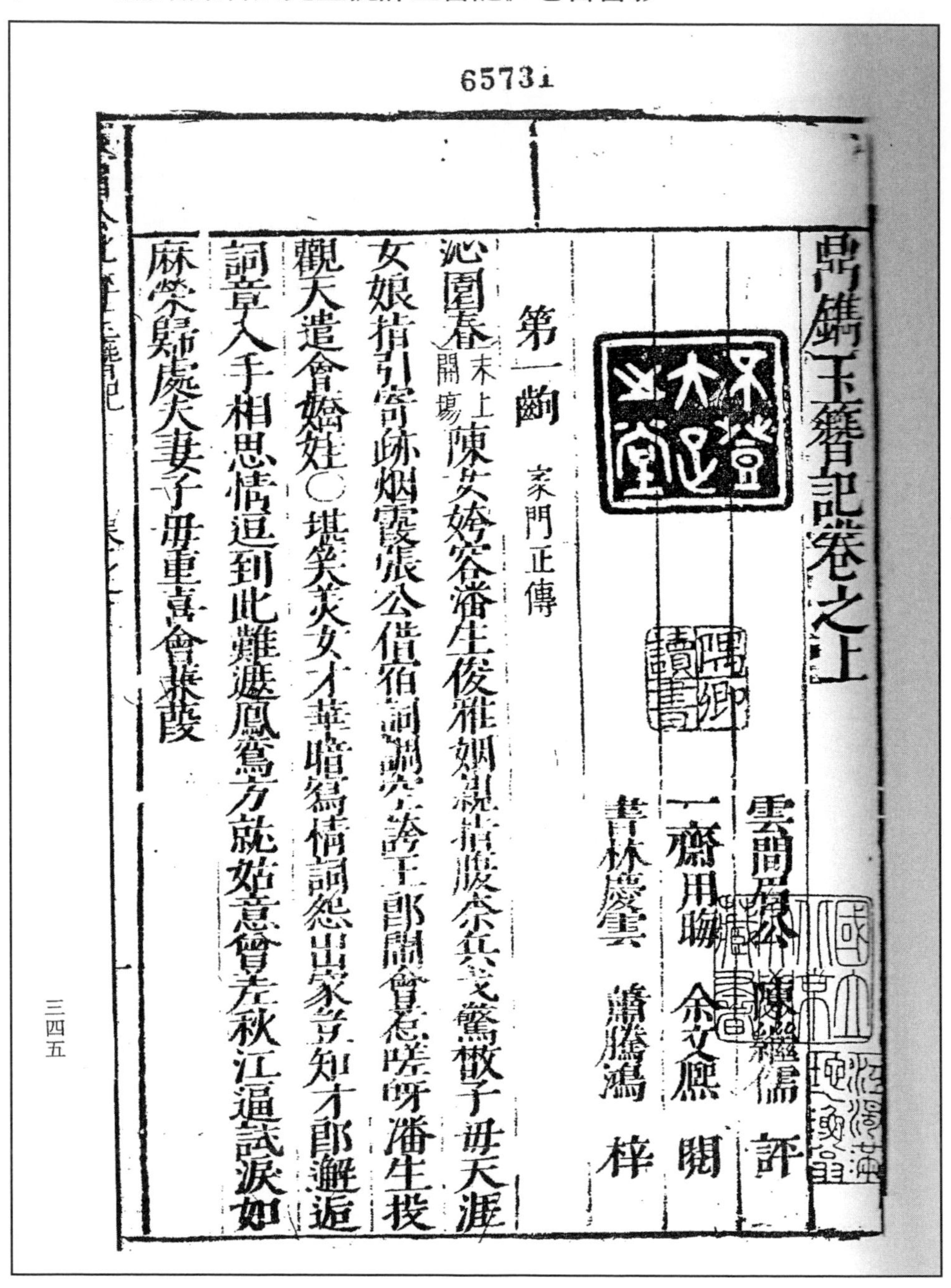
65731

鼎鐫玉簪記卷之上

雲間眉公陳繼儒 評
一齋用晦 余文熙 閱
書林慶雲 蕭騰鴻 梓

第一齣　家門正傳

沁園春（末上開場）陳女嬌容潘生俊雅姻親指腹奈兵戈驚散子母天涯女娘菴引寄跡烟霞張公借宿詞調笑誇王郎鬧會忍嗟呀潘生投觀天遣會嬌娃○堪笑美女才華暗寫情詞怨出家爭知才郎邂逅詞章入手相思情逗到此難遮鳳鸞方就姑意曾差秋江逼試淚如麻榮歸處夫妻子母重喜會蒹葭

三四五

圖 16　《鼎鐫陳眉公先生批評紅拂記》卷首書影

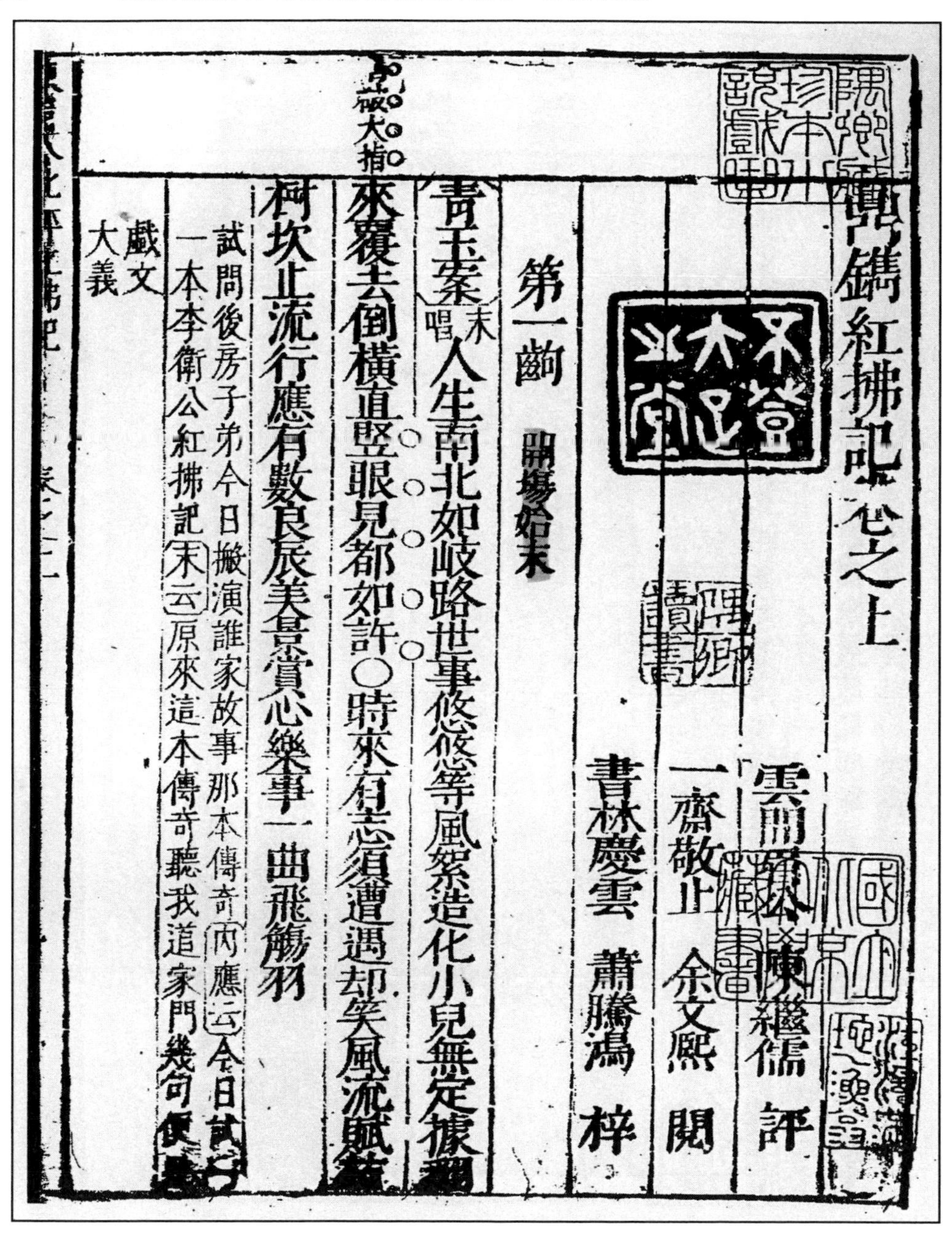

鼎鐫紅拂記卷之上

雲間眉公陳繼儒　評

一齋敬止　余文熙　閱

書林慶雲　蕭騰鴻　梓

第一齣　開場始末

青玉案（末唱）人生南北如岐路世事悠悠等風絮造化小兒無定據翻來覆去倒橫直豎眼見都如許○時來有志須遭遇却笑風流賦

坷坎止流行應有數良辰美景賞心樂事一曲飛觴羽

試問後房子弟今日搬演誰家故事那本傳奇（內應云）今日試一本李衛公紅拂記（末云）原來這本傳奇聽我道家門幾句便見

戲文大義

圖 17《鼎鐫陳眉公先生批評幽閨記》卷首書影

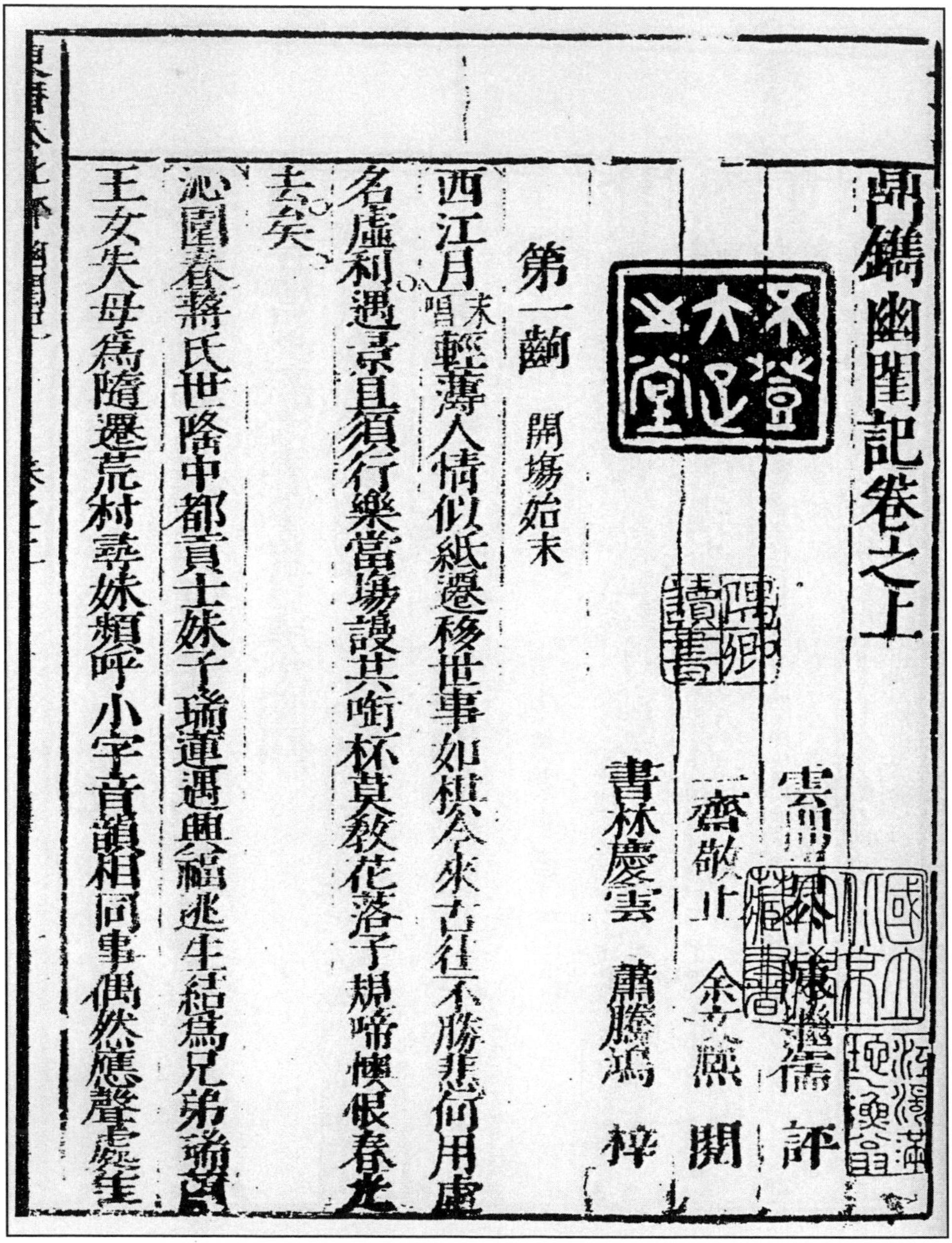

鼎鐫幽閨記卷之上

雲間 陳繼儒 評

一齋敬止 余文熙 閱

書林慶雲 蕭騰鴻 梓

第一齣 開場始末

西江月 末唱 輕薄人情似紙遷移世事如棋今來古往不勝悲何用虛

名虛利遇景且須行樂當場謾共啣杯莫教花落子規啼懊恨春光

去矣

沁園春 蔣氏世隆中都貢士妹子瑞蓮遇興福逃生結爲兄弟瑞蘭

王女失母爲隨遷荒村尋妹頻呼小字音韻相同事偶然應聲[illegible]